하늘의 눈동자 유년편 2

옮긴이 햇살과나무꾼

동화를 사랑하는 사람들이 모여 만든 곳으로, 세계 곳곳에 묻혀 있는 좋은 작품들을 찾아
우리말로 소개하고 어린이의 정신에 지식의 씨앗을 뿌리는 책을 집필하는 기획실이다.
지금까지 《나는 선생님이 좋아요》《우리 선생님 최고》《검은 여우》 등을 우리말로 옮겼으며,
《우리 문화유산에는 어떤 비밀이 담겨 있을까》《위대한 발명품이 나를 울려요》 등을 썼다.

하늘의 눈동자 유년편 2

지은이 하이타니 겐지로 | **옮긴이** 햇살과나무꾼 | **펴낸이** 조재은 | **펴낸곳** 양철북
1판 1쇄 발행 2005년 7월 22일 | **1판 2쇄 발행** 2007년 2월 1일 | **주소** 서울시 마포구 서교동 395-192
등록 제10-2256호(2001년 11월 21일) | **전화** 02)335-6407 | **팩스** 02)335-6408
 ISBN 89-90220-46-7   03830 | **값** 8,500원

天の瞳 幼年編 2
Copyright ⓒ1996 Haitani Kenjiro(灰谷健次郎)
First published in Japan 1996 under the title "AMANO HITOMI YUNENKEN" by
SINTSYOUSYA
Korean Translation Copyrightⓒ2005 by Tin Drum publishing company.
Through Apt Kaema Agency
All rights reserved.

유년편 2

하늘의 눈동자

하이타니 겐지로 지음 | 햇살과나무꾼 옮김

양철북

      륜예 어린이집의 다쓰로가 소림사 권법(일본의 소림사 권법은 중국 소림사 권법과 성격이 상당히 다른 무술로, 소도신이라는 일본인이 만들었다—옮긴이) 도장을 차린다는 이야기를 다케가 어디선가 듣고 왔다.

      "소림사 권법이 뭐야?"

      가즈미치가 물었다.

      "얏, 얏, 하면서 사람 패는 거잖아."

      "가라테야?"

      "가라테랑 권법은 달라."

      "어떻게 다른데?"

      "으응, 나도 몰라."

      "에이, 뭐야."

      다케와 가즈미치가 입씨름을 하다가 다쓰로에게 직접 물어보러 가기로 했다.

물론 여자아이들은 이 일에 별 관심이 없었다.

륜예 어린이집을 졸업한 아이들과 프랑켄, 이 이야기에 흥미를 보인 다카타니 기쓰로가 함께 가겠다고 나섰다.

"나, 도장이 생기면 다녀야지."

다케가 말했다.

"응, 나도."

"나도."

다들 한 목소리다.

"앞으로 누구랑 싸워서 지는 일은 없겠다."

다케가 누구나 생각할 수 있을 법한 말을 했다.

"도장에 다니려면 돈이 들 텐데."

"응, 학원비를 내야 돼."

"엄마가 돈을 안 주면 어떡하지?"

"형아한테 말해서 어린이집 애들은 공짜로 배우게 해달래자."

다케가 이번에는 영악한 말을 했다.

아이들은 와글와글 떠들면서 륜예 어린이집을 찾아갔다.

세이코 선생님이 가장 먼저 맞아주었다.

"린타로, 오랜만이네? 어, 다케미랑 유타카도······."

게이코 선생님도 말했다.

"이렇게 다들, 어쩐 일이야? 무슨 일 있어?"

륜예 어린이집에도 약간의 변화가 있었다.

유미코 선생님은 결혼을 해서 어린이집을 그만두었다. 아이들이 많아져서, 린타로가 다닐 때는 없었던 구미코 선생님, 사유리 선생님, 미도리 선생님이 새로 왔다. 가끔씩 놀러 오기 때문에 린타로와 아이들도 이 선생님들을 알고 있다.

"형아 어디 있어?"

린타로가 물었다.

"어머, '에리 선생님 어디 있어?'가 아니고?"

"에리 선생님, 어디 있어?"

린타로가 표정 하나 바꾸지 않고 말했다. 린타로가 한 수 위다.

"휴, 내가 졌어."

세이코 선생님이 말했다.

다쓰로와 에리 선생님은 조리실 앞에서 차로 실어 온 채소를 옮기고 있었다.

"무슨 일이야, 또?"

아이들을 보고, 다쓰로가 말했다.

"린타로, 오랜만이네?"

에리 선생님이 세이코 선생님과 똑같은 말을 했다.

"나를 두고 바람 피면 안 돼."

하고 실없는 농담도 곁들였다.

"도와줄게."

린타로가 이렇게 말해서, 다 같이 채소를 옮겼다.

"유기농 채소는 좋긴 한데 이렇게 한꺼번에 갖다 주지, 흙투성이지, 손도 많이 가지, 아무튼 영 귀찮아."

다쓰로가 투덜거렸다.

아이들이 도와준 덕분에 일이 빨리 끝났다.

"그래, 무슨 일이야?"

다쓰로가 손을 탁탁 털면서 말했다.

"도장 차린다며?"

린타로가 물었다.

"도장?"

"소림사 권법……."

아아, 그거? 하고 다쓰로가 말했다.

"아직 멀었는데."

"얼마나?"

"음…… 한 1년쯤?"

"그렇구나."

린타로와 아이들은 조금 실망했다.

"형아, 소림사 권법은 언제 배웠어?"

다케가 물었다.

다쓰로는 옷에 묻은 흙을 털면서 아무튼 좀 앉자, 하고 말했다.

다들 자연스레 빙 둘러앉았다.

"너희들, 스포츠에는 프로와 아마추어가 있다는 건 알아?"

아이들이 응, 응, 하며 고개를 끄덕였다.

"사람들은 링 위에는 돈이 떨어져 있다거나 씨름판의 모래 속에
는 금이 묻혀 있다거나 하면서 프로 선수를 격려하고 부추기지."

수업 시간에는 늘 한눈만 파는 아이들이 이런 이야기에는 곁눈
질 한 번 하지 않는다.

"좀 부끄러운 말이지만 나는 그런 걸 좋아하거든."

다쓰로는 솔직하게 말했다.

당연하다. 한때는 프로 권투선수였으니까.

"이건 좀 다른 이야기인데, 너희들 학교 근처에 자동차 대리점이 있는 건물, 알지?"

다들 알고 있다. 그래서 고개를 끄덕였다.

"그 건물, 우리 아버지 거야."

그것과 소림사 권법이 무슨 관계가 있다는 것일까.

"원래는 그 건물을 어린이집으로 쓸 생각이었지만 규격에 안 맞다나 어쩐다나 해서 계획이 틀어졌지. 그런데 이번에 그 건물을 내가 쓸 수 있게 됐어. 우리 영감님이 남한테 건물을 빌려주고 돈을 버는 게 싫다고 해서 말야. 그래서……."

초등학생하고는 별 관계가 없는 얘기였지만 다들 진지하게 듣고 있다. 에리 선생님도 자리를 뜨지 않는다.

"우리 영감님이 그러더라구. 그 건물에서 뭐든 하라고. 단, 절대로 돈벌이에는 쓰지 말라는 거야. 그건 보통 어려운 일이 아냐. 굉장히 어려운 문제라고."

다쓰로도 참 독특한 사람이지만, 다쓰로의 아버지도 못지않게 독특하다.

아이들은 입학식과 졸업식 때 웃음기 없는 얼굴로 꼿꼿이 앉아 있던 다쓰로의 아버지 겐타로 씨를 떠올렸다.

"돈하곤 아예 인연이 없는 자선사업이라면 모를까, 돈벌이는 안 하더라도 먹고 살긴 해야 하잖아. 그러니까 딱 먹고 살 만큼만 벌라는 말인데, 그게 어디 쉬운 일이냐? 아무튼 우리 영감님도 참 독특하다니까."

독특한 다쓰로가 독특하다고 생각하는 사람이라면 정말로 독특한 사람이리라.

"가만, 내가 무슨 말을 하려고 이 말을 꺼냈지?"

소림사 권법이라고, 다케가 일깨워주었다.

"어, 그래, 소림사 권법. 너희들이 초등학교에 다니기 시작할 무렵부터 나는 그 건물을 어떻게 이용할까 여러 모로 생각해봤어. 돈되는 일도 재미있지만, 돈 안 되는 일은 더 재미있을 수 있다는 것도 알게 됐고."

아이들은 어서 빨리 소림사 권법 이야기가 나오기를 바랐다.

"어린이집 일을 돕다 보니까 그걸 알겠더라고. 개구쟁이, 그러니까 너희들의 성장을 돕는 일이랄까, 아무튼 그런 일은 정말 재미있어. 그렇다고……."

도대체 언제쯤이면 소림사 권법 이야기가 나올까.

"어린이집을 하나 더 세울 수는 없잖냐? 똑같은 일을 하고 싶진 않거든. 고민고민하다가 나한테 딱 맞는 걸 생각해냈지."

아이들이 몸을 쭉 내밀었다.

"나는 몸을 움직이는 것을 좋아해. 더구나 아이들과 함께라면 더할 나위 없지. 안 그러냐?"

무슨 말인지 이해하지도 못하면서 아이들은 응, 하고 고개를 끄덕거렸다.

다쓰로의 기세에 눌린 듯했다.

"그러니까 너희들은 소림사 권법이 어떤 건지 궁금하단 말이지?"

다쓰로가 아이들에게 물었다.

드디어 소림사 권법 이야기로 돌아왔다.

"이얏, 에잇, 탁, 하면서 사람을 패는 거지?"

다케가 말했다.

"인마, 소림사 권법 하는 사람한테 그런 말 하면 야단맞는다."

"그런 거 아냐?"

"아니야, 아니야."

다쓰로가 손사래를 쳤다.

"내가 배웠던 권투도, 너희들이 좋아하는 레슬링도, 올림픽 때마다 사람들을 흥분시키는 유도나 가라테도 한마디로 격투기야. 일 대 일로, 또는 일 대 다로 겨루어 승부를 내는 스포츠란 말이지. 소림사 권법은 그런 거하고 전혀 달라."

다케가 말했다.

"뭐가 그래?"

"뭐가 그래가 무슨 뜻이야?"

"그럼, 소림사 권법을 배운다고 싸움을 잘할 수 있는 게 아니잖아."

다쓰로가 흐음, 그거였냐? 하는 표정을 지었다.

"너희들, 그런 생각으로 나를 찾아왔구나."

다쓰로는 아이들의 얼굴을 천천히 둘러보았다.

"하긴 무리도 아니지. 내가 처음 권투를 시작한 것도 싸움에서 나를 묵사발을 만든 녀석한테 본때를 보여주기 위해서였으니까."

아이들은 어린이집에 다닐 때부터 다쓰로가 싸움을 잘한다는 것을 느낌으로 알고 있었다.

린타로가 강한 것에 끌리는 데에는 다쓰로의 영향도 적지 않다.

"이런 말로 너희들한테 설교해봤자 별 효과도 없을 테니까 하던 이야기나 마저 해야겠다."

다쓰로도 꽤나 따지기 좋아하는 사람이긴 하지만 설교는 딱 질색이다.

"하지만 너희들한테 '뭐가 그래?'라는 소리를 듣는 건 너무 속상하니까, 잠깐 시범을 보여주지."

다쓰로가 싱글싱글 웃으며 일어섰다.

"다케미, 너 이리 좀 와봐."

뭐 할 건데? 하고 물으며 다케가 일어나 다쓰로에게 다가갔다.

"사정 봐주지 말고 나를 힘껏 쳐봐."

다케가 뒷걸음쳤다.

"싫어."

아무리 힘껏 다쓰로를 때린들 다쓰로한테 이길 리가 없다. 그것은 다케뿐 아니라 누구라도 알 수 있다. 싫다고 하는 다케가 똑똑한 거다.

"바보야. 너하고 싸우자는 게 아니야. 나는 절대로 공격하지 않을 거니까 나를 힘껏 쳐."

"정말?"

다케는 못 믿겠다는 얼굴이다.

"거짓말이지?"

"널 속인다고 돈이 생기냐, 뭐가 생기냐? 잔말 말고 빨리 쳐."

"알았어, 그럼……."

다케는 싱긋 웃었다. 주먹을 쥐고 뒤로 물러섰다. 자세는 그럴 싸하다.

다쓰로는 아무 생각 없이 멍하니 서 있는 것 같다.

"이야앗!"

다케가 온몸으로 돌진했다.

다쓰로의 몸이 활짝 열리는 것처럼 보였다. 워낙 짧은 순간에 일어난 일이라, 아이들은 다쓰로가 뭘 어떻게 한 건지 전혀 알 수가 없었다.

"앗, 아아앗!"

비명 소리와 함께 다케가 부웅 떠올라 허공을 한 바퀴 돌았다. 떨어질 때 다쓰로가 왼팔로 받아준 덕분에 다케는 안전하게 바닥에 내려섰다.

"뭐가 어떻게 된 거지?"

"어떻게 하면 저렇게 돼?"

아이들이 저마다 한마디씩 했다. 마술이나 기적을 본 듯한 기분이었으리라.

"팔을 거꾸로 잡혔어."

다케가 말했다. 다쓰로의 기술에 걸린 다케만이 왜 그런 일이 벌어졌는지 어렴풋하게나마 알 수 있었다.

"화려한 기술 같아 보이지만 이건 아무것도 아냐."

"우리도 할 수 있어?"

"연습만 열심히 하면 누구나 할 수 있어."

다쓰로는 별것 아니라는 듯이 말했다.

아이들은 빨리 가르쳐달라고 졸라댔다.

다쓰로의 시범은 당장에 효과를 보였다.

"방금 공격한 건 다케미였어. 주먹을 내뻗은 건 내가 아니라고. 상대방의 공격을 역이용해서 상대방을 친다, 이것이 소림사 권법의 특징이지."

"먼저 공격하지 않아요?"

에리 선생님이 물었다.

"먼저 공격하지 않아. 소림사 권법에는 '선수필승(먼저 공격한 자가 반드시 이긴다는 뜻 - 옮긴이)'이 없어. 먼저 공격한 사람은 당장 쫓겨나."

다쓰로가 말을 이었다.

"소림사 권법은 상대방을 쓰러뜨리기 위한 격투기가 아니거든. 그래서 시합도 없어."

"시합도 없어?"

도시하루가 김빠진 목소리로 물었다.

"어머, 정말 시합도 없어요?"

에리 선생님도 깜짝 놀라서 말했다.

"음, 승부를 겨루는 시합은 없어. 물론 둘씩 짝을 이루어 겨루기는 해. 처음부터 차근차근 말해주지 않으면 이해하기 힘들겠지만, 원래 소림사 권법은 무예나 무도가 아니라 부처님을 섬기는 불제자들의 수행 가운데 하나였기 때문에 선제공격이란 게 없어. 당연한 얘기야. 상대방이 아무리 나쁜 인간이라도, 부처님을 섬기는 사람이 먼저 주먹을 휘두를 수야 없지."

"좀 휘두르면 어때요?"

하고 프랑켄이 물었다.

"어쭈? 늘 실없이 건들거리는 줄만 알았더니 반항할 줄도 아는구나, 너?"

다쓰로가 프랑켄을 만난 것은 이번이 두 번째다.

"스님이 무서운 사람이면 어떡하냐? 누가 무슨 고민을 털어놓아도 성실히 들어주는 게 스님의 도리잖아. 그리고 스님은 자비심, 그러니까 누구에게나 친절을 베풀 수 있는 넓은 마음을 갖고 있어야 돼. 뭐, 너나 나한테는 턱도 없는 일이겠지만."

농담처럼 물었는데도 다쓰로는 성실하게 대답한다.

이것도 소림사 권법에서 말하는 역기술인지 모른다.

"상대방을 때려눕히기 위한 게 아니라 자기 몸을 보호하고 정신과 육체를 단련하는 게 목적이야, 이 권법은. 말로 설명하면 무슨 도덕 교과서 같아서 재미없지만 알고 보면 꽤 유니크하다고."

"유니크하다는 게 뭐예요?"

또 프랑켄이 물었다.

"너 같은 애를 두고 하는 말이지."

"?"

프랑켄은 어리둥절해했다.

프랑켄은 다쓰로에게 강한 흥미를 느꼈다. 이런저런 말로 다쓰로의 관심을 끌려고 했다.

다쓰로도 참 심술궂다. 프랑켄에게 친절한 듯하다가도 괜히 한 번씩 짓궂은 소리를 한다.

에리 선생님이 쿡쿡 웃었다.

"야, 형아 얘기 좀 듣자."

다케가 프랑켄에게 타박을 주었다.

"소림사 권법에서는 겨루기를 하기 전에 반드시 가슴 앞에 두 손을 가지런히 모으고 절을 해. 예를 갖추는 것이기도 하지만, '제가 강해질 수 있는 것은 저와 겨루기를 해주시는 당신 덕분입니다.'라는 마음을 나타내는 것이기도 하지. 상대가 있기에 나도 강해질 수 있다. 으아, 정말 감동적이지 않냐?"

다쓰로가 말하면 진지한 이야기도 어쩐지 우스꽝스럽게 들린다.

"덩치 큰 녀석이 조그만 녀석한테 이기거나 힘센 녀석이 약한 녀석한테 이기는 건 너무 당연하니까 하나도 재미없어."

아이들은 고개를 끄덕인다.

"좀 전에 나는 다케미를 내던졌지만, 기술만 익히면 여덟 살인 다케미가 스물여섯 살인 나를 내던지는 것도 어렵지 않아."

"정말?"

다케가 무심결에 큰 소리로 되물었다.

"거짓말 같으면 도장에 와서 봐. 초등학교 여자애가 덩치 큰 아저씨를 획획 내던지니까. 그게 다 상대방의 힘을 이용하기 때문이야. 소림사 권법은 '선수필승'이 아니라 '후수필승(나중에 공격한 자가 반드시 이긴다는 뜻 – 옮긴이)'의 권법이니까 그런 기술을 쓸 수 있는 거라고."

린타로와 아이들의 눈빛이 점점 더 빛났다.

"소림사 권법은 서로에게 기술을 걸면서 서로가 즐기는 권법이라고 할 수 있어. 소림사 권법의 보조 독본에 '상대방에게 죄를 범하게 하지 않고, 자신 또한 죄를 범하지 않는다.'라는 글이 있는데, 나는 그 글을 읽고 아! 하고 깨달음을 얻었지."

너희들한테는 조금 어려운 말이겠군, 하고 다쓰로는 덧붙였다.

"어떤 경기든 이긴 사람과 진 사람이 있게 마련이야. 나도 처음에는 싸움이나 경기에서는 그저 이기는 게 최고라고 생각했어. 그럼, 이긴 사람만 훌륭한 걸까?"

다쓰로는 아이들에게 중요한 문제를 던졌다.

"텔레비전에서 마라톤 경기를 본 적 있을 거야. 우승 후보였던 선수가 2등으로 골인하면, 사람들은 실망하면서 그 선수를 욕하지. 몇백 명, 몇천 명 가운데 2등을 했는데도 말야. 칭찬받아 마땅한 사람을 못난 사람 취급한다고. 이런 세상, 괜찮다고 생각하나?"

아이들은 고개를 저었다.

"스포츠의 세계는 겉으로는 근사해 보이지만 죄다 일등만 떠받드는 세계야. 챔피언 한 사람을 만들기 위해 수많은 사람들이 차례차례 나가떨어져 운동을 포기하지. 나도 하마터면 만신창이가 될 뻔했고."

다쓰로가 말했다.

"어린이집 일과 소림사 권법을 시작하면서 나는 조금 변했어. 인간이 변한다는 건 굉장한 일이야. 밤에 잠 안 올 때 멍하니 이런 저런 생각을 하는데 문득 머릿속에 한 가지 생각이 떠오르더라고."

에리 선생님이 고개를 끄덕인다.

"소림사 권법을 통해 인간이 변할 수 있다면 도장을 운영해보자는 생각 말야. 어린애건 어른이건 남자건 여자건 자신을 바꾸고 싶은 사람은 누구든 환영이야."

"나, 배울래."

아오퐁이 말했다.

"나도."

"나도."

아이들이 너도나도 앞다투어 말했다.

"좋아, 좋아."

다쓰로가 말했다.

"너희들은 나의 첫 번째 제자다."

아이들은 만족스러운 얼굴로 서로서로 마주 보았다.

"다들, 좋겠네?"

에리 선생님도 아이들을 축하해주었다.

"나는 꿈이 하나 더 있어."

다쓰로가 말했다.

"건물은 3층인 데다 넓어. 도장은 한 층만 써도 충분하거든. 1층에 책방을 열려고 해. 책방은 책방인데 아이들 책만 파는 책방. 즉 어린이책 전문서점이지. 돈벌이가 안 될 테니까 우리 영감님도 좋아할 거고."

아무튼 다쓰로의 말투는 어딘가 이상하다.

"만화책도 있어?"

아오풍이 물었다. 아오풍은 만화를 좋아한다.

"물론이지. 하지만 문부성에서 추천하는 건 안 갖다 놓을 거야."

에리 선생님이 물었다.

"문부성에서 만화책도 추천해요?"

"그건 아니지만, 그런 종류의 책은 취급하지 않겠다는 뜻이야."

무슨 말인지 대충 알겠어요, 하고 에리 선생님이 말했다.

"보통 책방에서는 너무 오래 책을 읽으면 주인이 화내잖아?"

"응, 화내."

책방마다 조금 다르지만 만화책은 비닐로 포장해둔 곳이 많다.

"나는 그런 쩨쩨한 짓은 안 할 거야. 얼마든지 읽어도 좋아."

"공짜로?"

다케가 물었다.

"그래, 공짜로."

다쓰로가 큰 소리로 대답했다.

"어때? 아주 좋은 생각이지?"

"응, 좋은 생각이야."

형아는 역시 괜찮은 사람이야. 아이들은 저마다 이런 생각을 했다.

* * *

국어 시간에 지즈루 선생님이 아이들에게 물었다.

"〈울어버린 빨간 도깨비〉라는 이야기, 아는 사람?"

다섯 명이 손을 들었다.

"책을 읽은 사람은?"

그대로 손을 들고 있는 아이는 세 명이었다. 그 중에 린타로도 있다.

"다들 잘 모르는구나. 자, 지금부터 선생님이 〈울어버린 빨간 도깨비〉를 끝까지 읽겠어요."

지즈루 선생님은 이렇게 말하고 책을 펼쳤다.

"〈울어버린 빨간 도깨비〉. 하마다 히로스케 지음. 어느 산인지는 알 수 없습니다. 그 산그늘에 집이 한 채 있었습니다. 나무꾼이 살고 있을까요? 아니요, 그렇지 않습니다……."

지즈루 선생님이 책을 읽기 시작했다.

'스스로 책을 읽어봅시다'라는 단원의 심화학습 과정에 '읽고 생각한 것을 써봅시다'라는 것이 있다.

교과서에는 〈울어버린 빨간 도깨비〉의 감상문이 실려 있지만 원문은 실려 있지 않다.

나는 〈울어버린 빨간 도깨비〉라는 책을 읽었습니다. 제목을 보았을 때 도깨비가 우는 게 이상하다고 생각했습니다.

이 책에는 빨간 도깨비와 파란 도깨비와 마을 사람들이 나옵니다. 빨간 도깨비와 파란 도깨비는 친구입니다.

빨간 도깨비는 마을 사람들과 친해지고 싶었습니다. 그래서 집 앞에다 '놀러 오세요'라고 쓴 팻말을 세워 놓았습니다. 하지만 마을 사람들은 빨간 도깨비를 무서워해서 친구가 되어주지 않습니다.

그래서 친구인 파란 도깨비가 일부러 마을 사람들을 괴롭혔습니다. 그 때 빨간 도깨비가 나타났습니다.

　　빨간 도깨비는 친구인 파란 도깨비의 머리를 딱딱 때렸습니다. 덕분에 빨간 도깨비는 마을 사람들과 친구가 되었습니다.

　　그 뒤로 파란 도깨비는 빨간 도깨비 집에 놀러 가지 않았습니다.

　　걱정이 된 빨간 도깨비가 파란 도깨비네 집에 가보았습니다. 문은 잠겨 있었습니다. 문에 종이가 붙어 있었습니다. 그 종이에는 '빨간 도깨비야, 사람들과 친하게 지내. 나는 여행을 떠나.'라고 적혀 있었습니다.

　　빨간 도깨비는 편지를 다 읽고 훌쩍훌쩍 울었습니다.

　　나는 책을 다 읽고 나서 제목이 왜 '울어버린 빨간 도깨비'인지 알았습니다. 그리고 파란 도깨비가 훌륭하다고 생각했습니다.

　지즈루 선생님은 책을 읽지 않은 아이들도 자기 생각을 말할 수 있도록 수고를 아끼지 않고 책을 끝까지 읽어주었다. 하지만 교과서에 실린 이 감상문은 읽어주지 않았고 아이들에게 읽으라고 하지도 않았다.

　"이것은 빨간 도깨비와 파란 도깨비의 우정 이야기예요. 친구는 부모님이나 형제만큼, 아니 어떨 때는 그 이상으로 소중한, 무엇과도 바꿀 수 없는 사람이지요. 여러분은 친구가 있어서 좋다고 생각한 적이 많을 거예요. 또 친구 때문에 고민하기도 하지요. 그건 선생님이나 여러분이나 마찬가지일 거라고 생각해요. 여러분이 빨간 도깨비와 파란 도깨비 같은 우정을 나눠본 적이 있는지 또는 지금 그런 우정을 나누고 있는지는 알 수 없지만, 되도록 자기 일이라고 생각하고 감상을 말해주세요."

지즈루 선생님은 이렇게 수업을 이끌어갔다.

이런 방식으로 수업을 하는 교사는 드물다.

우선 교과서의 글을 꼼꼼히 읽힌다. 모르는 한자, 모르는 단어나 숙어 등을 이해시키고 세부 상황이나 등장인물의 심리를 이해시킨 뒤에 주제에 대해 이야기하는 것이 일반적인 방식이다.

지즈루 선생님이 그렇게 하지 않은 이유는 여러 가지로 추측할 수 있다.

아직 교사로서 틀이 잡혀 있지 않은 젊은 세대인 까닭도 있으리라. 원문을 읽지 않은 상태에서 아이들에게 감상을 말하게 하는 교과서 위주 수업의 부당함에 반발하고 있는지도 모른다. 아니면 젊은 세대의 관심사인 우정이라는 주제가 지즈루 선생님을 자극한 때문일까?

"말해볼 사람, 아무도 없어요?"

지즈루 선생님이 재촉하자, 몇몇 아이가 손을 들었다.

"그래, 시게키."

도쿠다 시게키가 일어났다.

"빨간 도깨비는 마음씨가 고운 도깨비죠?"

"책을 읽어보니까 그런 것 같네요."

"사람들은 대체로 도깨비를 무서워하기 때문에 이 이야기를 쓴 사람은 빨간 도깨비가 친절한 도깨비라고 여러 번 주장하지만, 저는 별로 동의할 수 없었어요, 처음에는요."

조금 건방진 말투다. 자연 시간에 자기 지식을 자랑하던 아이다.

"어머, 그랬어요?"

지즈루 선생님은 일단 시게키의 말에 호응해주었다.

"빨간 도깨비가 나무 팻말에 쓴 글 말이에요, '마음씨 고운 도깨비의 집입니다'라는 거……."

"아, 짙은 글씨로 쓰인 부분 말이군요. 한 번 더 읽어볼까요?"

시게키가 고개를 끄덕여서, 지즈루 선생님이 그 부분을 한 번 더 읽었다.

"마음씨 고운 도깨비의 집입니다. 누구든지 놀러 오세요. 맛있는 과자도 있습니다. 차도 끓여드립니다."

"자기 입으로 자기가 마음씨 곱다고 하는 건 좀 이상하지 않아요? 아무도 안 믿어줄 거예요."

시게키가 말했다.

지즈루 선생님은 끄응, 하고 나직이 앓는 소리를 냈다. 굉장히 예리하구나 생각한다. 그래서 혹시나 싶어 물어보았다.

"그렇다면 과자와 차를 준비해 놓았으니까 누구든 놀러 오라는 말은 어떻게 생각하죠?"

시게키는 서슴없이 대답했다.

"그건 착해서가 아니라 사람과 친구가 되고 싶어서예요. 빨간 도깨비의 작전이니까, 착하다고는 할 수 없어요."

"작전이라……."

지즈루 선생님은 중얼거리듯이 말했다.

"이 이야기를 지은 사람이 하마다 씨예요?"

"그래, 하마다 히로스케라는 분이야."

"하마다 씨는요······."

유명한 동화작가도 아이들한테 걸리면 그냥 하마다 씨가 된다.

지즈루 선생님은 쓴웃음을 지었다.

"빨간 도깨비는 친절하고 온순하다고 했지만, 친절하거나 온순하게 표현된 부분은 별로 없지 않나요?"

"글쎄?"

지즈루 선생님은 재빨리 책장을 넘기며 훑어보았다.

지즈루 선생님이 아이들에게 말했다.

"시게키가 말한 부분을 한 번 더 읽을 테니까 잘 들어봐요."

겉보기에는 도쿠다 시게키와 지즈루 선생님의 대화 같지만, 시게키의 말 속에는 다른 아이들의 생각이나 감상도 섞여 있다. 지즈루 선생님은 그것을 느낌으로 알 수 있었다.

"······ 그렇지 않습니다. 오히려 친절하고 온순한 도깨비였습니다. 젊은 도깨비니까 힘도 셌습니다. 하지만 다른 도깨비를 괴롭힌 적이 없습니다. 어린 도깨비가 장난을 치며 눈앞에 돌멩이를 톡 던져도 빨간 도깨비는 빙긋 웃으며 보고 있었습니다.

빨간 도깨비는 다른 도깨비들과 생각하는 것이 달랐습니다.

'나는 도깨비로 태어났지만, 도깨비들을 위해 내가 할 수 있는 일이라면 뭐든 하고 싶어. 아니, 할 수만 있다면 도깨비뿐 아니라 사람들과도 친구가 되어 사이좋게 지내고 싶어.'

빨간 도깨비는 늘 이렇게 생각했습니다. 그러다가 그 생각을 혼자 마음속에만 담아둘 수 없게 되었습니다."

지즈루 선생님이 읽기를 마치자, 많은 아이들이 저요, 저요, 하고 손을 들었다.

"으음……."

누구 이야기를 들어볼까. 지즈루 선생님은 망설였다.

"선생님, 제 얘기 아직 안 끝났어요."

시게키가 몸을 앞으로 쭉 뻗고 큰 소리로 말했다.

'어떡하지?'

지즈루 선생님은 되도록 많은 아이들의 이야기를 듣고 싶었다.

"자, 이렇게 해요. 시게키가 조금만 양보하는 거야. 다른 친구들도 자기 생각을 말하고 싶어하니까."

시게키는 마지못해 동의했다.

"리에."

지즈루 선생님이 리에를 가리켰다.

"저도 시게키랑 같은 생각이에요. 빨간 도깨비는 믿을 수가 없어요. 자기 생각대로 안 되니까 애써 만든 팻말을 짓밟아 망가뜨렸잖아요. 너무 제멋대로예요."

맞아, 맞아, 하는 소리가 들렸다.

이 반 아이들 사이에서는 빨간 도깨비의 평판이 별로 좋지 않은 듯하다.

교과서에는 감상문이 세 편 실려 있는데, 그 중 하나는 다음과 같다.

빨간 도깨비는 사실은 마음씨 고운 도깨비입니다. 하지만 마을 사람들이 믿어주지 않아서 팻말을 망가뜨렸습니다. 그래도 파란

도깨비의 계획으로 마을 사람들과 친해질 수 있어서 다행이라고
생각했습니다.

　마지막에 파란 도깨비가 멀리 가버린 것을 알고, 빨간 도깨비
는 엉엉 울었습니다. 나는 빨간 도깨비는 마음씨 고운 도깨비구
나 생각했습니다.

이것이 빨간 도깨비에 대한 일반적인 생각이리라.

린타로네 반 아이들 중에 여기에 동의하지 않는 아이가 꽤 있다
는 사실이 흥미롭다.

"자, 시게키 생각을 계속 얘기해봐요."

시게키가 벌떡 일어났다.

"다른 도깨비를 괴롭히지 않았다고 해서 착한 도깨비라고 할 수
는 없잖아요? 돌을 던지는데도 웃기만 하면 착한 건가요? 이 이야
기를 쓴 하마다 씨는 자기 마음대로 빨간 도깨비를 마음씨 고운 도
깨비로 만든 것 같아요."

"그러니까 시게키는 빨간 도깨비가 착하지 않다고 생각하는 거
죠?"

"네. 하지만 마지막 부분은 좀 달라요."

하고 시게키가 말했다.

린타로는 지금껏 한 번도 손을 들지 않았다. 가만히 생각에 잠겨
있다. 프랑켄도 마찬가지다.

"마지막 부분은 좀 다르다는 건 무슨 말이죠?"

지즈루 선생님이 시게키에게 물었다.

"빨간 도깨비는 파란 도깨비의 편지를 읽고 울잖아요. 빨간 도깨비가 특별히 착하다고는 생각하지 않지만, 이 부분을 읽을 때는 빨간 도깨비도 남들만큼은 착하구나 생각했어요."

"남들만큼이라……."

지즈루 선생님이 중얼거리듯 말했다.

"네, 남들만큼요."

시게키가 한 번 더 강조하듯 말했다.

"사실 따지고 보면 파란 도깨비를 희생시킨 셈이죠, 빨간 도깨비는."

역시 어른스러운 말투다.

"빨간 도깨비는 파란 도깨비의 편지를 두 번, 세 번 연거푸 읽잖아요. 울 때도 손으로 문을 짚고는 얼굴을 손등에 대고 울고요."

"그래요, 그 장면에 빨간 도깨비의 마음이 잘 드러나 있죠."

"네. 자기가 잘못했다고 생각하니까 거기서는 남들만큼 착해요."

시게키가 말했다.

시게키는 그렇게 생각하는군요, 하고 말해준 뒤에 지즈루 선생님은 다른 아이들에게 물었다.

"빨간 도깨비가 우는 장면에 빨간 도깨비의 어떤 마음이 드러나 있다고 생각해요?"

저요, 저요, 하고 또 몇 명이 손을 들었다.

"그래, 미호 말해봐요."

"파란 도깨비한테 미안해서 울기도 했지만, 이제 다시는 파란 도깨비를 못 만날지도 모른다는 생각 때문에 많이 울었어요."

도바타케 미호가 말했다.

"으음, 그렇군요. 그렇게 생각할 수도 있겠네요. 친구를 잃는다는 건 슬픈 일이니까요."

미호가 고개를 끄덕였다.

"미호도 그런 경험, 있어요?"

"있어요."

"언제?"

"친구랑 싸웠는데 친구가 절교하자고 했을 때요."

저런, 그런 일이 있었군요, 하고 지즈루 선생님은 미소를 지으며 말했다.

교과서에 실린 감상문 중에는 이런 글도 있다. 여기에는 아이들의 일상과 마음이 담겨 있다.

나는 파란 도깨비가 친절한 도깨비라고 생각했습니다.

파란 도깨비는 마을 사람들과 친해지지 못해서 고민하는 빨간 도깨비를 도와주었습니다. 나도 친구가 따돌림을 당할 때 도와준 적이 있습니다.

반대로 친구를 따돌린 적도 있습니다. 공놀이를 할 때, 친구를 공놀이에 끼워주지 않았습니다. 나중에 나는 잘못했다고 생각했습니다.

수업이 이어졌다.

아이들은 파란 도깨비에 대해서도 다양한 의견을 내놓았다.

"파란 도깨비는 멋있어요."

"진짜 착한 건 파란 도깨비야."

"파란 도깨비는 외톨이고, 외로운 도깨비예요."

"파란 도깨비는 빨간 도깨비를 떠나서 어쩌겠다는 거예요? 빨간 도깨비만 행복할 수 있다면 자기는 어떻게 돼도 상관없다고 생각하는 건 좀 이상해요."

다들 생각이 깊다. 지즈루 선생님은 감탄했다.

이런 문제에는 정답이 없다.

정답이 있을 때보다 정답이 없을 때 오히려 아이들은 더욱 생기 있고 수업도 활기차다. 교사가 교과서에 얽매이거나 집착한다면 이런 수업은 기대할 수 없다.

수업은 순조롭게 이루어지고 있었다. 그러나 지즈루 선생님은 린타로와 프랑켄이 아무 말도 없는 것이 마음에 걸렸다.

둘 다 말없이 앞만 보고 있다. 관심이 없는 것 같지는 않다.

지즈루 선생님이 큰맘 먹고 물었다.

"오제 린타로는 어떻게 생각하지?"

말투가 너무 딱딱한가? 순간 지즈루 선생님은 조금 후회가 되었다.

린타로가 혼잣말을 하듯 나직이 말했다.

"도깨비가 무서워?"

"?"

"도깨비가 왜 무서워?"

허를 찔린 듯한 느낌이었지만, 이 때 지즈루 선생님의 대답은 아주 훌륭했다.

"어, 정말. 도깨비가 왜 무섭지?"

무심코 이렇게 말해버린 것이다.

그러자 프랑켄이 안심한 얼굴로 손을 들었다.

"얼굴이나 몸 색깔이 우리하고 다를 뿐이잖아요. 그것 말곤 다 똑같아."

두 아이가 여태껏 왜 아무 말도 하지 않았는지, 지즈루 선생님도 이제야 조금 알 것 같았다. 둘은 도깨비는 무섭다는 전제를 이해할 수 없었던 것이다.

지즈루 선생님이 말했다.

"좋아요. 도깨비는 우리와 똑같다고 치고, 빨간 도깨비와 파란 도깨비를 어떻게 생각하는지 말해봐요."

먼저 프랑켄이 일어서서 말했다.

"다들 잠깐 조용히 하고 들어줘."

그리고 아이들을 빙 둘러보고는 히죽 웃었다. 뭔가 시작할 모양이다.

"파란 도깨비야, 파란 도깨비야."

"왜, 빨간 도깨비야?"

"너는 왜 그렇게 파래?"

"날마다 파란 주스를 먹어서 파랗지."

"날마다 파란 주스를 먹으면 파래져?"

"당연하지."

프랑켄은 혼자서 만담을 시작했다.

"그럼, 내가 빨간 건 토마토 주스를 먹기 때문인가?"

"당연하지."

"나는 토마토 주스를 좋아하긴 하지만 오렌지 주스를 먹고 싶을 때는 어떡하지?"

"그 때는 몸 색깔을 바꿀 수 있는 칠면조가 되면 되잖아. 우히히히."

아이들이 손뼉을 치며 깔깔거렸다.

프랑켄은 수업 중에 당당하게 우스갯소리를 한 것이다.

지즈루 선생님은 어안이 벙벙했다. 하지만 프랑켄을 나무라지 않았다.

"미쓰루는 머리가 좋구나. 그런 이야기를 금방 지어내다니. 그럼, 이제 선생님의 질문에 대답해볼까요?"

"나 같으면 사람들을 웃길 거예요."

프랑켄이 대답했다.

어머, 그래요? 하고 지즈루 선생님이 말했다.

"사람들을 웃겨서 친구가 되겠다고?"

"응."

이 아이는 남다른 재능을 갖고 있어. 지즈루 선생님은 이렇게 생각했다.

언젠가 프랑켄이 바지에 실수를 했을 때, 린타로가 프랑켄을 도와준 적이 있다. 지즈루 선생님의 머릿속에는 그 때의 인상이 강하게 남아 있다.

"린타로는 어때?"

지즈루 선생님은 어떻게든 린타로의 생각을 듣고 싶었다.

"어떤 생각을 했거나 어떤 일을 하면, 아무한테도 말 안 하는 게 좋아."

린타로는 그렇게 말했다.

"빨간 도깨비 말이니, 파란 도깨비 말이니?"

"둘 다."

"둘 다?"

"빨간 도깨비는 착한 일을 하고 싶은 마음, 사람들이랑 친구가 되고 싶은 마음을 숨기지 못하고 남한테 털어놓았는데, 그건 응석이야. 아기들이나 하는 짓이야."

린타로는 빨간 도깨비를 호되게 비판했다.

"빨간 도깨비도 바보지만 사람들도 바보야. 아무것도 모르면서 빨간 도깨비만 착한 도깨비라며 맛있는 음식을 만들어줬잖아."

"되게 엄격하구나, 린타로는."

지즈루 선생님이 말했다.

"무섭다고 자꾸 달아나기만 하면 더 무서워지는데."

린타로는 도깨비를 겁내는 사람들이 한심한 모양이었다.

"그럼, 파란 도깨비는?"

지즈루 선생님이 물었다.

"파란 도깨비는 남의 마음을 읽을 수 있으니까 처음엔 괜찮았어."
하고 린타로가 말했다.

남의 마음을 읽을 수 있다는 말은 초등학교 2학년으로서는 좀 어려운 말이라고, 지즈루 선생님은 생각했다. 조금 뜻밖이었다.

평소에 린타로가 할아버지와 어떤 이야기를 나누는지 지즈루 선생님은 전혀 알지 못한다.

"파란 도깨비는 빨간 도깨비한테 자기 계획을 말할 때 눈빛이 슬퍼졌어."

지즈루 선생님은 그 부분을 다시 읽어보고 또 한 번 놀랐다. 이 이야기에서 감정의 동요가 가장 섬세하게 표현된 부분이다. 그것을 용케도 집어냈구나 싶었다.

지즈루 선생님이 말했다.

"이 부분은 아주 중요해요. 잠깐 읽어볼까?"

지즈루 선생님이 조금 앞부분부터 읽기 시작했다.

" '농담하지 마.' 하고 빨간 도깨비는 조금 허둥거리며 말했습니다. '그러지 말고 내 말을 들어봐. 내가 한창 마구 날뛰고 있을 때 네가 바람처럼 나타나는 거야. 나를 쓰러뜨리고 내 머리를 딱딱 때려. 그러면 사람들은 너를 칭찬할 거야. 틀림없어. 그러면 모든 일이 술술 잘 풀릴 거야. 사람들이 안심하고 너네 집에 놀러 올 거라구.'

'흐음, 좋은 생각이야. 하지만 그러면 너한테 너무 미안하잖아.'

'미안하긴 뭐가 미안해? 섭섭한 소리 마. 가치 있는 일을 하려면 고통을 겪거나 뭔가를 잃게 마련이야. 누군가가 대신 희생하지 않으면 안 된다고.'

왠지 슬픈 눈빛을 띠면서도 파란 도깨비는 씩씩하게 말했습니다."

이 부분 말이지? 하고 지즈루 선생님이 물었다.

"응."

린타로가 끄덕 고갯짓을 했다.

"파란 도깨비는 결심을 했기 때문에 그런 눈빛을 한 거야."

"어떤 결심?"

"자기가 맡은 일에 절대로 불평하지 않겠다는 결심."

"대단한 결심이구나."

"응. 파란 도깨비는 아무도 자기를 위로해주지 않아도 괜찮다고 생각해."

"그렇구나. 그렇게 굳은 결심이 담긴 말이구나."

"친구를 도울 생각이라면 쓸쓸한 마음쯤은 견뎌야 해."

린타로가 딱 잘라 말하고, 프랑켄이 그런 린타로를 올려다보았다.

"보답을 바라서는 안 된다는 말이죠."

지즈루 선생님은 아이들이 아니라 자기 자신에게 이르듯이 말했다.

친구를 도울 생각이라면 쓸쓸한 마음쯤은 견뎌야 해. 지즈루 선생님은 어린애가 어떻게 이런 생각을 할 수 있을까 생각한다.

지즈루 선생님은 그렇게 생각하지만 린타로로서는 일상적인 일이다.

툭하면 아오풍을 강물에 빠뜨리지만 아무도 자기 진심을 이해해주지 않는다. 그렇다고 그 때마다 푸념을 해서는 친구를 사귈 수 없다. 이것이 린타로의 생각이며 각오다.

어린이는 자신의 말이나 행동을 해명하는 기술이 부족한 만큼 어른보다 훨씬 담백한 태도를 보일 수 있다. 또 그런 만큼 슬픔을 바라보는 어린이의 눈도 어른들 생각처럼 미숙하지 않다.

"린타로는 방금 파란 도깨비가 처음엔 괜찮았다고 했는데……."

"응."

"무슨 뜻이지?"

"친구라면 끝까지 친구 옆에 있어줘야 돼."

린타로는 이 말에 굉장히 힘을 주었다.

"파란 도깨비가 여행을 떠난 게 잘못이라는 말이니?"

"응."

"파란 도깨비는 빨간 도깨비가 행복하기를 바랐기 때문에 여행을 떠났다고, 그러니까 빨간 도깨비 곁을 떠났다고 생각하지 않는 거니, 린타로는?"

"응."

린타로는 이번에도 아주 단호하게 말했다.

"도깨비한테는 도깨비 친구가 제일 좋아. 사람 친구가 아무리 많이 생기면 뭐 해? 도깨비 친구가 한 명 줄었는걸. 파란 도깨비는 그걸 모르니까 절반은 바보야."

린타로의 논리는 나름대로 명쾌하다.

"그리고 멀리 떠날 거라면 편지 같은 건 안 쓰는 게 나아."

"왜?"

"친구가 왜 떠났는지 빨간 도깨비 스스로 생각하는 게 더 좋으니까."

"으음……."

지즈루 선생님의 입에서 신음소리가 새어 나왔다.

어린아이가 이렇게까지 냉철할 수 있으리라고는 꿈에도 생각하지 못했다. 어린이 속에는 결코 어린이만 있는 것이 아니다. 지즈루 선생님은 그것을 절실히 느꼈다.

지즈루 선생님은 야마하라 선생님과 달랐다. 아이들에 의해 자신을 싸고 있는 겉껍질이 깨어지는 경험 대신에 아이들을 알아나가는 고통과 기쁨을 한껏 맛보고 있었다.

* * *

프랑켄이 가출을 했다.

저녁 7시쯤 린타로의 집으로 지즈루 선생님의 전화가 걸려왔다.

메이가 받았다. 소지로는 아직 퇴근 전이다.

"네? 어머, 그래요? 네, 네……."

지즈루 선생님과 메이의 대화가 한동안 이어졌다.

메이는 수화기를 내려놓고 숨을 크게 한 번 내쉬었다.

"린타로, 너 오늘 미쓰루랑 몇 시쯤까지 같이 놀았니?"

"네 시쯤까지."

린타로는 눈치가 빠른 아이다.

"프랑켄한테 무슨 일 있대?"

메이한테 물었다.

"미쓰루가 아직 집에 돌아오지 않았대."

린타로는 잠자코 메이의 얼굴을 올려다보았다.

"너, 뭐 짚이는 거 없니?"

"짚이는 거?"

"집에 가기 싫을 만한 고민이 있었다거나 분위기가 평소와 좀 달랐다거나."

린타로는 잠시 생각하더니 몰라, 하고 대답했다. 그러면서도 린타로는 곰곰이 생각하고 있다.

"좀 있으면 지즈루 선생님이 오실 거야. 선생님이 오시면 너도 같이 미쓰루네 집에 갈래?"

"응."

린타로는 고개를 끄덕인다.

"선생님이나 미쓰루의 부모님은 괜히 일을 크게 만들고 싶지 않다고 하셔. 금방이라도 미쓰루가 아무 일도 없었다는 듯이 돌아올지 모른다고. 하지만 그래도 괜찮을지……."

메이는 그런 생각을 이해할 수 없는 모양이다.

"네가 미쓰루랑 제일 친하니까 네 얘기를 좀 듣고 싶대. 엄마도 같이 갈게."

린타로는 또 한 번 응, 하고 고개를 끄덕였다.

메이는 외출 준비를 했다.

"린타로, 옷 갈아입고 갈래?"

"아니."

20분쯤 뒤에 지즈루 선생님이 린타로의 집을 찾아왔다.

"린타로 어머님, 죄송해요."

지즈루 선생님은 어쩔 줄을 몰라 했다.

"린타로, 미안해."

린타로에게도 그렇게 말했다.

"걱정이야."

지즈루 선생님은 혼잣말처럼 중얼거렸다.

"대체 무슨 일일까요?"

메이도 걱정스레 말했다.

린타로는 고개를 숙인 채 어른들의 불안감을 온몸으로 느끼고 있었다.

지즈루 선생님의 차를 타고 다 같이 프랑켄의 집으로 갔다.

대문이 크고 으리으리했고 현관 앞까지 돌계단이 깔려 있었다. 프랑켄의 집은 그런 집이었다. 정원의 나무도 깔끔하게 손질되어 있었다.

창마다 불빛이 환하다.

"린타로, 미쓰루네 집에 놀러 온 적 있니?"

메이가 나직이 물었다.

"아니."

린타로는 고개를 저었다. 메이는 프랑켄의 집을 보고 적잖이 놀랐다.

누군가 나왔다.

"아유, 정말 송구스럽습니다. 자, 어서 안으로 들어가세요."

중년 남녀가 린타로 일행을 맞았다. 프랑켄의 부모님인 듯했다.

"교장선생님과 교감선생님은 학교에서 기다리고 계십니다."

지즈루 선생님이 말했다.

"정말 면목이 없습니다. 죄송합니다."

프랑켄의 아버지는 동작이며 말투가 시원시원한 사람이었다.

"뭐라고 드릴 말씀이 없어요."

프랑켄의 엄마도 고개를 숙였다. 고상한 품위가 느껴졌다.

메이는 프랑켄과의 대화를 떠올렸다.

"우리 여싸님은 만들 줄 아는 게 하나도 없는데……."

"여싸님이 나를 보살펴 줬던가?"

"만날 화장하고 나가요."

메이의 눈에 프랑켄의 부모님은 충분히 교양을 갖춘 사람으로 보였다.

프랑켄의 부모님은 손님들을 거실로 안내했다.

"네가 린타로니? 미쓰루가 늘 신세만 져서 미안하구나."

프랑켄의 엄마가 가장 먼저 린타로에게 말을 걸었다.

메이는 거기에서 좋은 인상을 받았다. 눈매가 서글서글하고 눈빛이 맑은 사람이었다.

나보다 열 살쯤 많겠어, 하고 메이는 생각했다.

"미쓰루는 집에 오면 늘 린타로 얘기뿐이란다. 널 굉장히 좋아하고 아끼는 것 같더구나."

린타로가 응, 하고 대답했다. 프랑켄의 엄마가 호호호 웃었다.

메이는 뭔가 이상했다. 아이가 가출을 하면 부모는 거의 제정신이 아닐 텐데.

여자아이가 홍차를 끓여 거실로 내왔다.

"미쓰루의 누나 사토코예요. 지혜로운 아이라는 뜻인데, 고등학교 3학년이라 한창 건방질 때랍니다."

미쓰루의 어머니가 사토코를 소개했다. 어머니를 닮아 눈이 맑고 키가 꽤 컸다.

사토코도 린타로를 보고 미소를 지었다.

이윽고 어른들이 서로 인사를 나누고, 프랑켄의 아버지가 명함을 꺼냈다.

현(縣) 의원 오무라 데쓰로라고 쓰여 있다. 현 의원이라는 글씨 밑에 소속 정당의 이름도 보인다.

프랑켄의 엄마까지 명함을 꺼내는 바람에 메이는 깜짝 놀랐다.

학교법인 구마미즈 학원 이사장, 구마미즈 준코.

메이는 명함을 받아들면서 그 애가 이런 집안의 아이였다니, 하고 중얼거렸다.

그 중얼거림은 이내 또 다른 놀라움으로 바뀐다.

사토코가 홍차를 다 따르고 말했다.

"명함을 드리면 명함을 주고받는 정도의 관계밖에 맺지 못해, 엄마. 미쓰루가 걱정돼서 이렇게 와주셨는데……."

사토코가 쌀쌀맞게 말했다.

"아빠는 그렇다 쳐도……."

이번에는 한결 더 쌀쌀맞은 말투다.

메이는 무심결에 사토코의 얼굴을 보았다.

"네 말뜻은 알겠지만 명함을 건네는 행동에는 두 가지 의미가 있어. 형식적인 행동이라면 네가 말한 관계밖에 되지 않겠지만, 정말 제대로 사귀고 싶은 사람에게는 처음부터 나를 모두 드러내 보이는 게 나아."

"명함을 받은 상대방도 그렇게 생각할까?"

"느낌이란 게 있으니까."

그만들 하지, 하고 프랑켄의 아빠 데쓰로가 두 사람을 말렸다.

프랑켄의 엄마 준코는 생긋 웃으며 메이와 지즈루 선생님에게 말했다.

"미안해요. 우리 집은 늘 이렇답니다."

지즈루 선생님은 당황스러웠다.

당장 프랑켄 이야기부터 꺼낼 줄 알았는데 이야기가 묘한 방향으로 흘러간다.

지즈루 선생님은 자신이 할 일이 없는 듯해서 어쩐지 섭섭한 다음이 들었다.

"린타로, 커피젤리 먹을래?"

"……."

"먹자. 이리 와."

사토코가 린타로의 손을 끌다시피 해서 옆방으로 데려갔다.

옆방은 식탁이 있는 널찍한 입식 부엌이었다.

사토코는 냉장고에서 커피젤리 두 개를 꺼냈다.

"앉아."

사토코는 식탁 의자에 털썩 앉았고 린타로는 쭈뼛거리며 앉았다.

"걱정할 것 없어, 린타로. 미쓰루는 돌아올 거야. 벌써 세 번째 가출이니까 상습범인 셈이지. 그 애, 뭔가 하소연하고 싶은 게 있으면 꼭 이런다니까. 뭐, 그래도 어른들은 걱정하시지만."

"프랑켄은 왜 가출했어?"

린타로는 사토코에게 물었다. 사토코는 그 말에 대답하지 않고

"그 애, 특이하지?"

하고 물었다.

린타로는 말없이 사토코의 얼굴을 빤히 바라보았다.

"유치원 때는 순하고 귀엽고 여자애처럼 훌쩍거리는 인형 같은 애였어. 한마디로 바보였지."

린타로의 눈동자가 아주 조금 움직였다.

"아마 린타로와는 딴판인 아이였을걸?"

린타로는 뭐라고 대꾸해야 좋을지 몰랐다.

"넌 절대로 누구한테 기대거나 어리광 부리지 않지?"

"……."

"야단맞아도 절대 울지 않고."

사토코는 린타로와 뭔가 재미난 놀이라도 하고 있는 듯하다.

"변명 같은 것도 안 할 거고."

"……."

"싸움도 아주 잘하겠지?"

"……."

"그렇지? 린타로는 그런 애 같아. 맞지? 응, 내 말이 맞지?"

"……."

린타로는 속으로 놀라고 있었다. 사토코 같은 여자는 처음이었다.

린타로는 자라면서 할머니와 엄마 이외의 여자를 접할 기회가 거의 없었다. 물론 린타로도 여자아이들과 어울려 놀기는 하지만 그 때는 여자아이와 남자아이 사이에 아무런 차이를 두지 않는다. 여자로 대해야 할 상대 앞에서 갑자기 얼어버리는 것은 린타로가 여자의 세계를 전혀 모르기 때문이다.

가엾게도 린타로는 어쩔 줄을 모른 채 차가운 커피젤리를 손에 꼭 쥐고 잔뜩 움츠러들어 있었다.

다만 온몸의 감각을 예리한 칼날처럼 곤두세워 사토코가 어떤 사람인지 알려고 애썼다.

물론 사토코도 대단히 예민한 아이다. 첫눈에 린타로의 성격을 거의 꿰뚫어 보았으니까.

"난 미쓰루가 왜 린타로를 좋아하는지 알 수 있어."

사토코가 말했다. 그러고는 커피젤리를 같이 먹자고 했다.

커피젤리를 먹으며 사토코는 쉴새없이 이야기를 풀어놓았다.

"한번은 미쓰루한테 화장을 해준 적이 있어. 미쓰루, 진짜 예쁘다, 했더니 웃으면서 좋아하는 거야. 하지만 사실은 정반대였어. 혼자 화장실에서 화장을 지우며 울고 있었거든. 그렇게 소심한 아이였지."

이 소녀도 꽤나 짓궂다.

"미쓰루가 이상해지기 시작한 건 초등학교 때부터야."

"1학년?"

"그래, 1학년 때부터."

"어떻게 이상해졌는데?"

"글쎄……."

사토코는 잠깐 생각했다.

"집에 있는 돈을 몰래 들고 나가거나……"

린타로는 살짝 고개를 떨구었다. 린타로도 비슷한 경험이 있다.

"남들 앞에서 우스갯짓을 하거나……."

나 프랑켄, 하면서 우스꽝스러운 얼굴을 만들지? 하고 사토코가
물었다.

"응."

린타로가 대답했다.

"낯선 사람이 집에 찾아오잖아. 그래서 손님한테 인사해야지?
하면 걔, 얼굴이 새빨개져서 엄마 뒤에 숨어버리던 아이였어. 믿어
지니?"

프랑켄이 그런 아이였다고? 그래, 어쩌면 그랬을지 몰라. 린타
로는 마음 한 구석으로 이렇게 생각하고 있었다.

"그런 애들, 원래 좀 귀엽잖아. 같은 애들한테는 귀여운 척 꾸미
는 걸로 보여서 미움을 사기도 하지만 대개는 귀염을 받지. 미쓰루
는 그야말로 누구에게나 사랑받는 아이였어. 그런데 언제부턴가
그런 자신이 싫어진 모양이야."

린타로는 어쩐지 프랑켄의 마음을 이해할 수 있을 것 같았다.

"일부러 남들이 싫어하는 짓을 하거나……."

그래, 맞아. 문득 뭔가 생각난 듯 사토코가 말했다.

"걔, 툭하면 똥이니 오줌이니 하는 말, 하지?"

린타로는 마지못해 응, 하고 대답했다.

친구들끼리 똥이 어떻다느니, 오줌이 어떻다느니 할 때는 아무
렇지 않았는데 바로 코앞에서 사토코한테 그런 말을 들으니까 어
쩐지 좀 쑥스럽다고 린타로는 생각했다.

"언제까지 린타로를 독차지할 거니?"

준코가 린타로를 부르러 왔다.

"고마워요."

메이가 사토코에게 말했다. 메이는 사토코의 마음을 알 수 있었다.

사토코는 어른들 사이에서 오가는 무거운 대화로부터 한동안 린타로를 떼어놓아 주었던 것이다.

메이는 사토코가 영리한 소녀라고 믿었다. 명함을 건네면 명함을 주고받는 정도의 관계밖에 맺지 못한다는 말에서, 사토코가 사람을 보는 눈이 정확한 아이라는 것도 알 수 있었다.

"사토코, 메이 씨 말야……."

아, 린타로 어머니의 이름이야, 하고 준코가 재빨리 덧붙였다.

"미도리 사와코의 조수래."

"응?"

사토코가 깜짝 놀랐다.

"사와코 아줌마의 조수라고?"

사토코의 눈이 동그래졌다.

"사와코하고는 자매처럼 친하게 지내는 사이라고, 방금 말씀드렸어."

"도쿄에 있는 가게에 종종 들르니까 어쩌면 서로 만난 적도 있겠네?"

"정말 그럴 수도 있겠구나."

그러면서 준코가 말을 이었다.

"지즈루 선생님께 미쓰루가 지금껏 어떻게 지내왔는지 말씀드렸고, 지금 미쓰루가 어디에 있든…… 뭐, 보나마나 전철을 타고 있겠지만, 여기저기 부탁해서 나름대로 손을 써뒀다는 말씀도 드렸어."

이 말을 듣자 사토코는 미소를 지으며 지즈루 선생님에게 가볍게 고개를 숙였다.

자기 가족에게는 심한 말을 하지만 다른 사람에게는 예의가 바르다.

준코가 린타로에게 물었다.

"미쓰루 때문에 그러는데, 아줌마가 두 가지만 물을게. 괜찮지?"

린타로는 준코의 얼굴을 똑바로 쳐다보았다.

"그 애, 때때로 말없이 혼자 전철을 타곤 하는데, 린타로한테 그런 얘기 한 적 있니?"

린타로는 곧바로 고개를 저었다.

"역시……."

준코는 남편을 보며 말했다.

"내가 아무리 친구들을 집에 데려오라고 해도 미쓰루는 데려오지 않아. 혹시 미쓰루가 집에 놀러 가자고 한 적 있니?"

이번에도 린타로는 고개를 저었다.

준코는 나직이 한숨을 내쉬고는 남편 데쓰로의 얼굴을 올려다보았다.

그 때 전화가 울렸다.

사토코의 말대로 프랑켄의 가출은 이번에도 별 탈 없이 마무리되었다.

후쿠치야마 선 전철 산다 역에서 프랑켄을 보호하고 있다고 한다.

준코가 수화기를 내려놓고 그 사실을 알리자, 지즈루 선생님이 가장 먼저

"다행이야."

하고 말했다.

그리고 참았던 감정이 복받쳤던지 갑자기 두 손으로 얼굴을 가렸다.

지즈루 선생님이 울고 있다는 것을 알았을 때, 모든 사람이 순간적으로 시간이 멈춘 듯한 표정을 지었다.

프랑켄의 아빠 데쓰로가 덥석 지즈루 선생님의 손을 잡고 떨리는 목소리로 말했다.

"감사합니다, 선생님."

자기 아이 때문에 눈물을 흘리는 선생님에 대한 감격이 온몸에 역력히 드러나 있었다.

준코도 젖은 눈으로 말없이 고개를 숙였다. 메이도 고개를 숙였다.

린타로와 사토코가 그 모습을 가만히 바라보고 있다.

얼마 뒤, 지즈루 선생님이 말했다.

"죄송해요. 이렇게 못난 모습을 보여서."

"아니에요, 정말 고맙습니다."

준코가 진심을 담아 말했다.

"차를 갖고 왔으니까 제가 미쓰루를 데리러 갈게요."

"아닙니다. 거리도 꽤 멀고 하니 미쓰루는 저희들이 데리러 가겠습니다."

프랑켄의 아빠 데쓰로가 더없이 미안해하며 지즈루 선생님에게 말했다.

결국 지즈루 선생님은 린타로와 메이를 집까지 바래다주기로 했다.

"린타로, 다음에 꼭 놀러 와."

현관에서 사토코가 말했다.

"약속."

사토코가 린타로의 새끼손가락에 자기 새끼손가락을 걸고는 살살 흔들었다.

린타로의 얼굴에 수줍은 빛이 돌았다.

메이는 린타로가 저런 얼굴을 할 때도 있구나 싶었다.

집에 거의 다다랐을 무렵 메이가 지즈루 선생님에게 말했다.

"여기서 내려주세요."

"아니에요, 댁까지 모셔다 드릴게요."

"린타로하고 이야기 좀 하다가 들어가고 싶어서요."

메이의 기분을 알아차린 지즈루 선생님이 곧바로 네, 하고 대답했다.

"린타로, 놀랐어?"

길을 걸으며 메이가 린타로에게 물었다.

린타로는 들릴 듯 말 듯 조그맣게 으응, 하고 말했지만, 놀랐다는 말인지 아니라는 말인지 가늠하기 힘들었다.

"미쓰루는 전철 안에서 혼자 무슨 생각을 하고 있었을까?"

메이가 착 가라앉은 목소리로 말했다.

정말 무슨 생각을 하고 있었을까?

"린타로. 넌 어때?"

불쑥 메이가 물었다.

"뭐가?"

"너도 가출할 거야?"

막상 묻고 보니 너무 직접적이다 싶어서

"가출하고 싶은 마음이 조금이라도 있니, 너?"

하고 고쳐 말했다.

"있어."

린타로는 한순간도 머뭇거리지 않고 큰 소리로 딱 잘라 말했다.

"뭐?"

메이는 말문이 막혔다.

"왜?"

저도 모르게 목소리가 커졌다.

"재미있잖아."

린타로는 아무렇지도 않게 말했다.

"꼭 모험 같을 거야."

메이는 한숨을 토해냈다.

"얘 말하는 것 좀 봐. 너는 재미있을지 모르지만, 주위 사람들이 얼마나 걱정하는지 오늘 일만 봐도 잘 알 수 있잖니?"

메이의 목소리가 금세 깐깐한 엄마 목소리로 바뀌었다.

"지즈루 선생님, 우셨잖아."

"응."

린타로는 순순히 고개를 끄덕였다.

"미쓰루한테 그 얘기 꼭 해줘."

"응."

이번에도 순순히 대답한다.

지즈루 선생님의 눈물은 린타로의 마음에도 깊은 인상을 남긴 듯했다.

"엄만 충격이었어."

"……."

뭐가? 하고 린타로는 묻지 않았다. 부모 마음을 충분히 이해하고 있다.

"네가 가출하면 난 어떻게 할까……."

혼잣말처럼 말했다.

"미쓰루네 엄마처럼 침착할 수 있을까?"

부모로서 시험대에 오르는 일일 거라고 메이는 중얼거렸다.

메이는 화제를 바꾸었다.

"린타로, 사토코 누나하고는 무슨 얘기 했어?"

"그냥 이것저것."

"그냥 이것저것이라고 하면 무슨 얘긴지 모르잖아."

"프랑켄은 유치원에 다닐 때는 얌전한 애였대. 인형처럼 바보 같은 아이였댔어."

"바보 같은 아이란 말까지 할 건 뭐 있어?"

"내가 한 말 아냐."

린타로가 화를 냈다.

아, 미안. 메이가 사과했다.

"지금 같은 장난꾸러기가 아니었다고?"

"응."

린타로는 사토코 누나가 화장을 해주자 프랑켄이 울었다는 말은 하지 않았다.

"그렇게 얌전하던 애가 언제부터 변했대? 사토코 누나는 뭐래?"

"초등학교에 들어가면서부터래."

"1학년 때부터구나. 너도 1학년 땐 고생이 많았지."

메이는 진심 어린 목소리로 말했다.

"그런데 미쓰루는 어디가 어떻게 변한 걸까?"

메이가 슬그머니 뒷이야기를 재촉했다.

"남들이 싫어하는 말을 하거나…… 똥이나 오줌 같은 말을……."

"그런 말은 너도 곧잘 하잖아."

메이가 괜한 말을 덧붙였다.

성격이 대범해서인지, 린타로는 그런 말에 기분이 상해서 말꼬리를 물고 늘어지는 일이 없다.

"까불거나…… 또……."

한순간 린타로의 머뭇거림이 언뜻 얼굴에 스쳤다.

메이는 그 변화를 놓치지 않았다.

"또?"

조금 생각하고서 린타로가 말했다.

"아무한테도 말 안 한다고 약속해."

메이는 되도록 덤덤하게 말했다.

"으응, 비밀 이야기인가 보구나? 그래, 약속할게."

린타로가 눈을 내리깐다.

"집에 있는 돈을 말없이 갖고 나갔대."

"그랬구나."

애써 감정을 숨기며 메이가 말했다.

메이는 잠깐 사이를 두었다가 물었다.

"어디다 썼대?"

"몰라."

"사토코 누나가 다른 말은 안 했어?"

"다른 말은 안 했어."

그런 일이 한 번이었는지 두 번이었는지, 아니면 여러 번이었는지 린타로는 알지 못한다.

"돈이라……."

메이는 곰곰이 생각했다.

"미쓰루네 집 되게 잘살지?"

린타로는 대답이 없다. 그런 것에는 별로 흥미가 없는 모양이다.

"하소연이 뭐야?"

린타로가 불쑥 물었다.

메이는 린타로가 왜 갑자기 이런 것을 묻는지 알 수 없다.

"누구한테 들었니, 하소연이란 말?"

메이가 말했다.

"프랑켄은 하소연하고 싶은 게 있으면 가출을 한대."

"사토코 누나가 그러든?"

"응."

"그래, 그랬구나. 으응, 설명하기 좀 어려운데……."

메이는 난처했다.

"설명해줘."

린타로가 졸랐다.

린타로는 뭔가 궁금한 게 있으면 중간에 흐지부지 끝내는 성격이 아니라는 것을 메이는 너무나 잘 알고 있다.

"너, 학교에서 돌아오면 간식 달라고 하지? 그건 네가 간식을 먹고 싶은 마음이 있기 때문이야. 하소연이란 말은 자기 마음을 남한테 적극적으로 드러내는 걸 말해. 보통은 그런 뜻이지만, 사토코 누나가 말하는 하소연은 그거하고 조금 달라."

"어떻게 달라?"

린타로는 자기가 이해할 수 있을 때까지 포기하지 않는다.

"집에서는 간식을 먹고 싶으면 솔직하게 먹고 싶다고 말할 수 있지만 남의 집에 가서도 간식을 달라고 할 수 있니, 너?"

린타로는 잠깐 생각하고는 고개를 저었다.

"그래도 먹고 싶으면?"

린타로는 또 생각했다. 어려운 문제다.

린타로가 말했다.

"간식이 있는 쪽을 안 쳐다봐."

메이가 빙긋 웃었다.

"먹고 싶은 것에서 눈을 돌린단 말이지?"

"응."

"하지만 그 방법은 틀렸어."

"……."

"네가 눈을 돌려도, 아니 눈을 돌리기 때문에 그 집 사람들은 네가 간식을 먹고 싶어한다는 걸 더더욱 잘 알 수 있으니까. 아무리 자기 마음과 반대되는 행동을 해도 자기 마음을 속이지는 못해. 간식이 먹고 싶을 때, 먹고 싶다고 말하는 것도 하소연이지만 간식에서 눈을 돌려버리는 것도 하소연이야."

"?"

린타로가 어리둥절해하는 것을 보고, 메이는 웃음을 터뜨렸다.

"이렇게 말하면 네가 더 헷갈릴지도 모르겠구나. 미쓰루가 뭔가 하소연하고 싶을 때 가출을 한다는 말은……."

메이는 생각에 잠긴 얼굴로 목을 크게 한 번 돌렸다.

"예를 들어 미쓰루는 이렇게 또는 저렇게 하고 싶은데 집에서 미쓰루 말을 안 들어줘서 미쓰루가 불만이 쌓였다고 해봐. 그래서 미쓰루는 어떻게 하면 좋을지, 누구한테 어떻게 불만을 털어놓으면 좋을지 고민하다가, 혹시 가출을 하면 식구들이 자기 생각을 좀 해주지 않을까 생각하는 거야. 그리고 정말로 가출을 해버리는 거지. 엄마 말, 이해할 수 있겠어?"

"……."

린타로는 대답이 없다. 메이의 말뜻을 곰곰이 생각하고 있다.

메이가 말을 이었다.

"사람이라면 누구나, 어른이든 아이든 이런저런 고민이 있게 마련이잖아? 린타로도 곰곰이 생각해보면 잘 알 수 있을 거야. 1학년

초에 학교나 담임선생님이 낯설게 느껴져서 안절부절못하고 짜증이 날 때가 있었잖아. 린타로는 고민이 있어도 쉽게 누구한테 말하는 성격이 아니니까 오히려 속으로 이런저런 고민을 더 많이 했을 것 같은데……."

린타로는 여전히 생각에 잠겨 있다.

"너, 그럴 때 곧잘 할아버지 댁에 가고 싶어했지?"

린타로는 살짝 고개를 끄덕였다.

"할아버지 말씀을 듣고 있거나 할아버지와 이야기를 나누면 마음이 편해졌지?"

"……."

"그 때 너는 네 마음을 할아버지한테 하소연한 셈이야."

린타로의 눈빛이 깊어진다.

"미쓰루는 그럴 때 하소연할 사람이 없었던 게 아닐까? 엄마는 미쓰루의 마음을 조금은 이해할 수 있어. 남들이 자기를 좀 알아주었으면 싶은데도 남들 앞에 나서지 못하는 사람의 마음은 굉장히 쓸쓸할 거야."

린타로의 눈빛이 점점 더 깊어진다.

"린타로."

"……."

메이가 잠깐 사이를 두고 말했다.

"진짜 친구는 친구의 깊은 속마음을 헤아리면서도 그 마음을 건드리지 않고 가만히 내버려 둘 줄 아는 친구야."

린타로는 아무 말도 하지 않았다.

그 날 밤, 린타로가 잠이 든 것은 11시를 한참 넘기고서였다.

"린타로가 오늘 하루 동안 여러 가지 생각을 한 것 같아."

메이가 소지로에게 말했다.

"음."

소지로도 낯빛이 조금 어둡다.

"어린애 혼자 전철을 타고 멀리까지 간다는 거, 린타로한테는 굉장히 인상적이었을 거야."

"모험의 이미지로 받아들였단 말인가?"

"머릿속의 이미지와 현실의 이미지는 또 좀 다르겠지."

"뭐, 그렇겠지."

자기, 저녁은? 메이가 물었다.

"술 마시면서 대충 배를 채웠으니까 됐어."

"맥주 한잔 할래?"

"그거 좋지."

"그러다 배 나오는 거 아냐? 잘 밤에 자꾸 맥주 마시다가."

"당신? 아니면 나?"

"나 혼자 마실까 보다."

"마누라가 뭐 저러냐?"

하고 소지로가 투덜댔다.

메이가 맥주를 들고 와 소지로에게 따라주었다.

"오늘 하루, 나도 배운 게 많아."

"음."

"미쓰루라는 애 말야, 알 듯 모를 듯 묘한 애야."

메이가 말했다.

"뭐 하나 부러울 게 없는 집 아이였어."

"어떤 가정도 완벽할 수는 없지."

"아무튼 겉보기에는 그랬어. 정치가 아버지에, 학교 이사장 어머니. 집도 잘사는 것 같고. 그런 집 아이한테도 문제가 있더라고."

"당신, 어째 말이 좀 이상한데?"

"뭐가?"

"부모는 어수룩한 게 좋다며? 처세에 밝고 영리한 부모 밑에서 자라는 자식은 불행하다고, 당신이 전에 말하지 않았어?"

"그건 자기가 한 말 아냐?"

"누가 말했는지는 잊어버렸지만, 당신도 나도 대충 비슷한 생각 아니었나?"

"응, 그래……."

"멀쩡해 보이는 가정에 문제가 있는 경우는 흔해."

"그런가?"

"인간관계가 오히려 더 복잡한 경우도 있고."

"미쓰루네 집은 그런 것 같진 않던데."

메이가 조그맣게 말했다.

"부모와 자식의 관계가 아주 대등하구나 하는 느낌이었어. 미쓰루의 누나 사토코는 굉장히 밝고 명랑한 아이였는데, 고3이랬나? 아주 똑똑하고 조금은 냉정하고……."

메이는 명함 문제로 주고받은 모녀의 대화를 소지로에게 들려주었다.

"흐음."

"냉정한 걸로 따지면 린타로보다 한 수 위더라. 글쎄, 린타로가 사토코 앞에서 주뼛거리더라니까. 린타로가 그러는 거 처음 봤어."

메이는 사토코가 린타로를 부엌으로 데리고 간 일이며 거기서 둘이 나누었으리라 짐작되는 이야기들을 소지로에게 들려주었다.

"사토코라는 아이는 물론이고 미쓰루의 엄마 준코 씨도 지적인 사람이야. 미쓰루의 아버지인 데쓰로 씨도 동작이나 말투가 시원시원한 사람이고……."

문득 메이가 아 참, 하고 말했다. 준코 씨가 미도리 사와코와 친구 사이라는 사실이 떠올랐던 것이다.

"우리 선생님하고 친하대. 그것도 아주 많이."

소지로는 또 한 번 흐음, 하고 감탄하듯 말했다.

"다음에 선생님께 준코 씨가 어떤 분인지 자세히 물어볼 생각이야. 아주 멋진 사람 같았어."

하고 메이가 말했다.

"그러니까 미쓰루는 흔히 말하는 좋은 집안 아이고, 내가 봐도 미쓰루네 집안 분위기는 아주 부러울 정도로 좋았어. 그래서 난 아무리 생각해도 미쓰루한테 무슨 문제가 있다는 게 이해가 안 가."

"하긴 뭐……."

소지로는 일단 이렇게 말했지만

"어쨌든 인간관계란 워낙 복잡한 거니까."

하고 평소 자신의 생각을 되풀이해서 말했다.

"있잖아."

"왜?"

메이는 뭔가 다른 이야기를 꺼내려는 모양이었다.

"정치가란 직업은 남을 위해 일하는 직업이지?"

"뭐, 원칙적으로는 그렇지."

"원칙적으로는?"

"우리나라 정치나 정치가들 꼴을 보면 굳이 설명할 필요도 없지 않나?"

소지로가 차갑게 말했다.

"그건 지나친 말 아냐? 부정한 짓으로 자기 배를 채우는 사람이 있는 건 사실이지만 모든 정치가가 그런 건 아니잖아."

"물론 그렇겠지. 하지만 내가 가장 이해할 수 없는 족속들이 바로 정치가야."

정치가에게 무슨 원한이라도 있는 듯한 말투였다.

"그건 자기가 정치하는 사람을 한 번도 못 만나봐서 그런 거 아닐까?"

"텔레비전에 나와서 말하는 정치가들을 좀 보라고. 은근히 건방진 인간, 사람한테 사람대접 안 하는 인간, 남을 등쳐먹고도 멀쩡하게 사는 인간, 표정만 딱 봐도 분명 뒤에서 뭔가 구린 짓을 하고 있을 것 같은 인간. 죄다 문제 있는 인간들뿐이야. 아이들한테 문제아라는 딱지를 붙이기 전에 자기 얼굴을 거울에 비춰보고 곰곰이 생각해보라고 해."

자기 맥주 그만 마셔, 하고 메이가 뾰로통히 말했다.

"옆길로 새지 말고 내 얘기 좀 들어달란 말야."

죄다 거지 같은 놈들이야, 하고 중얼거리고 소지로는 맥주를 벌컥 들이켰다.

"남을 위해 일하는 건 어려운 일이겠지?"

메이가 소지로에게 말했다.

"어떤 의미에서?"

"무엇이 자기를 위한 일인지는 쉽게 알 수 있지만, 무엇이 남을 위한 일인지 아는 건 쉽지 않잖아."

"…… 뭐, 그렇겠지."

"사람들은 종교인이나 자원봉사자가 남을 위한다고 하면 쉽게 고개를 끄덕이지만 정치가가 남을 위한다고 하면 일단 불신하는 경향이 있잖아."

"뭐야, 당신 말이나 내 말이나 그게 그거잖아."

"일반적으로 그렇단 얘기야. 정치인들이 말로는 남을 위해 일한다고 하지만 그 일로 높은 지위와 명예를 얻고 돈과 재산을 얻는 경우가 있다는 건 누구나 생각할 수 있으니까."

"그것도 아까부터 내가 한 말이잖아."

"감수성이 예민한 아이라면 자기 아버지의 직업에 그런 의문을 갖지 않을까?"

"누구 얘길 하는 거야?"

"우리끼리니까 하는 얘긴데, 미쓰루의 누나 사토코라는 아이 말야, 자기 아버지한테 굉장히 쌀쌀했거든."

메이는 다시 명함 이야기로 돌아가, '아빠는 그렇다 쳐도'라고 말할 때 사토코의 말투가 얼마나 차갑고 냉정했는지 말해주었다.

"으음……."

소지로가 생각에 잠겨 있다 말했다.

"사토코라는 아이가 몇 살이라고?"

"고3이니까 열일곱 살? 아님, 열여덟 살인가?"

"그 또래의 아이는 부모라는 존재 자체에 반발하는 경우도 있으니까."

"하긴. 자기나 나나 경험이 있으니까."

"더군다나 부모가 위선적이라고 생각한다면, 이거 이야기가 심각해지는데?"

"하지만 데쓰로 씨는 뭐랄까, 느끼하고 혐오스러운 정치가 타입은 아니었어. 굳이 말하자면 운동선수처럼 다부진 느낌이랄까? 얼굴도 잘생겼고."

"여기서 잘생겼다는 얘기가 왜 나와?"

"나오면 안 돼?"

"그게 이 얘기하고 무슨 관계라고?"

"미쓰루가 어디에 있는지 알게 되고, 지즈루 선생님이 저도 모르게 눈물을 보였을 때, 지즈루 선생님의 손을 잡고 떨리는 목소리로 고맙다고 말하는 얼굴은 절대로 산전수전 다 겪은 정치가의 얼굴이 아니었어."

"왜 그렇게 감싸주는 거야?"

"지금 질투하는 거야?"

"질투라니, 누가?"

"질투심은 자신감이 부족하고 발전하겠다는 의지가 없는 사람이나 품는 감정이라며?"

메이가 소지로를 놀렸다.

언젠가 부부 사이의 질투심을 두고 이야기할 때, 소지로는 이렇게 말한 적이 있다.

"남자든 여자든 질투를 하기 시작하면 둘의 관계는 막다른 골목에 다다른 거라고 보면 돼. 그건 이미 몸을 사리기 시작했다는 뜻이니까. 자신을 좀더 높은 곳으로 끌어올리려는 의지가 없는 인간은 매력 없거든."

그 때 메이는 뭐야, 자기 너무 잘난 척하는 거 아냐? 하고 소지로에게 쏘아붙였다.

"아무튼 그래서?"

소지로가 이야기를 본줄기로 되돌렸다.

"아, 미안."

하고 메이가 말했다.

"그래, 미쓰루네 부모님 이야기는 일단 접어 둘게. 아무튼 난 이런 생각을 해봤어. 사토코는 부모에 대한 반발감을 말로 발산할 수 있지만, 만약에…… 이건 어디까지나 만약인데, 미쓰루가 가족이나 부모한테 불만이 있다면 그걸 어떤 식으로 표현할 수 있을까?"

흐음. 소지로는 생각에 잠겼다.

"아이를 기른다는 건 이래서 어려운 일 같아."

"음, 옳은 말이야."

"그건 미쓰루도 린타로도 마찬가지겠지?"

"음."

"미쓰루는 싹싹하고 명랑하고 사람을 잘 따르는 아이야. 난 그 애를 알 듯 모를 듯 묘한 애라고 생각했는데, 아무래도 잘 이해할 수 없는 건……."

소지로가 몸을 앞으로 쭉 내밀며 관심을 보였다.

"자기 집에 친구를 데려온 적이 없다는 거야. 제일 친한 친구인 린타로한테도 자기 집에 놀러 가자는 말을 한 번도 안 했대."

"미쓰루는 자주 놀러 오나?"

"응. 내가 집에 있을 때도 있고 없을 때도 있지만, 꽤 자주 오는 것 같아."

"그런데 자기 집에는 친구를 데려가지 않는다?"

"응. 그리고 미쓰루네 가족을 만나보고 나니까 미쓰루가 왜 자기 엄마를 여싸님이라고 부르는지 도저히 이해할 수가 없더라. 우리 같은 서민층 가정에서 자란 린타로도 그런 불량한 말은 하지 않잖아. 하긴 요즘은 린타로도 가끔 거친 말을 하긴 하지만……."

"그건 나도 느끼겠더군."

"조금 더 큰 애가 그런 말투를 재미있어하는 건 그나마 이해할 수 있겠는데……."

"수수께끼 같은 아이란 말인가, 미쓰루는?"

"수수께끼 같다는 말은 조금 과장이고, 아무튼 그 애가 왜 그러는지 도통 모르겠어."

"흐음."

"하나 더 있어. 이건 내가 직접 들은 얘긴 아니지만……."

메이가 소지로의 빈 잔에 맥주를 따랐다.

"어이쿠."

소지로는 자기만의 방식으로 고마움을 드러낸다.

"있지, 우리 린타로는 참 괜찮은 애야."

"무슨 말이야?"

"나한테 미쓰루의 비밀을 얘기하기 전에 먼저 아무한테도 말하지 않겠다고 약속하라는 거 있지."

"으음……."

녀석, 친구와의 의리를 지키겠다 이 말이지? 하고 소지로는 흐뭇하게 말했다.

"역시 내 아들이다."

"자기 아들이기만 해?"

"흠, 아무려면 어때? 자, 마시자고."

"아무튼 능청스럽긴."

메이도 맥주를 한 모금 마셨다.

"그래, 미쓰루의 비밀이란 게 뭐야?"

"사토코가 린타로한테 미쓰루 이야기를 이것저것 들려주다가, 미쓰루가 집에 있는 돈을 몰래 들고 나갔다는 말을 했나 봐."

"흐음. 액수나 횟수는?"

"그건 모르겠어. 내 생각에, 사토코가 별로 심각하게 얘기했을 것 같진 않아. 어쨌거나 상대가 어린애니까. 이런저런 얘기를 하다가 무심코 흘린 얘기가 아닐까 싶어."

메이는 그렇게 생각하고 싶었다.

소지로는 한동안 생각에 잠겨 있다가 이윽고 말문을 열었다.

"그저 가만히 지켜봐 주는 게 정답이지 않을까, 결국은? 미쓰루도 린타로도."

내 생각도 그래, 하고 메이가 말했다.

이튿날 린타로는 여느 때와 다름없이 학교에 갔다. 하지만 마음은 내내 프랑켄을 좇고 있었다.

교실에 프랑켄의 모습이 보이지 않았다. 린타로는 가방에서 교과서를 꺼내 책상 안에 넣었다. 보통 때 같으면 곧장 교실 밖으로 나가거나 친구들과 놀았겠지만 그 날은 자리에 앉아 꼼짝도 하지 않았다.

"린타로짱, 뭐 하고 있어?"

리에가 의아한 얼굴로 물었다.

린타로는 아무것도 하고 있지 않는데도 리에가 '뭐 하고 있어?'라고 묻는 것이 재미있다.

"으응……."

린타로는 건성으로 대답한다.

"머리 아파? 아님, 배 아파?"

"아니."

리에는 진심으로 걱정하고 있다.

"좀 이상한데……."

리에는 뭔가 석연치 않은 얼굴로 린타로를 돌아보며 멀어져 갔다.

다케가 교실에 들어왔다.

"프랑켄이 자기 엄마랑 같이 학교에 왔던데, 무슨 일이지?"

"프랑켄, 왔어?"

"응, 그런데 왜 엄마랑 같이 왔지?"

린타로의 표정이 조금 밝아졌지만, 물론 다케는 알아채지 못했다.

그리고 5분쯤 뒤에 프랑켄이 교실에 들어왔다.

린타로를 보고 쑥스럽게 웃었다.

"야, 왜 엄마랑 같이 학교에 왔어? 또 전학 가냐?"

다케는 그게 영 마음에 걸리는 모양이다.

"아니."

프랑켄은 고개를 저었다.

프랑켄은 교과서를 책상 속에 넣으며 다케한테 들리지 않도록 조그만 목소리로 린타로에게 말했다.

"미안해."

"응."

마찬가지로 린타로도 조그맣게 말했다.

그걸로 끝이었다. 둘의 우정은 서로의 마음속 깊이 튼실하게 뿌리내린 듯했다.

셋째 시간, 프랑켄은 책상에 얼굴을 대고 쌕쌕 잠이 들고 말았다.

그 모습을 보고, 프랑켄 옆에 있던 여자아이가 지즈루 선생님에게 말했다.

"프랑켄이 자요."

다들 키득키득 웃었다.

"어제 밤샘을 했나? 그냥 둬요."

지즈루 선생님은 빙그레 웃으며 말했다.

* * *

　교육이란 종잡을 수 없는 도깨비와 같은 것인지 모른다.

　교사로서 충분한 전문 기술을 갖추었을 뿐 아니라 경험도 풍부한 야마하라 선생님이 린타로네 반을 맡아 숱한 고생을 한 반면, 경험이라곤 없는 새내기 교사인 지즈루 선생님은 마음 내키는 대로 아이들을 대하는데도 의외로 아이들과의 관계가 원활하지 않은가.

　지즈루 선생님은 교사로서 부족한 점이 많지만 일단 인간적이라고 할 수 있다.

　가출한 프랑켄이 무사하다는 사실을 알고 눈물을 흘린 이야기는 사람을 감동시키지만, 젊고 순수한 여성이라면 그런 상황에서 지즈루 선생님과 비슷한 감정을 느끼는 것은 자연스러운 일이리라. 따라서 그런 감정을 제자에 대한 스승의 사랑이라 부르는 것은 적당치 않다.

　지즈루 선생님이 인간적이기는 하나 동시에 교사로서 부족한 점이 많다는 사실은 아이들과의 관계에서 종종 드러난다.

　프랑켄의 가출 사건이 있은 지 얼마 지나지 않아 소풍을 갔다.

　지즈루 선생님은 대학 때 합창단원이었다. 소프라노를 맡았다. 밖에 나오면 곧잘 노래를 부른다.

　하지만 린타로 같은 아이들에게 소프라노 같은 고음은 남을 웃기는 재료일 뿐이라, 지즈루 선생님이 노래를 부르자 아이들 대부분이 일부러 금속을 끽끽 긁는 듯한 소리로 노래를 불러대기 시작한다.

"둥둥 삐리리 둥 삐리리 둥둥 삐리리 둥 삐리리, 아침부터 들려오는 북 소리, 피리 소리."

노래를 다 부른 뒤에는 배꼽을 잡고 깔깔거린다.

"얘들이! 선생님을 놀리면 못써!"

지즈루 선생님이 발끈한다.

"그치만 웃기잖아요."

하고 아이들은 말한다.

"너희들처럼 교양 없는 애들이 선생님 노래의 가치를 알 리가 없지."

하고 지즈루 선생님이 쏘아붙였다.

"교양은 없지만 영양은 있어요."

이번에도 프랑켄이 재능을 발휘한다.

"누가?"

"선생님이요."

"맞을래?"

지즈루 선생님은 또 발끈한다.

길을 걸을 때도 지즈루 선생님 반은 도통 질서가 없다. 도저히 못 보겠는지, 이따금 학년주임 선생님이 다가와 지즈루 선생님에게 주의를 준다.

"줄 좀 제대로 세우세요."

"어머."

그 때 잠깐 진지해질 뿐, 지즈루 선생님은 이내 다시 소프라노로 노래한다.

소풍날 점심시간은 더없이 즐겁다. 저마다 친한 친구들끼리 둘러앉아 엄마가 정성껏 싸준 도시락을 펼친다.

"선생님, 우리랑 같이 먹어요."

리에가 선생님에게 말했다.

"아, 저……."

"왜요?"

"약속이 있어서."

"누구랑요?"

지즈루 선생님은 행복한 얼굴로 비밀이야, 하고 말했다. 그러고는 가버렸다.

"어유, 이 바보."

다케가 말했다.

"왜 내가 바보란 거야?"

"너, 정말 몰라서 물어?"

"뭘?"

"지즈루 선생님은 데이트하러 갔다고."

"데이트?"

"정말 모르나 보구나."

"누구랑?"

"5학년에 니시조 선생님이라고 있잖아. 머리가 부스스한 왕고추독수리……."

아오퐁이 후후후 웃었다.

"우리 선생님, 그 선생님이랑 결혼할지 몰라."

"누가 그래?"

소문이 그래, 하고 다케가 대답했다.

"아이, 징그러워."

리에는 이맛살을 찌푸렸다. 소문을 퍼뜨린 아이한테 하는 말인지 지즈루 선생님과 니시조 선생님한테 하는 말인지는 알 수 없다.

다케, 린타로, 프랑켄, 아오퐁이 은밀히 쑥덕거리더니 당장에 도시락을 꺼내 들었다.

"어디 가?"

"오줌 누러."

네 아이는 슬그머니 도망치듯 자리를 떴다.

"지즈루 선생님, 어디 있을까?"

"저기 저쪽, 나무 그늘."

프랑켄이 짐작 가는 곳을 말해 그 쪽으로 가보니 정말로 두 선생님이 있었다.

"너희들, 뭐 하니?"

아이들에게 이런 장면을 들키면 대개는 조금 껄끄러워하게 마련인데도 지즈루 선생님은 전혀 그렇지 않다.

"선생님, 이런 데서 뭐 해요?"

다케가 능청스레 물었다.

"점심 먹고 있잖아, 니시조 선생님이랑."

지즈루 선생님은 니시조 선생님을 보며 쿡 웃었다.

"흐음, 맛있어요?"

다케가 지즈루 선생님의 도시락을 들여다보았다.

린타로와 다른 아이들도 뭔데, 뭔데? 하며 지즈루 선생님의 무릎 위에 놓인 도시락을 보았다.

이쑤시개에 꽂힌 메추리알과 비엔나소시지, 달걀프라이, 닭튀김, 돼지고기 구이에, 채소는 하나도 없고 그 대신에 딸기 세 개가 구색을 맞추듯 장식되어 있었다.

먹음직스럽기는 했지만 영양의 균형을 맞춘 식사라고 보기는 어려웠다.

그래도 지즈루 선생님은 정성껏 만들었으리라.

니시조 선생님의 도시락도 똑같은 것으로 보아 둘 다 지즈루 선생님이 싸 온 것이 분명했다.

그걸 알면서도 다케는 눈치없이 물었다.

"선생님이 니시조 선생님 것까지 싸 왔어요?"

그나마 왕고추독수리라고 하지는 않았다.

"그래."

지즈루 선생님은 아무렇지 않게 대답한다.

"으응, 그렇구나."

니시조 선생님은 뭐야, 너희들? 하는 얼굴이다.

다케가 메추리알에 손을 댔다.

"무슨 짓이야, 더러운 손으로?"

다케는 후후후 하고 웃었다.

"얘, 네가 손댄 거 네가 먹어. 선생님은 안 먹어."

다케가 성공한 것을 보고, 아오풍이 느릿느릿 다케를 따라 하려고 했다.

"당장 그만두지 못해!"

니시조 선생님이 버럭 소리를 질렀다.

"이 녀석들, 도후시 지즈루 선생님이 꼭두새벽에 일어나 정성껏 만들어 오신 도시락을 갖고 장난치다니!"

프랑켄이 말했다.

"지즈루 선생님은 우리 선생님이에요. 선생님은 누구 선생님이에요?"

"누구 선생님?"

얘는 또 누구야? 니시조 선생님이 지즈루 선생님에게 물었다.

나, 프랑켄…… 하고, 프랑켄이 양쪽 뺨을 쭉 잡아당겼다.

"전학생이에요, 미쓰루는."

지즈루 선생님은 그렇게 대답하고는 아이들을 쫓았다.

"너희들, 빨리 가."

"쳇, 뭐야."

"여기까지 찾아왔는데, 안 그러냐?"

아이들은 불만스레 종알거리며 두 사람한테서 몇 발짝 떨어졌다.

린타로와 아이들은 두 선생님과 5미터쯤 떨어진 풀밭에 앉았다.

지즈루 선생님과 니시조 선생님의 이야기가 띄엄띄엄 들려온다.

"…… 너, 저런 애들을 맡고 있었어? …… 저런 애들은 따끔하게 손을 봐줘야 돼……."

린타로와 아이들이 얼굴을 마주 보았다.

"우리 선생님한테 '너'라고 했어."

다케가 말했다.

“응.”

“나도 들었어.”

아이들은 그 말에서 묘한 불쾌감을 느꼈다.

“지즈루 선생님은 우리 선생님이죠, 그렇죠?”

프랑켄이 커다란 목소리로 물었다.

“어른들 얘기하는데 어디서 애들이 끼어들어, 버릇없이!”

니시조 선생님이 호통쳤다.

“버릇없다고 말하는 사람이 진짜 버릇없는 사람이야.”

다케도 지지 않는다.

“뭐라고?”

니시조 선생님이 벌떡 일어섰다. 아이들이 죄다 우르르 달아났다. 아니, 이 말은 정확하지 않다. 린타로는 그 자리에서 꿈쩍도 하지 않았으니까.

니시조 선생님은 단지 겁을 주려 했을 뿐이다. 그걸 깨닫고, 다케와 아이들이 다시 린타로 옆으로 돌아왔다.

순둥이 아오퐁이 느릿느릿 말했다.

“린타로, 달아나자. 저 왕고추독수리, 우릴 팰지도 몰라.”

“어우, 화나. 저 선생님.”

다케는 속이 부글부글 끓는 모양이었다.

“내가 다시 물어볼까?”

프랑켄이 다케를 위로하듯이 말했다.

“지즈루 선생님.”

지즈루 선생님이 언뜻 돌아보았지만 아무 대꾸가 없다.

"쳇, 뭐야."

다케가 투덜거렸다.

프랑켄이 지즈루 선생님에게 한 번 더 물어보았다.

"선생님은 우리 선생님이죠?"

지즈루 선생님은 대답하지 않는다.

"대답이 없는 걸 보니까, 우리 선생님이 아닌가 봐."

다케가 말했다.

"좋아, 마음대로 하라고 그래. 지즈루 선생님도 마귀할멈이랑 똑같아."

다케는 분했다.

"저런 더벅머리 왕고추독수리보다는 우리가 훨씬 귀여운데, 안 그러냐?"

다케는 터무니없는 말을 하고 있다. 서로 비교할 수 있는 대상이 아니다.

"야, 가자, 가."

아이들은 두 선생님에게서 등을 돌렸다.

이튿날, 교실 분위기가 조금 이상했다.

첫째 시간은 사회 시간이다.

"오늘은 바다에서 일하는 사람들에 대해서 배워보겠어요. 교과서 30쪽을 펴세요. 다케미가 한번 읽어볼까?"

다케가 흰자위를 잔뜩 드러내고 있다.

"나, 안 읽어."

지즈루 선생님은 응? 하고 어리둥절한 표정을 지었지만 곧바로 까닭을 알아차렸다. 그래서 이번에는 프랑켄을 가리켰다. 아니나 다를까, 같은 대답이다.

"싫어요. 안 읽어요."

지즈루 선생님은 손가락으로 교과서를 톡톡 치며 쌀쌀맞게 말했다.

"그래, 알았어. 너희들 이렇게 나오겠단 말이지?"

물론 어제 그 자리에 있었던 네 아이 말고는 선생님의 말뜻을 이해하지 못한다.

지즈루 선생님은 린타로와 아오퐁에게는 책을 읽으라고 하지 않았다. 두 아이까지 책을 읽지 않겠다고 하면 어제 일이 아이들에게 죄다 알려질 거라고 생각했기 때문이리라.

"스에코, 읽어볼래?"

스에코가 일어나 교과서를 읽기 시작했다.

"어부들이 하는 일. 아침 일찍 어군 탐지기를 부착하고 바다로 나간 배에서 정어리 떼가 나타났다는 소식이 전해졌습니다. 그물을 실은 배와 잡은 생선을 운반할 배가 짝을 이루어 기세 좋게 항구를 출발합니다……."

지즈루 선생님은 흘끔흘끔 네 아이를 보았다.

그 날 수업이 모두 끝나고, 지즈루 선생님은 네 아이에게 따로따로 나직이 귓속말을 했다.

"선생님 좀 따라올래?"

"왜요?"

다케가 따지듯이 물었다.

"할 얘기가 있어."

지즈루 선생님은 짐짓 엄한 얼굴로 말했다.

교실에는 청소하는 아이들이 있다. 그렇다고 교무실에서 어제 일을 이야기할 수는 없다.

지즈루 선생님은 기능직 직원실로 네 아이를 데리고 갔다.

"어이, 오제 린타로."

옹 아저씨가 평소처럼 크고 시원시원한 말투로 린타로를 불렀다.

"오랜만이야. 잘 지냈냐?"

"응."

"좋아, 좋아. 그게 최고지."

지즈루 선생님이 옹 아저씨에게 부탁했다.

"죄송해요. 잠깐만 방을 빌려주시면 안 될까요?"

"못 빌려줄 건 없지만, 얼마 주실래요?"

"?"

"농담이에요, 농담. 저랑 데이트 한 번만 해주시면 돼요."

옹 아저씨는 또 한 번 실없는 농담을 하고는 휘파람을 불면서 방을 나갔다.

"앉아."

지즈루 선생님이 아이들에게 말했다. 기능직 직원실은 다다미 방이다.

"오늘 너희들의 태도는 너무했어. 선생님, 상처받았어."

네 아이는 말이 없다.

"린타로."

린타로는 응? 하는 얼굴을 했다.

"어제 일로 꽁해서 선생님 말을 안 듣는 건 너답지 않아."

린타로는 구체적으로 어떤 꽁한 행동도 하지 않았기에 이런 말을 듣자 뭘 어떻게 해야 좋을지 알 수가 없었다.

"그치만 어제 프랑켄이 선생님한테 우리 선생님이냐고 물었을 때 아무 대답도 안 했잖아요."

다케가 대들듯이 말했다.

"나는 그 누구의 것도 아니야."

아이들에게는 이 말이 변명으로 들릴 뿐이다.

"선생님은 니시조 선생님도 좋아하지만 너희들도 좋아해."

"둘 중 하나만 골라요."

아오풍이 바보 같은 소리를 했다.

"그런 말도 안 되는 소리가 어디 있니?"

지즈루 선생님은 어이가 없었다.

그 시절에는 '신세대'라는 말이 유행했다. 지즈루 선생님도 '신세대'거니와 린타로와 아이들도 '신세대'다.

나이가 지긋한 사람들에게는 선생님과 어린 학생 사이의 이런 대화가 조금 낯설게 들릴 수 있으리라.

어쨌거나 지즈루 선생님은 공과 사를 구별하지 못한 셈이며 초등학교 2학년들에게 이런 일을 조리 있게 설명할 수 있는 지혜도 갖고 있지 못했다.

"너희들도 크면 여자를 좋아하게 될 거야."

"안 그럴 거예요."

아오퐁이 말했다.

"여자는 싫어."

아오퐁은 다짐하듯 덧붙였다.

"말하는 것 좀 봐."

지즈루 선생님이 아오퐁의 이마에 알밤을 꽁 먹였다.

"너희들 아빠 엄마도 서로 사랑해서 결혼한 거잖아."

"그런 거 몰라요. 그 때 난 태어나지 않았으니까."

이렇게 말한 것은 다케였다.

"처음에는 서로 사랑하지만 점점 사이가 나빠지는걸."

아오퐁이 말했다.

"맞아, 맞아."

프랑켄이 맞장구를 쳤다.

"애들이 정말⋯⋯."

지즈루 선생님은 아이들한테 쩔쩔매고 있다.

"너희들이 세상에 태어날 수 있었던 건 아빠 엄마의 사랑이 결실을 맺었기 때문이야."

지즈루 선생님은 사랑의 결실인 네 아이에게 힘주어 말했다.

"그러니까⋯⋯."

지즈루 선생님의 목소리가 조금 부드러워졌다.

"너희들, 아빠 엄마 사이가 좋다고 해서 부루퉁해지거나 아빠 엄마한테 대들지 않잖아? 니시조 선생님이랑 나도 그렇게 생각해줘."

"니시조 선생님이랑 선생님이 아빠 엄마가 돼요?"

아오퐁이 물었다.

"그건 아직 모르지만……."

지즈루 선생님은 살짝 얼굴을 붉히며 대답했다.

"선생님은 니시조 선생님이 좋아요?"

다케가 물었다.

"그래, 좋아. 서로 좋아해. 그러니까 도시락도 싸 왔지."

"왜 하필 니시조 선생님이야?"

"무슨 뜻이야?"

지즈루 선생님이 목소리를 높였다.

다른 선생님도 많은데 하필……. 다케가 입 속으로 종알거렸다. 왕고추독수리는 주는 것 없이 밉다.

'너, 저런 애들을 맡고 있었어? …… 저런 애들은 따끔하게 손을 봐줘야 돼.'

어린 마음에도 다들 이 말은 도저히 용서할 수 없다고 생각한다.

지즈루 선생님이 다케에게 말했다.

"니시조 선생님은 말야, 말씨는 좀 거칠지만 알고 보면 무지무지 상냥한 사람이야."

'무지무지'에 힘이 잔뜩 들어가 있다.

"순수한 사람이야."

순수한 게 뭔지 잘 모른다, 아이들은.

"한번 좋아지면 절대로 좋은 거야?"

린타로가 말했다.

"?"

지즈루 선생님은 그 말뜻을 잘 이해할 수 없다.

린타로의 말에는 깊은 의미가 담겨 있다. 린타로가 볼 때 니시조 선생님은 담백함이 부족한 사람이다. 자신에게는 그렇게 비치지만 지즈루 선생님은 그 사람을 좋아하는 것 같다. 그건 자신이 어쩔 수 없는 일이다. 그렇게 이해하려는 것이다.

"뭐, 좋아지면 좋은 건데……."

지즈루 선생님은 난처해하며 말끝을 흐렸다.

인간으로서 지즈루 선생님과 린타로의 차이점이 여기에 있다.

"그러니까 오늘 선생님이 너희들한테 부탁하고 싶은 건 니시조 선생님 일로 선생님 말을 안 듣거나 하는 일이 없었으면 좋겠다는 거야. 알았니? 너희들이 그러면 선생님은 괴로워."

린타로는 응, 하고 말했다.

다케는 몰라, 하고 말했다.

네 아이와 지즈루 선생님이 이런 이야기를 나누는 동안, 린타로의 집에서는 메이와 준코가 한창 이야기를 나누고 있었다.

"어머, 그래요? 메이 씨 댁에도 그런 일이 있었어요?"

"네. 지금은 없었던 일로 묻어두고 그 이야기는 전혀 꺼내지 않아요. 난 알 수 있어요, 남자 마음이 딴 곳에 가 있는 때를."

"그럼요, 알 수 있고말고요. 그런 거 보면 남자들은 좀 둔한 것 같아요."

"좀 그렇죠?"

프랑켄의 가출 사건이 있고 난 뒤로 메이와 준코가 만난 것은 벌써 세 번째다. 마음이 잘 맞아 서로를 오랜 친구처럼 여기는 듯했다.

"나 그 때 의외로 담담했어요. 충분히 있을 수 있는 일이라고,

마음 한구석으로 그렇게 생각하고 있었는지 모르죠. 아마 나도 언젠가는 남편 아닌 다른 남자를 사랑하게 될지 모른다는 생각 때문이었을 거예요. 얼마만큼 사랑하게 될지는 알 수 없지만."

"그런 마음이 있었기 때문에 배신당했다는 느낌은 없었던 거로 군요."

"네, 그랬던 것 같아요. 부부끼리는 그렇게 생각하고 이해할 수 있다 해도 이야기가 잘못 꼬여서 아이한테 불똥이 튀면 곤란하다는 생각도 했고요."

"나도 그게 가장 힘들고 고민스러웠어요. 아이들한테는 아무 책임이 없는 일인데 그 일로 아이들이 피해를 입게 될 게 뻔하니까요. 그렇다고 여자만 무조건 돌이 될 수도 없고."

"사람들은 흔히 남자가 바람을 피웠다고 말하지만, 난 남녀 사이에 바람기 따위 없다고 생각해요. 제 남편의 경우도 마찬가지고요. 비록 한때라 해도 남녀 사이는 언제나 진심이에요."

"맞아요."

"그걸 한때의 바람기라고 말하는 건 남자들의 얄팍한 변명이에요."

"여자들은 대개 바람을 피웠다고 말하지 않죠."

"남녀 사이의 사랑은 물처럼 흘러가버려요. 나중에는 사랑했다는 사실밖에 남지 않죠. 나, 그이랑 결혼하기 전에 두 번쯤 연애를 해봤기 때문에 그 점은 냉정하게 생각할 수 있어요."

"메이 씨가 나이에 비해 침착한 건 연애를 통해 많은 걸 배웠기 때문인 것 같아요. 사랑 때문에 방황하는 여자도 있죠. 남자가 나빴다거나 자긴 남자 운이 없다거나 하면서요. 그것도 다 거짓말이에요. 그 여자는 연애를 통해 아무것도 배우지 못한 거예요."

"그렇게 말하니까 별로 자신은 없지만, 난 남편이 나 말고 다른 여자를 사랑했을 때도 딱히 세상이 끝난 것 같은 얼굴을 하진 않았으니까 연애하면서 배운 게 꽤 있었던 셈이네요."

하고 메이가 말했다.

준코는 메이를 마음을 터놓을 수 있는 친구라고 생각했으리라. 문득 심각한 이야기를 꺼냈다.

자신에게도, 남편인 데쓰로에게도 좋아하는 사람이 있다는 것이다.

결혼은 일찍 했지만 막내를 늦게 보았다고 한다. 준코 나이에 초등학교 2학년짜리 아이가 있으니 그렇다고 볼 수 있다.

"제 입으로 이런 말 하긴 좀 뭣하지만, 남편도 나도 이른바 엘리트라고 할 수 있어요. 집안도 그렇고, 출신 대학도 그렇고. 흔한 말로 고생이라곤 모르고 살아온 사람들이죠. 우리 인생에서 과연 성실하게 밭을 갈았던 시절이 있었을까 싶어요."

"하지만 부부 사이의 문제는 출신 배경과는 다른 문제잖아요?"

"물론, 메이 씨 말이 맞아요. 문제는 상황이 아니라 인간이죠. 남편도 나도 부부로서 서로에게 성실하지 못했던 것 같아요."

그렇게 말하면 메이도 할 말이 없다. 메이 부부도 마찬가지일지 모른다. 지금이야 린타로 문제로 곧잘 이야기를 나누지만 그 전까지는 감정적인 대화가 더 많이 오갔으니까.

"부부는 어차피 타인이라고들 하지만 이 말도 좀 이상해요. 이런 말, 해도 될지 모르겠지만 서로의 몸을 구석구석까지 훤히 알고 있는 사이를 과연 남이라고 할 수 있을까요? 남 앞에서는 나름대로 꾸미거나 긴장도 하겠지만, 남편이나 아내는 남이 아니니까 긴장감도 느끼지 않아요. 연애할 때와 같은 성적인 정열도 거의 없고요. 하지만 인간에 대해서 또는 인생에 대해서 함께 생각하려 하지 않는 한 부부 관계는 지속될 수 없다고 봐요."

메이는 고개를 끄덕였다.

"참 역설적이죠? 이제야 이런 생각을 하게 됐는데 서로에게 이미 다른 사람이 있다니 말이에요. 내 쪽은 가난한 그림쟁이예요. 그이는 술집 여자고요. 나 그 여자를 만난 적은 없지만 느낌으로 좋은 사람이라는 걸 알 수 있어요. 인간을 잘 알고 있고, 마음씨가 아주 상냥한 사람일 거예요."

준코 씨는 참 깊은 눈을 가졌구나. 메이는 그 때 문득 생각했다.

"메이 씨."

"네?"

"서로 사랑하는 사람이 따로 있으면서도 부부 관계를 지속하는 인간, 불결하다고 생각해요?"

"……."

메이는 대답할 수 없었다. 그 말 그대로라면 아니라고 대답하기 어렵겠지만, 메이는 남녀 관계의 일부분만을 보고 어떤 판단을 내릴 만큼 오만하지 않다.

"그런 삭막한 가정에서 아이를 키우니까 아이한테 문제가 생긴다고 말하는 사람도 있죠. 메이 씨도 그렇게 생각하세요?"

"아뇨."

메이는 딱 잘라 말했다.

"정말이에요? 정말 그렇게 생각해요?"

"네. 예전부터 줄곧 이상하다고 생각하고 있었어요. 얼마 전에도 텔레비전 토론 프로그램을 보니까 피둥피둥 살찐 아저씨 같은 정치가가……."

메이는 퍼뜩 뭔가 깨닫고 어머, 하고 나직이 말했다.

"괜찮아요. 그이는 피둥피둥한 아저씨처럼 보이지는 않으니까."

"미안해요."

메이가 사과했다.

"괜찮다니까요. 정직한 사람이에요, 메이 씨는."

준코는 그렇게 말하고 웃었다.

"그래서…… 아, 제가 어디까지 얘기했죠?"

"아저씨 정치가까지요."

"아, 참. 그 사람이 이런 말을 하는 거예요. 자식은 부모의 사랑 속에서 무럭무럭 자란다, 가정불화만 없으면 아이들 문제의 절반은 해결된 거나 다름없다고요."

"그런 터무니없는 말을 아무렇지도 않게 하는 사람이 있다니까요."

"부모의 사랑과 견실한 가정을 같은 말이라고 생각하는 거죠. 그 아저씨 한 사람의 생각이라면 딱히 문제될 게 없지만 대부분의 사람들이 그런 생각을 지지하고 있지 않나요?"

"그렇죠."

"그게 문제예요. 그런 사람들은 부모가 모두 살아 있는 가정, 세상에 순응하며 화목하게 살아가는 가정을 견실한 가정이라고 생각하겠죠?"

"물론 이혼은 꿈도 못 꿀걸요?"

"그래요, 맞아요. 우리나라에는 결손 가정이라는, 곱지 않은 시선이 담긴 말이 있을 정도니까요."

"실제로 그런 가정에서 자란 사람은 취직할 때 차별을 받기도 해요."

"준코 씨도 좀 전에 말했지만, 인간관계나 인생의 문제를 진지하게 생각한 결과 자신의 인생을 바꾸는 경우도 있잖아요. 그게 자녀교육에 나쁘다고 해서 부모는 자기 인생을 포기해야만 하는 걸까? 나는 내내 그런 의문을 가졌어요."

"맞아요."

준코가 깊이 공감한다는 듯이 말했다.

"나도 그런 생각으로 고민하다가 결심한 게 있어요. 좀더 구체적으로 말하면 내 일을 가져야겠다고 생각했을 때인데, 그 때 아이와 대등해지자고 마음먹었죠. 부모는 자식의 보호자가 아니라 인생의 동반자가 되어야 한다고 생각했거든요."

"대단해요, 메이 씨는."

"부모로서 거듭났다고 할까요?"

"나도 메이 씨 말에 찬성이에요. 부모의 사랑은 자식의 성장과 자식과의 인간관계를 제대로 생각했을 때 생기는 것이라고 봐요. 내가 볼 때 맹목적인 사랑은 부모의 사랑이라고 할 수 없어요. 아이들은 부모의 사랑 속에서 고이고이 자라야 하는 게 아니라 부모의 사랑 속에서 많은 것을 고민하면서 자라야 해요."

메이도 고개를 끄덕였다. 그러고는 말했다.

"많은 것을 고민한다는 말은 많은 시행착오를 겪는다는 뜻이기도 하겠죠. 예전에 린타로가 다니던 어린이집 원장선생님이 권해주셔서 읽었던 〈두 살에서 다섯 살까지〉라는 책에 이런 말이 있었어요. 어린이는 시행착오를 거듭하면서 성장한다, 그 시행착오의 폭이 넓으면 넓을수록 크면 클수록 어린이는 풍요롭고 꿋꿋한 인간으로 성장한다는 말이었죠. 정말 옳은 말이라고 생각했어요."

"그 책을 쓴 사람은 어떤 사람이에요? 우리나라 사람인가요?"

"안타깝게도 우리나라 사람은 아니에요. 코르네이 추코프스키라고, 러시아 사람이죠. 그 책, 빌려드릴까요?"

"네, 꼭 한번 읽어보고 싶네요."

"그런데 린타로 친할아버지의 사고방식이 그 추코프스키라는 사람의 사고방식과 비슷해요. 모든 생명을 대등하게 바라보는 눈도 그렇고, 성장하는 어린이에게 엄청난 가능성이 있다는 생각이며 무엇이든 혼자 차지하지 않고 다 같이 나눠 가져야 한다는 생각이며……."

"달인이군요."

"네, 맞아요. 인생의 달인이죠. 개구쟁이 린타로도 할아버지 말씀은 숨소리 하나 내지 않고 가만히 듣고 있으니까요."

"린타로 곁에 그런 훌륭한 분이 계셨군요."

"네. 그런 점에서 볼 때 린타로는 행복한 아이죠. 린타로를 유치원에 보낼까 어린이집에 보낼까 고민하고 있을 때, 저희 아버님이 말씀하셨죠. 하나에서 열까지 부모가 챙겨주는 아이가 과연 행복하겠냐고요. 어린이집은 주로 맞벌이 부부 가정의 아이들이 다니는 데잖아요? 뭔가를 가르치려는 경향이 강한 유치원보다 아이들에게 자립심을 길러주는 것을 목표로 하는 어린이집이 린타로에게는 더 어울리지 않겠냐고 하시더군요."

"정말 맞는 말씀이네요."

"덕분에 우리 부부도 결심이 섰죠. 아버님 역시 어린아이도 시행착오가 필요하다고 생각하셨던 거예요."

"요즘 세상은 오로지 아이들이 최대한 빨리, 그리고 직선으로 목표에 도달하게 하니까요."

"효율만 강조할 뿐 여유가 없어요."

문득 무슨 생각이 떠오른 듯 준코가 조그만 소리로 아, 하고 말했다.

"린타로의 할아버지라는 분은 혹시 목수의 우두머리인 도편수……?"

"네, 맞아요. 그런데 그건 어떻게……?"

"전에 미쓰루가 굉장히 흥분해서 얘기한 적이 있어요. 린타로네 할아버지는 굉장한 사람이라고요."

"저, 무슨 말씀인지?"

"그 때 미쓰루는 못 박는 흉내를 냈던 것 같아요."

아아. 메이가 고개를 끄덕였다.

"나무를 깎든 못을 박든 아버님 솜씨는 거의 예술에 가깝죠."

"하느님처럼 굉장한 사람이라더군요. 그 애, '신의 경지'라는 말을 몰랐으니까 그랬겠지만, 그 때의 놀라움은 제대로 표현한 셈이에요."

"그러네요. 제 입으로 이런 말 하긴 뭣하지만, 저희 아버님은 정말 대단한 분이세요."

"미쓰루 말로는 린타로는 하느님 다음으로 못을 잘 박는다던데요?"

"핏줄은 못 속이는 건지, 린타로도 몸이나 손발을 움직여서 뭔가 하는 걸 아주 좋아하죠."

"미쓰루가 혼잣말처럼 중얼거리더라고요. 자기한테도 그런 사람이 있으면 좋겠다고."

"부러웠나 봐요."

"그랬던 것 같아요. 조금 충격이었어요, 부모로서. 좀 전에 아이들도 생활 속에서 시행착오를 겪어야 한다는 얘기를 했지만, 요즘 아이들한테 과연 생활이란 게 있는지 의심스러워요. 하나에서 열까지 부모가 다 챙겨주죠, 먹는 것도 풍족하죠, 학원 다니느라 바빠서 놀 시간도 없죠."

"정말 그래요."

"그렇죠? 나도 여태껏 미쓰루를 그런 식으로 몰아붙였다고 생각하니까, 마음이 아주 복잡하더라고요."

"그런데 제가 듣기로 그 때 미쓰루도 못을 박아봤다는 것 같던데……."

"마음처럼 안 되었던 것 같아요. 분한 마음이 들었는지, 아니면 자기도 멋지게 못을 박고 싶었는지 망치와 나무와 못을 사달라지 뭐예요."

"역시 애들은 다 똑같은가 봐요."

"미쓰루도 여러 가지를 해보고 싶었던 거예요. 린타로와 사귀면 서부터 내면에 있는 뭔가가 이끌려 나오고 있어요, 그 애."

"그건 린타로도 마찬가지예요."

"미쓰루는 자기가 다른 아이들과 똑같다는 게 더없이 기쁜가 봐요. 가출을 하는 걸 보면 아직은 나름대로 이런저런 고민이 있는 것 같긴 하지만 이리로 이사 온 뒤로 꽤 많이 밝아졌어요."

밝고 사랑스러운 아이인데, 하고 메이는 생각했지만 입 밖에 내지는 않았다.

"메이 씨는 린타로한테 자기 일은 자기가 알아서 하라고 한다면서요?"

"네."

"미쓰루가 그러더군요. 린타로는 팬티를 직접 빨아 입는다고요."

"아, 거기엔 설명이 좀 필요해요. 빨래는 대개 세탁기로 하잖아요. 그걸 당연하게 여기지 않도록 하려는 의도에서였어요. 만약 세탁기가 생각을 할 줄 안다면, 인간은 자기들이 더럽힌 옷을 날마다 나한테 빨게 한다고, 그래서 나만 죽도록 고생한다고 불평할 거라고 말해줬죠."

"정말 놀라워요, 그런 생각을 해내다니."

"자기 일은 자기가 하는 게 당연하니까, 다른 사람한테 도움을 받거나 사람이 아닌 다른 어떤 것으로부터 도움을 받았다면 반드시 고마운 마음을 가져야 한다고 했어요. 팬티 정도는 직접 비누칠해서 싹싹 문질러 빨라고 했더니 의외로 고분고분 말을 듣더라고요. 머리로 뭔가를 이해하는 것보다 손발을 움직여 뭔가 하는 걸 좋아하는 애라서 그런 것 같아요."

"아니에요, 분명히 머리로도 이해했을 거예요."

"그럴까요?"

"메이 씨는 그저 일상적인 가정교육이라고 생각하겠지만 아주 중요한 교육이에요, 그건."

"딱히 대단한 건 아니지만 인내심이 많이 필요한 일인 건 분명해요."

"그렇고말고요."

"언젠가 손톱검사가 있던 날, 린타로가 깜박 잊고 손톱을 안 깎고 가서 검사 직전에 허겁지겁 미쓰루의 도움을 받으며 이로 손톱을 물어뜯었던 일이 있었잖아요."

"얼마나 웃었는지 몰라요, 그 얘길 듣고."

"사실 그 때 저는 알고도 가만히 있었어요. 엄마는 잔소리 안 할 테니까 자기 일은 자기가 알아서 하라고 해놓고선 오늘 위생검사 있는 날이지? 손수건은 챙겼니? 손톱은 깎았니? 하고 물을 수는 없잖아요."

"하긴 그렇죠."

"그 때문에 애가 학교에서 종종 벌을 서는 걸 알면서도 모르는 척하는 건 아무래도 좀 힘들어요. 부모니까."

이해해요, 하고 준코가 말했다.

"나도 체면이 있으니까, 남들이 저 애 부모는 도대체 뭐 하는 사람이냐고 생각할까 봐 신경 쓰이기도 하고요."

"충분히 이해할 수 있어요, 그 심정."

준코는 진심으로 그렇게 말했다.

"그럴 때는 염불을 외듯이 중얼거리죠. 린타로를 위한 일이야, 린타로를 위한 일이야. 이게 부모의 사랑이야, 부모의 사랑이야, 라고."

"흔히들 자식에게 뭔가를 해주는 게 부모의 사랑이라고 생각하지만, 때로는 뭔가를 해주지 않는 것도 사랑이라는 걸 이해하는 사람은 많지 않은 것 같아요."

"요즘은 정말 그래요. 그저 뭔가 해주는 것만이 부모의 사랑인 줄 알고 아이한테 정성을 쏟지만, 그 사랑이 아이의 터전을 빼앗아 버리죠. 그런데도 부모는 자신이 아이의 영역을 짓밟고 있다는 사실을 깨닫지 못하는 것 같아요."

"나도 그런 부모였는지 모르겠어요."

준코가 말했다.

"저한테도 분명히 그런 부분이 있을 거예요."

하고 메이도 말했다.

"나, 미쓰루가 린타로와 친구가 된 뒤 처음으로 그런 생각을 했어요."

"저, 그게 무슨 말인지……?"

"그 애, 지금껏 하루 종일 친구하고 놀았던 적이 없어요. 친구들과 전혀 어울리지 않은 건 아니지만, 음…… 어떻게 표현하면 좋을까, 겁쟁이 원숭이가 잠깐 친구들 틈에 끼어 놀다가 금세 엄마한테 뛰어오는 느낌이었다고 할까요? 친구들과 어울리는 걸 몹시 두려워하는 것 같았어요."

"미쓰루는 감수성이 예민한 아이니까요."

"겁이 많은 거예요."

"겁이 많은 게 꼭 나쁜 건 아니잖아요."

"그건 그렇지만, 린타로처럼 대범한 구석이 있었으면 좋겠는데……."

"전 미쓰루가 좋아요."

하고 메이가 말했다.

"미쓰루를 요리에 비유한다면, 맛있는 재료가 가득 들어 있는 수프가 아닐까 싶어요. 뭐랄까, 수없이 많은 가능성을 지닌 매력적인 아이예요."

"듣기는 좋지만 너무 과찬이에요."

하고 준코가 말했다.

"그렇게 생각하세요? 사실 저도 미쓰루가 좀 복잡한 아이가 아닐까 생각한 적이 있지만 그 복잡함이 또 하나의 매력 같아요. 복잡하고 밝고 사람을 잘 따르는 아이, 매력적이지 않아요?"

메이 씨는 말솜씨도 좋아요, 하고 준코가 웃으며 말했다.

"그 애, 몰래 집에 있는 돈을 가지고 나가곤 했어요."

준코가 불쑥 말을 꺼냈다.

메이는 되도록 표정을 바꾸지 않으려고 애쓰며 그 얘기를 들었다.

린타로와 약속한 게 있어서 아는 척할 수가 없었다.

메이는 가만히 준코를 바라보고 있었다.

"이제 갓 초등학생이 된 애가 벌써부터 방탕한 자식 흉내를 내지 뭐예요. 사실 그 때 나 많이 놀랐어요."

"네에……."

메이에게도 비슷한 경험이 있다. 린타로가 공짜로 전철을 타고 차비를 빼돌려 미러맨 지우개를 사서 숨겨 놓았던 적이 있다. 그 때 메이도 몹시 당황했다.

"린타로도 비슷한 경험이 있죠."

메이는 그 때 일을 대충 이야기했다.

"하지만 린타로는 이유가 분명한 편이잖아요."

"그래도 부모로서는 당황스럽더라구요."

"그렇겠죠."

"미쓰루는 어땠어요?"

메이가 자연스레 물었다.

"메이 씨가 방금 미쓰루가 복잡한 아이 같다고 했는데, 나도 처음엔 그 애가 왜 그런 짓을 했는지 잘 이해할 수 없었어요."

사실 지금도 완전히 이해하지는 못해요, 하고 준코는 덧붙였다.

"뭔가 사고 싶은 것이 있었던 게 아니었나 보죠?"

"네. 돈이 없어서 애가 갖고 싶은 걸 못 사주는 집도 아니고, 그렇다고 내가 저건 안 돼, 그건 사줄 수 없어 따위의 말로 아이들을 잡도리하는 성격도 아니고……."

그렇죠, 하고 메이가 말했다.

"다행히 그 때 담임선생님이 믿음이 가는 좋은 분이셨는데, 미쓰루나 다른 아이들한테 상처를 입히지 않고서 돈을 어디에 썼는지 알아봐 주셨어요."

"어디에 쓴 거래요?"

"친구들한테 썼대요."

어머나, 하고 메이가 나직이 말했다.

"이런 경우 두 가지 불길한 생각을 할 수 있죠. 친구들 틈에 끼고 싶어서거나 아니면 친구들에게 협박을 당해서거나."

"어느 쪽이었어요?"

"그걸 잘 알 수가 없었어요. 담임선생님은 아이들 사이에 사소한 말다툼이나 집단 따돌림이 있었을 수도 있다고 솔직히 말해주시더군요. 하지만 협박을 당해 아이들에게 돈을 쓴 건 아니랬어요. 사실, 겨우 1학년이잖아요. 맞는 말이죠."

"미쓰루는 뭐라던가요, 그 때?"

"자기가 한턱 썼다고요."

"그럼, 미쓰루가 아이들에게 잘 보이려고 그런 건가요?"

"글쎄요……."

준코는 고개를 갸웃거렸다.

"지금은 친구들과 어울려 노는 게 더없이 즐거워 보이지만 1학년 때는 친구한테 거의 관심을 보이지 않았어요. 자기가 먼저 친구 이야기를 꺼낸 적도 없고, 내가 물어봐도 글쎄, 잘 몰라, 모르겠어, 하는 대답뿐이었어요. 너, 친구한테 관심 없니? 하고 물으면, 아니…… 하는 맥 빠지는 대답만 돌아왔죠."

"집에서는 주로 뭘 했어요?"

"책을 읽거나 모형 장난감을 조립하거나 그림을 그리거나……
뭐 그랬던 것 같아요. 곤충도감을 즐겨 읽는 별난 아이죠."

"그림을 잘 그리나 봐요?"

"네, 그림 그리는 건 좋아하는 것 같아요."

"그러니까 늘 혼자 뭔가를 하는……."

"네, 맞아요. 그걸 너무 당연히 여기는 것 같아 딱히 외로워 보
이지도 않았어요."

"적극적으로 친구를 사귀려고 할 이유는 없는 셈이네요?"

"그렇죠. 그러니까 돈을 써서 친구들한테 잘 보이려 했다고 보
기는 어렵죠."

"정말 그렇네요."

잠깐 망설이다가, 준코가 말했다.

"사토코는 미쓰루를 보는 눈이 조금 달라요."

"어떻게요?"

"겉으로 드러난 모습만으로 넘겨짚거나 판단해서는 안 된대요."

사토코의 이지적인 눈이 메이의 머리를 스쳤다.

"미쓰루는 예민한 아이라서 조그만 일에도 상처를 받지만 그 사
실을 숨기는 아이래요."

"그런 눈을 갖고 있다니, 사토코는 정말 어른 같아요."

메이가 감탄한 듯이 말했다.

"맞아요, 어른이에요."

준코도 말했다.

"이런 거 물어봐도 될지 모르겠는데……."

"괜찮아요. 메이 씨한테는 뭐든 다 얘기할게요."

준코가 웃으며 말했다.

"사토코는 두 분 사이…… 그러니까…… 각자 좋아하는 사람이 따로 있다는 사실을 알고 있나요?"

"알고 있어요."

준코가 담백하게 말했다.

"예민한 시기일 텐데."

"그런 면에서 그 애, 어른이니까 우리로선 고맙죠. 대신에 우리를 속속들이 관찰하고 분석한답니다."

"그럴 만도 하겠어요."

메이는 사토코의 얼굴을 떠올리며 말했다.

"그 애, 아빠 엄마한테 따로 좋아하는 사람이 있는 것도 무리는 아니라고 해요. 그 애는 우리 부부를 보면 거칠거칠한 종이와 매끈매끈한 종이가 서로 달라붙어 있는 느낌이래요."

"뭐라고 말해야 할지 잘 모르겠지만……."

"썩 훌륭한 표현 아닌가요?"

"글쎄요."

메이는 대답을 피했다.

"나더러 이성적이고 섬세하지만 건방지기 때문에 그이하고는 안 어울린대요."

"세상에……."

"또 그이는 상냥하고 책임감은 있지만 기본적으로 응석둥이라서 나하고는 어울리지 않는다는 거예요."

"……."

"보는 눈이 정확해요. 내 딸이지만 감탄스러울 정도랍니다."

저렇게 감탄만 해도 되는 걸까? 메이는 걱정스러웠다.

"하지만……."

준코가 쓴웃음을 지으며 말했다.

"자식이잖아요. 자식한테서 결혼을 했다고 연애할 자유가 없는 건 말이 안 된다는 소리를 들으니까 어쩐지 마음이 복잡해지더라고요."

사토코는 정말 굉장한 아이예요, 하고 메이는 말했다.

"아무리 부모라 해도 연애사업에는 간섭하지 않을 테니까 얼마든지 하래요."

"어머나."

"누군가를 좋아하면 행복해지고 그러면 집에서도 웃는 얼굴을 할 수 있을 거라나요? 그러면 겉으로나마 화목한 가정처럼 보일 수 있고 아이들에게도 실질적인 피해가 돌아가지 않으니까 오히려 그 편이 낫다는 거예요."

"냉정하네요."

"맞아요, 냉정해요, 그 애. 더구나 딱 잘라 말하더라고요. 자식을 위해 이혼까지는 가지 말자고 생각한다면, 전혀 그럴 필요 없다고. 아빠 엄마 둘 중 누구와 살 건지는 자식인 자기랑 미쓰루가 선택할 문제고, 미쓰루는 자기가 책임지고 가엾은 아이가 되지 않도록 잘 가르치겠대요."

"정말 대단해."

하고 메이가 말했다.

"부모보다 나은 것 같죠?"

"네, 그런 것 같아요."

"그야말로 굉장한 아이예요."

"애라고 얕봤다간 큰코다치겠어요."

"그래요. 부모는 대개 아이들을 얕보지만 언젠가 아이들한테 복수를 당하거나 버림받거나 둘 중 하나일걸요? 메이 씨는 자식을 인생의 동반자라고 했지만 나는 자식을 인생의 라이벌로 생각해야 할 처지랍니다."

하고 준코는 말했다.

＊ ＊ ＊

다쓰로가 소림사 권법 도장을 연 것은 아이들과 약속한 때로부터 거의 2년이 지나고서였다. 예정보다 1년이 늦어진 셈이다.

린타로는 5학년이 되었다. 1, 2학년 무렵의 천진난만한 표정은 사라진 대신에 꽉 다문 야무진 입매가 고집스러운 성격을 말해주었다.

1학년에서 2학년으로 올라갈 때는 반이 갈리지 않았지만, 그 뒤로는 해마다 반이 갈려 그 때마다 륜예 어린이집 아이들은 같은 반이 되기도 하고 다른 반이 되기도 했다.

무슨 인연인지 린타로와 다케만은 내내 같은 반이었고, 린타로와 리에와 프랑켄은 4학년 때 다른 반이었다가 5학년에 다시 같은 반이 되었다.

아오풍은 2학년 때 이후로 한 번도 린타로와 같은 반이었던 적이 없지만, 늘 린타로와 다케와 프랑켄과 어울려 다녔다. 그런 탓에 네 아이는 선생님들 사이에서 곧잘 4인조로 불렸다.

도시하루와 가요코와 가즈미치도 5학년 때는 서로 반이 달랐다. 그러나 륜예 어린이집을 나온 아이들은 자주 함께 어울렸고 사이도 늘 좋았다.

다쓰로의 도장에는 린타로를 비롯한 륜예 어린이집 졸업생들이 워낙 많이 다녀, 륜예 도장이라고 불러도 손색이 없을 정도였다.

유독 아오풍의 부모만이 아오풍을 도장에 보내주지 않아, 린타로와 아이들은 그 무서운 아오풍의 엄마한테 수없이 쫓겨나면서도 허락을 얻어내기 위해 끈질기게 아오노 병원을 드나들었다.

마침내 아오풍이 울면서 말했다.

"나, 학교 안 갈 거야!"

아오풍은 이 폭탄선언으로 마침내 부모의 뜻을 꺾었다.

지즈루 선생님은 2학년에 이어 3학년 때도 린타로를 맡았는데, 니시조 선생님과의 연애는 끝내 결실을 보지 못한 듯 다른 초등학교의 선생님과 사귀고 있다는 소문이 돌았다.

야마하라 선생님은 경사스럽게도 이웃 초등학교의 교감선생님이 되어 전근을 갔다.

환송식 때 줄을 서 있는 린타로를 보고 다가와서

"오제 린타로, 열심히 해요."

하고 눈물 어린 목소리로 말했다.

그 날 밤 린타로는 야마하라 선생님이 한 말을 떠올리며 뭘 열심히 할까 고민해보았지만 뭘 할지 결정하기도 전에 잠이 들고 말았다.

린타로의 4학년 때 담임인 고바야시 선생님은 좋은 뜻에서도 나쁜 뜻에서도 특징이 없는 사람으로, 린타로와 부딪히는 일이 가장 적었던 여선생님이다. 그리고 4학년 때 린타로는 가장 견디기 힘든 일을 겪었다.

조짐은 있었다.

린타로의 할아버지는 소중히 여기는 것이 세 가지 있다.

우선 손거울과 족집게인데, 툇마루에 앉아 손거울을 들여다보며 쏙, 쏙 수염을 뽑는 할아버지의 모습은 린타로의 눈꺼풀 안쪽에 선명하게 새겨져 있다. 린타로에게 손거울과 족집게는 할아버지 그 자체였다.

또 하나, 할아버지가 특별히 아끼는 것은 숫돌이다.

숫돌은 드물게 붉은색도 있지만 대개 회색이거나 청색 아니면 녹색이다. 그런데 할아버지의 숫돌은 어두운 곳에서도 빛이 날 만큼 새하얗다.

린타로가 조릿대 이파리 따위에 손가락을 베면, 할아버지는

"손가락, 이리 내보거라. 이것은 신비한 숫돌이란다."

하며 린타로의 손가락을 그 숫돌에 대고 슥슥 비볐다.

그러면 벌어졌던 살이 감쪽같이 붙고 상처에는 어렴풋이 피가 배어 있을 뿐이다.

"이제 상처에다 침만 발라 놓으면 된다."

할아버지 말대로 하면 정말로 거의 아프지도 않았고 상처도 빨리 아물었다.

할아버지는 그 숫돌을 황홀한 듯 바라보곤 했다.

"이것은 할아비의 영혼이란다. 대패도, 끌도, 도끼도 여기에 닿으면 금세 생명을 얻고 활기차게 나무와 마주하지. 이 숫돌 덕분에 할아비는 좋은 일을 할 수 있었어."

오래 쓴 숫돌을 자세히 보면 희미한 물결무늬가 있게 마련이다. 할아버지의 숫돌은 수면처럼 고요하고 편편했다.

그리고 한 가지 사건이 있었다.

"점심때 관음당에 다녀와야겠소."

아침을 먹으면서 할아버지는 그렇게 말했다.

할아버지는 아무도 모르게 집을 나섰다.

관음당은 록코산 자락의 깊은 산 속에 있는 암자이다. 한 스님이 가스도 전화도 없이 거의 세상을 등진 채 살고 있었다.

지금까지 할아버지는 여러 차례 관음당을 찾아가 스님과 이야기를 나누거나 암자를 고쳤다. 거기서 묵고 오는 경우도 있었다.

"아버지가 곧잘 철학적인 말을 하는 건 관음당 스님의 영향인지도 몰라."

언젠가 소지로가 말한 적이 있다.

할아버지는 이틀 동안 돌아오지 않았다. 무슨 일이 생긴 건 아닐까. 소지로가 모셔 와야겠다며 집을 나서려 할 때, 비를 맞았는지 밤이슬을 맞았는지 할아버지는 온몸이 흠뻑 젖은 채 돌아왔다.

린타로가 아침에 일어나 화장실에 갔다.

"어, 뭐야? 여기 참새 있어!"

린타로가 큰 소리로 말했다.

소지로와 메이가 뛰어왔다.

"이런 곳에 웬 참새지?"

소지로도 신기하다는 듯이 말했다.

참새는 나무 격자와 유리문 틈새에서 파닥거리고 있었다.

"참새가 들어올 만한 데가 없는데……."

"어디로 들어왔을까? 참 신기하네."

메이도 말했다.

린타로는 두 손으로 살며시 감싸듯이 참새를 잡았다.

"눈, 되게 예쁘다."

참새를 두 손으로 살포시 안고 린타로가 말했다. 조그만 유리문을 열고 밖으로 참새를 날려보내 주었다.

그 때 전화가 울렸다.

전화를 받은 메이가 새된 소리를 질렀다.

"여보!"

"무슨 일이야?"

"빨리 좀 와봐!"

메이가 창백한 얼굴로 수화기를 들고 있다.

"아버님이 쓰러지셨대."

"뭐라고!"

소지로가 메이의 손에서 수화기를 낚아챘다.

고함 소리 같은 대화가 한동안 이어졌다.

"지금 당장 갈게요."

소지로는 수화기를 내던지듯 내려놓았다.

"걱정 마. 의식도 뚜렷하고 말도 하실 수 있다니까. 방금 구급차가 와서 미야지 병원으로 옮기고 있는 모양이야. 나, 지금 갈게."

같이 가, 하고 메이가 말했다.

"나도."

린타로의 눈빛이 불안해 보였다.

"너는 학교에 가야지."

"싫어. 병원에 갈 거야."

"린타로, 우리가 갑자기 한꺼번에 몰려가면 할아버지가 무슨 일 있나 하고 걱정하실 거야. 말씀도 또박또박 잘하신다니까 돌아가시거나 하지 않아. 너는 수업 다 마치고 병원에 와, 알았지?"

린타로는 마지못해 고개를 끄덕였다. 갑자기 말이 없어졌다.

학교에서도 린타로는 안절부절못했다. 뭘 물어도 건성이었다.

점심시간이 되자, 린타로는 인내심이 바닥났다.

"엄마가 입원해서 그러는데 병원에 좀 가볼게요."

린타로는 담임인 고바야시 선생님에게 말했다.

허락을 받고 린타로는 달렸다. 이것은 린타로가 순간적으로 생각해낸 거짓말이다.

린타로가 살며시 병실 문을 열었다.

할아버지는 하얀 이불을 덮고 누워 있었다.

할머니와 메이가 곁을 지키고 있고, 소지로는 보이지 않는다.

"어떻게 된 거야, 너?"

"조퇴했어."

린타로가 대답했다.

"그래?"

메이는 아무 말도 하지 않았다.

"린타로냐?"

"응."

할아버지는 생각보다 건강해 보였다. 린타로는 마음이 놓였다.

"할아비가 걱정을 끼쳤구나."

"응."

"조퇴하게 해서 미안하다."

"아냐."

하고 린타로가 말했다.

할머니가 린타로에게 물었다.

"린타로, 잠깐 할아버지 옆이 있어드리겠니?"

"응."

"너무 급하게 나오는 바람에 별로 챙겨오지 못했단다. 이것저것 좀 챙기러 엄마하고 집에 좀 갔다 오마."

"응."

"린타로가 마침 맞게 잘 와줬어. 애야, 가자."

하고 할머니가 메이에게 말했다.

"린타로, 할아버지 잘 보살펴드리고 있어."

"알았어."

두 사람은 병실을 나갔다.

"린타로."

할아버지가 말했다.

"응?"

"갑자기 카스텔라가 먹고 싶구나."

"사 올게."

린타로가 말했다.

미야지 병원 바로 옆에 분메이도라는 빵집이 있는데, 할아버지는 그 집 카스텔라를 좋아했다.

린타로는 기뻤다.

할아버지가 덜컥 돌아가실지 모른다는 불안감도 사라졌고 카스텔라를 먹고 싶다는 할아버지의 말을 듣자 평소와 다름없는 일상을 되찾은 것 같아, 린타로는 가슴이 한껏 부풀었다.

"돈 가져가야지."

"됐어. 내가 한턱 낼게."

린타로가 선심을 썼다.

"그래? 네가 사주겠다고?"

"사줄게."

린타로는 또 다시 뛰었다.

할아버지는 린타로가 사 온 카스텔라를 맛있게 먹었다. 할아버지가 자꾸 먹으라고 해서, 린타로도 딱 두 입 먹었다.

"물 마실래, 할아버지?"

린타로는 차 끓이는 도구가 없다는 것을 재빨리 알아채고 캔에

든 녹차도 같이 사 왔다.

녹차도 할아버지가 좋아하는 음료수였다.

"재치가 있구나."

너는 사람들한테 사랑받는 아이가 될 게야, 하고 할아버지가 말했다.

"할아버지랑 이야기 좀 할까?"

"응."

할아버지의 말투는 여느 때와 다름없다.

"린타로, 땅바닥의 개미 한 마리가 죽는 것과 할아비가 여기서 눈을 감고 세상을 뜨는 것이 똑같다고 생각하니?"

"할아버지는 개미가 아니고 개미는 할아버지가 아니니까 똑같지 않아."

"그래? 네가 그렇게 생각하는 것도 무리는 아니지. 하지만 할아비는 똑같다고 생각한단다. 개미의 생명이든 잠자리의 생명이든 할아비의 생명이든 생명은 본디 천한 것이 없어. 모두 귀하지. 생명의 가치는 똑같지만 인간에게는 집착이라는 감정이 있기 때문에 자신의 생명이 더 소중하고 대단해 보이는 거란다. 할아비도 처음에는 그랬단다."

"……"

"너는 학교에서 공부를 하지? 학교 밖에서도 많은 것을 배우고. 사람은 배우고 나면 뭘 해야 할까?"

"일."

린타로가 대답했다.

"역시 내 손자로구나. 세상에는 너처럼 그렇게 딱 잘라 말할 수 있는 사람이 많지 않아. 일이란 여태껏 많은 것을 가르쳐준 세상의 은혜에 보답하는 것이기도 하지. 따라서 남에게 도움이 되고자 하는 마음가짐 없이 하는 일은 일이라고 할 수 없단다. 단순한 돈벌이와 일은 구별해야 돼. 가령 할아비가 A라는 사람에게 집을 지어주었다고 하자. 만약 그것이 좋은 일이라면 A가 기뻐하겠지?"

"응."

"또 할아비가 절을 지었다고 하자. 할아비가 한 일이 좋은 일이라면 절을 찾아온 사람들이 훌륭한 절을 보니 마음이 평온해지는군요, 하고 인사를 하겠지. 뜻깊은 일일수록, 좋은 일일수록 사람의 마음에 만족감과 풍요로움을 주지. 사람을 사랑하는 것과 매한가지야. 한 사람이 사랑할 수 있는 사람은 한계가 있지만, 일을 통해 사랑할 수 있는 사람은 한없이 많단다. 인간은 일로서 사람을 사랑하며 살아야만 신이 주신 삶을 다 살았다고 할 수 있어."

린타로의 눈길은 할아버지에게 가만히 못박여 있다.

"일을 하지 않는 사람은 욕심만 많아지지. 사소한 것에 얽매이고 억지만 늘게 돼. 이러쿵저러쿵 남 얘기만 하지. 또 정작 중요한 것이 눈에 보이지 않으니까 유행만 좇게 된단다. 자기 자신을 잃으니까 점점 더 집착만 강해지고. 그렇게 인생을 보낸 사람은 신이 주신 삶을 다 살았다고 할 수 없어. 미련만 남게 되지."

린타로는 숨조차 쉬지 않는다.

"할아비는 할아비 나름대로 열심히 일을 했단다. 그렇게 살아왔기 때문에 세상에 미련이 없어. 집착이 없기 때문에 개미의 생명도 잠자리의 생명도 할아비 자신의 생명도 똑같이 볼 수 있는 게야. 할아비는 죽는 것이 두렵지 않단다."

린타로가 말했다.

"할아버지는 그럴지 몰라도, 할아버지가 죽으면 할머니랑 아빠랑 엄마가 슬퍼하잖아. 나도 그렇고……. 그건 어떡할 거야?"

"그건 걱정할 것 없다."
하고 할아버지가 말했다.

"신은 인간에게 기억이라는 소중한 선물을 주셨어. 너도 4학년이니까 기억이라는 한자를 알 테지? 그 글자를 머릿속에 떠올리면서 할아비가 하는 말을 잘 새겨들어거라. '기억' 할 때의 '억(憶)' 자에는 마음에서 말이 우러나와 해에 깃들인다는 뜻이 담겨 있단다. 그게 무슨 뜻인고 하니, 말하는 사람의 기억과 생각이 그 말을 듣고자 하는 사람에게 또렷하고 정확하게 가 닿았을 때 비로소 그 말에 마음이 깃든다는 뜻이란다. 그리고 기억의 '기(記)' 자는 '말씀 언(言)' 자와 '몸 기(己)' 자로 이루어져 있다. '말하는 몸'이 견실하지 못한 사람에게는 기억이 주어지지 않아. 린타로, 할아비는 지금껏 온 마음을 담아 너에게 많은 이야기를 해주었다. 그리고 너는 내 이야기를 네 온 마음으로 들어주었다. 할아비와 네가 함께 나눈 이야기 속에 우리 두 사람의 마음이 깃들어 있는 게야. 지금은 이렇게 살아 있어도 언젠가는 할아비도 세상을 뜨겠지. 허나 네 마음속에 깃들어 있는 할아비는 언제까지나 죽지 않고 살아 있어. 신은 하찮은 것이나 담으라고 인간에게 기억이라는 보물을 주신 게 아니야. 자신과 관계 맺은 인간의 영혼을 언제까지나 기억하고 그 사람을 자기 마음속에 살게 하라고, 신은 우리에게 기억이란 보물을 주신 거야. 죽은 사람을 언제까지나 살게 할 수 있는 존재는 아마 인간밖에 없을 게다. 인간이 인간일 수 있는 것은 바로 그 때문이란다.”

잠깐 숨을 돌렸다가 할아버지가 말을 이었다.

“그렇지만 할아비한테도 고민이 하나 있단다.”

“뭔데?”

“다음번에는 어디에서 태어날까 하는 거지.”

“……”

“할아비는 죽으면 다시 태어나야 한단다. 너 아닌 다른 아이에게 또 많은 것을 가르쳐주기 위해서 말이다.”

“그런 말 하지 마, 싫어.”

린타로가 잔뜩 힘주어 말했다.

“다음에도 또 우리 할아버지로 태어나야 돼.”

“그러냐, 그렇게 생각하냐?”

할아버지가 눈을 감았다.

“그래, 그렇게 생각한단 말이지.”

중얼거리듯, 할아버지는 같은 말을 되풀이했다.

“그 말을 들으니, 할아비는 아주 행복하구나……”

할아버지의 눈초리가 살짝 젖은 듯 보였다.

“이제 미련은 한 줌도 없다.”

“……”

린타로의 마음속에 슬렁, 바람이 일었다.

“할아버지?”

"……."

"할아버지?"

"……."

"할아버지!"

린타로가 큰 소리로 외쳤다.

할아버지가 눈을 떴다.

그리고 말했다.

"할아비는 지금 아주 행복한데, 이 행복이 어디에서 왔는지 생각하고 있었단다."

"……."

"할아비는 많은 사람들로부터 많은 것을 배우며 일을 했다. 일을 하면서 배웠고, 또 다른 일을 했어. 그러자 또 공부할 게 생기더구나. 일을 하고 공부를 하는 일이 되풀이되었지. 내내 배우며 살수 있었던 것에 새삼 감사한단다."

린타로는 행복하다고 말하는 할아버지 얼굴을 물끄러미 보았다.

"린타로, 배운다는 뜻을 지닌 '학(学)'자를 살펴보면, 맨 밑에 '아들 자(子)' 자가 있고 그 위에 '갓머리 면(宀)' 자가 있고 또 그 위에 작은 점 세 개가 있다, 그렇지? 작은 점 세 개는 '본다', '듣는다', '말한다'를 뜻하니까, '학'의 진정한 뜻은 보고 듣고 말하는 갓을 쓴 아이라고 할 수 있지. 네가 할아비의 손자라면 죽을 때까지 배워야 한다. 알겠니?"

"응."

린타로는 턱을 바싹 당기고 힘껏 고개를 끄덕였다.

할아버지로부터 죽을 때까지 배우라는 말을 들은 지 사흘째에, 린타로는 꿈을 꾸었다.

벌써 아침인가? 하고 눈을 뜨자, 할아버지가 있었다.

"어, 할아버지, 이런 데서 뭐 해?"

"음, 여행을 떠날까 하고."

린타로는 할아버지와 몇 마디 이야기를 나누었다.

잠이 깼다. 꿈이었구나, 생각했다.

5교시에, 고바야시 선생님이 귓속말을 했다.

할아버지 집에 닿자, 이제 막 탕관(불교식 장례에서 시체를 관에 넣기 전에 따뜻한 물로 깨끗하게 닦는 일―옮긴이)이 시작된 참이었다.

우는 사람이 많았지만 린타로는 울지 않았다.

"작별 인사 드려야지."

누군가가 린타로에게 말했다.

"작별 인사 같은 거 안 해. 할아버지는 안 죽었어."

린타로는 이렇게 말하고 입을 꾹 다물었다.

"그래, 그런 네 생각도 소중하겠지."

메이의 이 말이 린타로의 귓가에 맴돌았다.

"염주를 손에 쥐렴. 불경책은 그냥 펴놓고 있기만 해도 되니까 사람들이 책장을 넘기면 너도 따라 넘겨."

린타로는 염주에도 불경책에도 손을 대지 않았다.

이튿날 할아버지의 장례식을 치렀다.

관 속에 할아버지가 아끼던 물건들을 넣었다. 손거울도, 족집게도 넣었다.

"할아버지가 늘 자기 영혼이나 매한가지라던 숫돌이 안 보이는구나. 어디 있지? 좀 찾아보자꾸나."

할머니 말에, 다 같이 여기저기 찾았지만 그 숫돌은 어디에도 없었다.

소지로가 말했다.

"관음당에 두고 오셨나? 틀림없어, 그 때 당신 영혼을 직접 부처님께 바치러 가셨던 거야."

할머니는 무슨 말인지 알겠다는 듯 어렴풋이 고개를 끄덕였다.

"아버지가 어떤 분이셔? 돌아가실 때가 가까워진 것을 이미 알고 계셨던 거야. 아버지의 '코끼리 무덤'은 관음당이었어."

장례식을 마치고 돌아와, 사람들은 술을 주거니 받거니 하며 할아버지와의 추억 이야기에 젖었다.

린타로는 사람들과 떨어져 혼자 마당에 내려섰다. 할아버지가 아끼던 나무와 풀을 하염없이 바라보았다.

"린타로, 이리 온."

누군가가 소리쳤다.

"그냥 저 애 하고 싶은 대로 내버려 두세요."

하고 메이가 말했다.

언제부턴가 프랑켄과 준코와 사토코가 린타로 뒤에 말없이 서 있었다.

5학년이 된 뒤로 린타로 패거리는 수요일과 토요일마다 다쓰로의 도장에 다녔다.

린타로 패거리 중에는 도중에 그만둔 아이가 하나도 없었는데, 그런 만큼 이 못 말리는 개구쟁이들을 지도하느라 쏟은 다쓰로의 노력은 이만저만한 게 아니었다.

다쓰로의 도장에는 린타로 패거리만 다니는 건 아니었다. 소림사 권법 수행에 힘쓰기 시작해서 초단 이상에게 주어지는 준권사, 소권사, 중권사 자격을 따고 이어서 정권사 자격을 따는 동안, 다쓰로에게는 수많은 동료와 따르는 사람들이 생겼다. 그 중 적지 않은 사람들이 다쓰로의 동료 수행자로서 또는 제자로서 다쓰로의 도장에 나왔던 것이다.

린타로 패거리는 처음 소림사 권법을 배우는 새내기다.

같은 초등학생이라도 린타로 패거리는 견습권사라 흰 띠를 맺지만, 3학년인데도 노란 띠를 매는 8급이나 7급도 있었고 린타로 패거리와 같은 5학년 중에는 초록 띠를 매는 6급이나 5급도 있었다.

"쳇, 하나도 재미없어. 싸움을 걸고 이겨서 저 띠, 내 거랑 바꿀까?"

처음 도장에 왔을 때, 다케는 소림사 권법의 권사로서 해서는 안 될 말을 했다.

잠자코 있었지만 싸움에 져본 적이 없는 린타로도 같은 마음이었다.

"열심히 연습하면 저 애들보다 더 잘할 수 있을 거야."

낙천적인 아오풍은 너무나 당연한 말을 여느 때와 다름없이 느릿느릿 이야기했다.

"당연하지. 저런 애들은 사흘이면 제칠 수 있어."

다케가 큰소리쳤다. 당연하지 않은 말을 너무나 당연한 듯 말하는 다케의 뻔뻔스러움도 여전하다.

리더인 이네미 마사루의 야무진 목소리가 울려 퍼졌다.

"지금부터 진혼을 시작하겠습니다."

다쓰로는 린타로 패거리에게 미리 당부해 두었다.

"처음에는 아무것도 몰라도 되니까 다른 사람들을 보면서 그냥 따라 해."

일일이 설명을 듣는 것도 힘들지만, 린타로 패거리가 가장 견디기 힘들어하는 것은 영문도 모른 채 남을 따라 하는 일이다.

당장에 다케가 물었다.

"진혼이 뭐야?"

프랑켄이 말했다.

"진혼, 결혼, 딴딴따따."

다쓰로가 싱긋 웃었다.

"이 녀석아, 너는 결혼하려면 아직 멀었어."

그러고는 프랑켄의 머리에 알밤을 콩 먹었다.

다들 린타로 패거리를 무시하고 일제히 합장을 하며 말했다.

"잘 부탁합니다."

린타로 패거리도 투덜거리며 다른 사람들을 따라 했다.

"바로."

이어서 마사루가 카랑카랑한 목소리로

"성구를 낭독합니다."

하고 말했다.

모두 한 목소리로 성구를 외웠다.

"자기만이 자기의 주인이다. 누가 따로 주인이 될 수 있으랴? 자기만 잘 다스리면 얻기 힘든 주인을 얻으리라……."

"뭐야 이거, 불경이야?"

이번에도 다케가 물었다.

"불경이야. 자꾸 그렇게 종알거리면……."

다쓰로가 엄하게 말하자, 다케가 목을 쏙 옴츠렸다. 프랑켄처럼 알밤을 먹을 순 없다.

"미리 나눠준 초록색 책 있지? 그거 처음부터 읽어."

다쓰로가 말했다.

"스스로 악을 행해 그 죄를 받고 스스로 선을 행해 그 복을 받는다. 죄도 복도 나에게 매였으니 누가 그것을 대신해 받으리."

"맹세를 낭독합니다."

마사루가 말했다. 아이들의 목소리가 이어진다.

"우리는 이 권법을 배울 때 조상을 멸하지 않으며, 스승을 속이지 않으며, 윗사람을 섬기며, 아랫사람을 깔보지 않으며, 동지끼리 서로 돕고 친하게 지내고 협력하며 도에 정진할 것을 맹세합니다……."

'성구'는 무슨 소리인지 통 알아들을 수 없었지만 '맹세'는 린타로 패거리도 대충 무슨 말인지 알아들을 수 있었다.

다들 줄줄 외고 있다. 책을 보며 주저리주저리 따라 읽고 있는 린타로 패거리는 영 체면이 서지 않았다.

"자리에 앉으세요."

마사루의 말에, 모두들 반가부좌를 했다. 반가부좌는 가부좌와 조금 다르다. 가부좌는 양쪽 발이 모두 무릎 위로 올라오지만, 반가부좌는 한쪽 발만 위로 올라온다. 수용의 자세다.

이런 사실을 전혀 모르는 린타로 패거리는 대충 흉내만 낼 뿐이다.

"예배사를 낭독합니다."

이제 끝났구나 생각하는데 또 마사루의 목소리가 들린다.

"겸허한 마음으로 숭고한 천지의 도리인 달마(자연계의 법칙과 인간계의 질서)를 숭배합니다. 태어나서 지금까지 욕망이나 고뇌로 인해 지은 죄, 그 모든 것을 참회합니다⋯⋯."

이번에도 무슨 말인지 알 수가 없다.

"이승에서 내세에 이르기까지 삼보에 깊이 귀의하여 가르침을 받잡고 거기에 따르겠습니다. 원하옵건대 저희를 올바로 이끌어 주시고 가호를 베풀어 주십시오."

낭독이 끝났다.

"눈을 감으세요."

마사루의 목소리다. 다들 눈을 감았다. 린타로 패거리도 그 말에 따랐다.

"한순간이라도 좋으니까 아무 생각도 하지 않는 시간을 가져봐."

다쓰로가 린타로를 비롯한 새내기들에게 말했다.

정적이 도장을 뒤덮자 개구쟁이들도 진지해졌다.

리더인 마사루가 길이가 2미터쯤 되는 봉을 들고 반가부좌를 하고 있는 아이들 등 뒤로 소리도 없이 걸어갔다.

명상의 기운을 흩뜨려서는 안 된다. 운보법(상대방을 공격하거나 상대방의 공격을 피하기 위해 발을 이용하여 이동하는 방법 – 옮긴이)을

터득하여 소리내지 않고 걸을 수 있는 사람이 아니고서는 이 일을
맡을 수 없다.

조금이라도 등이 구부정한 아이가 있으면, 마사루는 조용히 그
아이의 어깨에 봉을 얹는다. 그러면 그 아이는 등을 곧게 펴고 두
손을 모아 절을 한다.

3, 4분쯤 지났을까.

줄의 마지막에 이르자 마사루가 갑자기 봉으로 바닥을 힘껏 내
리찍었다.

"탁!"

린타로 패거리가 깜짝 놀라 벌떡 일어났다.

이것을 신호로, 권사들이 저마다 기합을 넣었다.

"얍!"

"합!"

"어유, 놀라라. 오줌 쌀 뻔했네."

다케가 투덜거렸다.

"다행이군. 오줌을 쌀 뻔했다는 말은 이 세상으로 돌아왔다는
말이니까. 자, 놀라고 있지만 말고 어서 기합을 넣어."

다쓰로가 말했다.

"신조를 낭독합니다."

마사루의 목소리가 들렸다. 모두 일어섰다. 린타로 패거리도 따
라 한다.

"우리는 달마로부터 영혼을 받고, 부모님으로부터 신체를 받은
것에 감사드리고, 성심으로 보답……."

아직도 남았나? 하고 아오퐁이 느릿느릿 말했다.

"이것으로 진혼을 모두 마칩니다."

다들 두 손을 모으고 절을 한다.

"우리, 불경 배우러 여기 온 거 아닌데."

아오퐁은 영 불만스러운 모양이다.

드디어 다쓰로가 모두 앞에 섰다.

"새로운 입문생을 소개하겠다. 이름을 부르면 큰 소리로 대답하고 앞으로 나오도록."

다쓰로가 쩌렁쩌렁한 목소리로 말한다.

린타로 패거리에게는 너무나 낯선 모습이다.

"오제 린타로."

"네."

"우에하라 다케미."

"넷."

다케는 굳은 목소리로 어색하게 대답했다.

"아오노 유타카."

"네에."

"간도 도시하루."

"네."

도시하루도 기운차게 대답했다.

린타로 패거리는 자기 이름이 불릴 때마다 차례차례 앞으로 나갔다.

"이 녀석들과는 아주 오래 전부터 잘 아는 사이다."

다시 평소 다쓰로의 말투다. 린타로 패거리는 어쩐지 마음이 편해졌다.

"이 녀석들은 나를 형아라고 부른다. 어린이집 시절부터 나의 소중한 친구들이지."

아오풍이 기쁜 얼굴로 씨익 웃었다.

"불효자일수록 사랑스럽다는 말이 있다. 이 말이 딱 들어맞는 녀석들이지. 죄다 나를 죽도록 애먹인 녀석들이니까."

아오풍의 '씨익' 하는 웃음이 '푸후후'로 바뀌었다.

"내 생각에 이 녀석들은 아마 권법을 빨리 익힐 것 같다. 그러나 소림사 권법에서 중요한 것이 기술뿐인가? 힘뿐인가?"

다들 고개를 저었다.

"다케시, 이것과 관계있는 소림사 권법의 특징을 말해봐."

다케시라는 아이는 또랑또랑한 목소리로

" '권선일여(拳禪一如)'와 '역애불이(力愛不二)'입니다."

하고 대답했다.

"음, 좋아. 사부로, '권선일여'가 무엇인지 말해봐."

사부로는 2학년쯤 되어 보이는 어린 아이였다.

" '권'은 몸을 단련하는 일입니다. '선'은 마음을 닦는 일입니다. 몸과 마음은 하나이므로 따로따로 수행하면 제대로 수행을 할 수 없죠."

'없죠'라는 말이 아주 귀여웠다.

다들 입가에 웃음이 번졌다.

" '역애불이'는? 유키토, 말해봐."

유키토도 야무지게 대답했다.

"소림사 권법에서는 힘과 사랑을 다른 것으로 보지 않고 똑같은 것으로 여깁니다. 힘이 강해도 옳지 않으면 그것은 폭력과 다르지 않습니다. 나쁜 사람이 폭력을 휘둘렀을 때, 곧바로 되받아쳐서 상처를 입히는 대신에 옳은 일을 가르치는 것도 사랑입니다."

다쓰로가 말했다.

"너도 그러고 있냐?"

유키토는 쑥스럽게 웃었다.

"얼마 전에 나를 놀린 친구를 두들겨팬 일은 반성하고 있지만……."

유키토는 머리를 벅벅 긁었다.

"뭐, 반성하고 있다니까 됐어."

하고 다쓰로가 말했다. 그리고 린타로 쪽을 보면서 말을 이었다.

"강해지기만 하면 된다는 생각은 소림사 권법에 없다. 너희들의 도복에 만(卐)이라는 표시가 붙어 있을 것이다. 만에는 바깥 만(卐)과 안 만(卍)이 있다. 바깥 만은 사랑을 뜻하고, 안 만은 힘을 뜻한다. 두 개가 서로 마주 보며 조화를 이루고 있는 셈이지. 소림사 권법은 그런 세계를 만들기 위한 수행이다. 다케미 너, 싸움을 잘하고 싶어서 소림사 권법을 배울 거라고 했지?"

"이제 아냐."

다케가 말했다. 그러고는 살짝 눈을 흘기며

"형아도 처음에는 그랬댔잖아."

하고 투덜거렸다.

"야, 그건 권투 배울 때였지."

다쓰로는 변명하듯 말했다. 자칫하면 긁어 부스럼이 될 듯하다.

"실력이 빨리 느는 것은 물론 좋은 일이지만 마음을 닦는 일이 중요하다는 점도 항상 잊지 않도록. 나는 그게 조금 걱정이다."

하고 다쓰로가 말했다.

"간단히 자기소개를 하고 제자리로 돌아가."

다쓰로가 재촉했다.

"나, 린타로야."

린타로가 꾸벅 절을 했다.

린타로가 워낙 간단해서 다들 린타로를 따라 했다.

"난 다케미."

"난 유타카."

도중에 다쓰로가 끼어들었다.

"그게 무슨 자기소개냐?"

하지만 프랑켄도 "난 미쓰루."로 끝내버렸다. '나, 프랑켄'에 이은 우스갯짓은 그만둔 지 꽤 오래됐다.

"일어서!"

다쓰로의 목소리가 쨍하니 울렸다.

비단을 찢는 듯한 기합 소리랄까. 농담을 하거나 까불거리고 싶은 마음이 끼어들 여지를 주지 않는 목소리였다.

"다리 벌려 중단 자세(소림사 권법의 기본 자세로, 다리를 어깨 넓이로 벌려 살짝 구부리고 엄지를 감싸듯이 주먹을 쥐고 허리 높이로 올린 자세-옮긴이)!"

"얍!"

"얍!"

기합 소리와 함께 아이들의 몸이 팽팽히 긴장한다.

"하나!"

"얍!"

"둘!"

"얍!"

"셋!"

"얍!"

주먹을 쭉 뻗어 날카롭게 허공을 가른다.

"넷!"

"얍!"

"다섯!"

"얍!"

린타로 패거리도 주먹을 뻗고는 있지만 그저 흉내만 낼 뿐이라 전혀 힘이 들어가 있지 않다.

보다 못한 다쓰로가 말했다.

"소리를 내. 아랫배에서 목소리를 끄집어내란 말이야. 의식하지 않아도 저절로 나온다는 느낌으로."

"여섯!"

"얍!"

"일곱!"

"얍!"

다케는 에라 모르겠다 하고, 뱃속의 내장을 토해내는 듯한 소리를 냈다.

"여덟."

"으액!"

"으액? 무슨 소리가 그래?"

다쓰로가 동작을 멈추고 말했다.

"온몸으로 했더니 이런 소리가 나잖아."

"아, 그런 거야? 좋아, 좋아."

다쓰로가 눈으로 다케를 칭찬했다.

"아홉!"

"얍!"

물론 다케의 으액! 소리도 섞여 있다.

"열!"

"얍!"

"좋아. 오른발 차기! 하나!"

"얍!"

"둘!"

"얍!"

'온몸으로'라는 다케의 말에 린타로 패거리도 뭔가 느낀 것이 있었다.

"셋!"

"얍!"

"넷!"

"얍!"

그럭저럭 몸이 자연스럽게 움직였다.

"오른발 앞으로 중단 자세!"

"얍!"

이 자세는 권투의 파이팅포즈와 비슷하다.

오른발 앞으로 중단 자세의 경우, 왼주먹을 턱 앞에 두고 오른주먹을 허리 높이에 둔다. 왼발 앞으로 중단 자세는 그 반대다.

자세를 잡자 린타로 패거리는 피가 끓었다.

"하나!"

"얍!"

"둘!"

"얍!"

오른손은 바로 지르기(앞으로 나와 있는 다리와 같은 쪽 주먹으로 지르기 – 옮긴이), 왼손은 반대 지르기(앞으로 나와 있는 다리와 반대쪽 주먹으로 지르기 – 옮긴이)다.

"셋!"

"얍!"

"넷!"

"얍!"

린타로 패거리는 처음에 잠깐 머뭇거렸지만 지금은 기합이 충분히 들어가 있다. 보통 때보다 훨씬 빨리 몰입한다.

특히 린타로의 동작에 절도가 있었다. 어린이집에 다닐 때부터 몸놀림이 재고 동물적 감각이 있는 아이였으니 앞으로 굉장하겠는

걸, 하고 다쓰로는 언뜻 생각했다.

다쓰로가 뜻밖이라고 생각한 것은 프랑켄이었다. 평소에 문학적 감각이 있는 녀석이라고만 생각했는데 동작에 절도가 있고 집중력이 뛰어났다.

린타로의 좋은 라이벌이 될 것 같았다.

"그만. 다음은 전방 낙법."

다쓰로가 초록 띠 아이 둘을 앞으로 불렀다.

"미노루와 게이의 전방 낙법 자세를 잘 보도록."

다쓰로는 미노루와 게이에게 전방 낙법 시범을 보이도록 했다.

"소리가 안 나지? 등으로 비스듬한 선을 그리듯이 구른다. 이런 자세가 올바른 자세다. 이 자세를 머릿속으로 그리며 연습하도록."

앞줄부터 차례로 전방 낙법을 했다.

물론 잘하는 아이도 있고 그렇지 못한 아이도 있었지만 전체적으로 자세가 좋아서 이 도장의 수준이 높다는 것을 잘 알 수 있었다.

당연한 일이지만 새내기들은 제대로 하지 못한다. 그 중에서 린타로와 프랑켄만은 새끼고양이처럼 몸을 놀릴 수 있었다.

낙법을 할 때 소리를 내지 않았던 것은 린타로와 프랑켄뿐이었다. 다쓰로는 혀를 내둘렀다.

그 날 연습이 끝났다. 린타로가 다쓰로를 불러 세웠다.

"형아."

"어?"

"할 말이 있어."

"뭐?"

린타로 패거리가 모두 남아 있다. 다쓰로를 빙 둘러싸고 앉았다.

"이런 연습으론 안 돼."

먼저 린타로가 말을 꺼냈다.

"흠, 그래?"

다쓰로는 차분하게 듣고 있다.

"왜 안 되는지 설명해봐."

"우리, 다른 사람 흉내내는 거 싫어."

"흐음."

"뜻도 모르면서 불경을 줄줄 외고 아무것도 모른 채 남들 따라 하는 것도 화나."

"흐음."

"오늘 연습에서 형아가 우리한테 가르쳐준 건 두세 가지뿐이잖아. 그걸로 학원비를 내는 건⋯⋯."

"학원비가 아니라 교습비야."

"뭐든 상관없어. 겨우 그거 가르쳐주고 돈을 받는 건 너무 약았다고 생각하지 않아?"

"생각 안 하는데?"

다쓰로는 눈 하나 깜짝 않는다.

"어우, 열 받아."

하고 린타로가 말했다.

"형아, 못쓰겠다."

"그러게. 지금 린타로만 화난 거 아냐."

다케와 기쓰로가 린타로를 거들었다.

"너희들은 아직 뭘 몰라."

다쓰로가 말했다.

"무슨 뜻이야?"

린타로가 잔뜩 골난 얼굴로 물었다.

"나는 너희들이 이렇게 나오기를 기다리고 있었지."

"……."

"린타로."

"……."

"너는 내 덫에 걸려들었어."

"무슨 뜻이냐니까? 잘난 척하지 말고 빨리 말해봐."

"너희들, 아직 배운다는 게 어떤 건지 전혀 몰라."

다쓰로의 눈빛이 날카롭다.

"2 더하기 3은 5 따위가 배움이나 가르침이라고 생각한다면 그건 너희들의 오산이야."

"……."

"배운다는 것에는 남한테서 뭔가를 훔치는 것도 포함되어 있어. 남의 물건이나 돈을 훔치는 것은 도둑질이지만, 남의 기량이나 기술을 훔치는 것은 아무도 뭐라고 하지 않아. 남이 이렇게 해라, 저렇게 해라 하고 가르쳐준 것에서 배울 수 있는 건 뻔해. 어떻게 하는 거지? 어떻게 하면 되는 거야? 하고 온몸의 신경을 곤두세워 기술을 가진 사람한테서 그 기술을 훔쳐 몸에 익혀야만 해. 그렇게 터득한 것만이 진짜 자기 것이라고."

다쓰로의 말이 옳다는 것을 아이들도 안다. 아이들은 대꾸할 말이 없다.

"린타로."

"……."

"너, 좀 전에 남 흉내내는 건 싫다고 했지?"

"……."

"마음가짐은 좋지만 그건 진짜 흉내와 달라."

린타로는 묵묵히 다쓰로의 눈을 바라보고 있다.

"겉보기에는 흉내 같지만 마음속으로 틈을 엿보고 있는 거야. 저 기술을 언제 훔칠까, 언제 훔칠까 생각하면서 팽팽한 긴장 상태를 유지하는 거지. 그저 남의 흉내로 끝낼지, 아니면 한 발 더 나아갈지는 너희들 마음에 달렸다는 얘기야."

린타로는 후우 하고 숨을 내쉬었다.

"쉽게 말하려다 보니 훔친다고 했지만, 그건 보통 일이 아니야. 훔치는 데에도 에너지가 필요하지만 훔친 것을 제 것으로 만들려면 또 자신의 온 힘을 기울여야 하거든. 남의 흉내나 내는 것처럼 보이는 동작 속에 저 기술을 훔치겠다는 마음가짐이 담겨 있지 않다면 백날 해봐야 헛일이라고. 어떠냐, 수행은 쉬운 일이 아니지?"

아오퐁이 고분고분히 응, 하고 대답했다.

"기술을 훔칠 수 있는 녀석은 질문이 많다. 훔친 것을 제 것으로 만드는 단계에서 다른 사람의 경험과 지혜를 빌려야 하니까. 그런 녀석은 강해진다."

과연 다쓰로다. 배움의 단계를 아이들에게 정확히 전달하고 있다.

"너희들의 불평 중에서 딱 하나 옳은 게 있다."

다쓰로가 린타로에게 눈길을 주며 말했다.

"뭐가 뭔지도 모른 채 그저 따라 하려니까 화가 난다는 말. 너희들이 불경이라고 했던 그거 말이야."

아이들은 오늘 받은 〈소림사 권법〉이라는 책을 만지작거렸다.

"조금씩 천천히 설명해줄 생각이었어. 처음에 '성구'가 나오지? 읽어보면 알겠지만 성구는 법구경이라는 경전의 한 구절이야. 부처님의 가르침이지."

아이들이 '성구' 부분을 펼쳤다.

"방금 나는 부처님이라고 허물없이 말했지만 원래는 존경하는 마음을 담아 석존이라고 부르지. 신성한 말씀, 고귀한 가르침을 '성구'라고 하고. 신성하다거나 고귀하다는 말이 어쩐지 부담스럽고 거북할 수도 있겠지만, 나는 이 말을 좋아해. 굉장히 중요한 말이거든."

다쓰로는 스님들처럼 설교할 줄은 모르지만 린타로 패거리에게 딱 어울리는 방식으로 이야기를 풀어간다. 그러면 신기하게도 뭐지, 한번 들어볼까? 하는 마음이 생기는 것이다.

이것이 다쓰로의 매력 가운데 하나이리라.

"자기만이 자기의 주인이다. 누가 따로 주인이 될 수 있으랴? 이 말은 자기 자신이 의지할 수 있는 것은 오직 자기 자신뿐이라는 뜻이야. 어때, 훌륭하지? 그런데 다음 말은 더 감동적이야. 자기만 잘 다스리면 얻기 힘든 주인을 얻으리라는 말 말이야. 이건 잘 훈련되고 단련된 자기 자신이야말로 이 세상에 둘도 없이 믿음직하다는 뜻이지. 줏대 없이 남의 신세를 지지 않는다. 우는소리 하지 않는다. 아주 훌륭한 근성이야.”

다쓰로한테 걸리면 '성구'도 근성이 되어버린다. 하지만 린타로 패거리는 그 편이 이해하기 쉽다.

“스스로 악을 행해 그 죄를 받고 스스로 선을 행해 그 복을 받는다. 죄도 복도 나에게 매였으니 누가 그것을 대신해 받으리. 이건 잘 이해하겠지? 나쁜 짓을 하면 때가 묻고, 나쁜 짓을 하지 않으면 깨끗해진다. 깨끗해지는 것도 때가 묻는 것도 자기 하기 나름이다. 남이 자신을 깨끗하게 해주는 일은 결코 없다. 뭐, 대충 이런 뜻이지.”

다케가 물었다.

“형아는 깨끗해?”

“뭐, 대충.”

“뭐, 대충이 어느 정도야?”

다케가 캐물었다.

“그렇게 따지지 마. 너희들 좀 너무한 거 아냐? 원래 인간은 나쁜 짓도 조금씩 저지르며 사는 동물이라구. 너희들도 그런 기억 있을걸? 욕심도 부리고 은근슬쩍 나쁜 짓도 하고. 아무튼 나는 다시는 안 그러겠다고 반성하고 있다고.”

“응, 응.”

다케가 끄덕끄덕 크게 고갯짓을 했다.

다쓰로는 이런 얘기도 솔직하게 해주기 때문에 믿음이 간다.

“우리는 이렇게 죄 많은 인간이니까 부처님 말씀이 한결 가슴에 와 닿는 거야, 알았냐?”

다케가 또 한 번 *끄덕끄덕*했다.

"자립이란 말, 아냐? 스스로 일어선다는 말."

다쓰로가 아이들에게 물었다.

"남의 도움을 받지 않고 자기 힘으로 한다는 뜻이잖아."

린타로가 대답했다.

"그럼, 자율이라는 뜻은 아냐?"

"마음 내키는 대로 하거나 자기 멋대로 행동하지 않고 자기가 세운 원칙에 따라 행동하는 거."

프랑켄이 대답했다.

"너, 의외로 공부를 잘하나 보구나?"

"그걸 이제 알았어요?"

프랑켄이 놀리듯이 말했다.

"부처님은 자립과 자율을 철저하게 실천하라고 하셨어. 자립과 자율이야말로 교육이라는 거지. 부처님은 벌써 2500년 전에 이런 훌륭한 말씀을 남기셨다고."

"후와아!"

아오퐁이 괴상한 소리를 냈다.

"부처님은 어디 사람이야?"

"어디 사람?"

"어느 나라 사람이냐고."

아아 그런 말이었냐? 하고 다쓰로가 중얼거렸다.

"그러고 보니까, 부처님이 어느 나라 사람인지는 별로 생각해본 적이 없구나. 부처님은 그냥 진리를 깨달은 사람이라고만 생각했는데."

"그래서 어디 사람인데?"

"인도 사람."

"흐음, 인도 사람이야? 훌륭하다."

아오퐁이 감탄했다. 앞으로 아오퐁의 눈에 인도 사람은 죄다 부처님으로 보이리라.

"부처님은 무지무지하게 훌륭한 선생님이구나."

물론 다른 아이들 생각도 마찬가지다.

"나는 부처님의 제자가 되고 싶지만, 2500년 전에는 내가 어디에 있었는지 모르니까……."

"형아는 그 때 공기였을 거야."

도시하루가 불쑥 끼어들었다.

"방귀 아니었을까?"

하고 프랑켄이 장단을 맞췄다.

"내가 방귀……?"

"뿌우웅."

프랑켄이 또 사람들을 웃겼다.

"부처님이 남기신 말을 공부해서 부처님의 제자가 되는 거지. 너희들은 내 제자니까 부처님의 제자이기도 해."

"부처님이 학교 선생님이면 좋겠다."

린타로가 재치 있는 말을 했다.

"뭐 하나 물어봐도 돼요?"

프랑켄이 진지한 얼굴로 다쓰로에게 말했다.

"뭐든지."

"권법 연습을 하기 전에 부처님 말씀을 왜 한 목소리로 외워야 돼요? 군대 같아서 기분 나빠."

"……."

다쓰로는 순간 말문이 막혔다. 군대 같아서 기분 나쁘다는 말이 마음에 걸린 것이다.

"왜 그렇게 생각하지?"

"우리 할아버지는 전쟁터에 나갔다가 죽었대요. 난 우리 할아버지 얼굴도 몰라요. 린타로네 할아버지도 전쟁에 나갔지만 살아 돌아왔어요. 덕분에 린타로는 할아버지랑 사이좋게 지낼 수 있었고 이것저것 많은 것을 배울 수도 있었어요. 그래서 나, 전쟁에 관심이 많아요."

"음, 그렇군."

다쓰로가 말했다.

이 녀석은 늘 실없는 농담만 늘어놓긴 하지만 꽤 괜찮은 녀석이야, 하고 다쓰로는 속으로 생각한다.

"텔레비전의 전쟁 장면이나 군대 훈련하는 걸 보면 다들 한 독소리로 기합을 넣거나 똑같은 동작을 하잖아요. 사람이 꼭 기계처럼 움직여. 난 그런 거 싫어요. 스포츠라면 어쩔 수 없긴 하지만……."

무슨 말인지 알겠다, 하고 다쓰로가 말했다.

"그런 네 생각을 소중하게 간직하도록 해. 뭔가에 대한 관심이 그런 식으로 발전하는 것에는 나도 찬성이다. 그리고 소림사 권법은 전쟁과 정반대인 평화와 깊은 관련이 있다는 걸 알아둬. 하긴 교리책이나 소림사 권법 정신의 기둥인 석존의 가르침을 배우면 금방 알 수 있겠지만."

프랑켄은 가만히 듣고 있었다.

"연습을 시작하기 전에 교리책의 글을 외는 이유는 두 가지야. 하나는 '권선일여'의 마음이다. 몸을 단련하고 기술을 연마하는 동시에 마음도 갈고닦는다. 그 마음의 바탕이 되는 것이 바로 교리책이야. 또 하나는 그 글을 되풀이해서 외우다 보면 석존의 호흡법을 익힐 수 있기 때문이다."

"석존의 호흡법이란 게 뭐야?"

린타로가 물었다.

"숨을 쉬는 것은 너무나 당연한 일이니까 보통 때는 굳이 신경 쓰지 않아도 자연스레 숨을 쉬잖아?"

아이들이 고개를 끄덕인다.

"그렇지만 호흡은 사람이 살아가는 데에 굉장히 큰 영향을 끼쳐."

아이들은 무심결에 자기 호흡을 의식하며 숨을 쉬어보았다.

"다들 알다시피 사람은 숨을 안 쉬면 죽어. 이렇게 극단적으로 말하지 않더라도 몸이 아프면 숨이 차고 화나는 일이나 걱정거리가 있으면 숨이 편안하게 안 쉬어져, 그렇지?"

"응."

"응."

다들 다쓰로의 말을 잘 이해할 수 있다.

"산이나 바다에 가서 아름다운 경치를 볼 때, 사람들은 누가 시키지 않아도 심호흡을 하잖아. 그러면 기분이 상쾌해지면서 몸과 마음이 깨끗이 씻기는 것 같지. 그런데 사실은 씻기는 것 같은 게 아니라 실제로 몸과 마음이 깨끗해져."

아이들이 고개를 끄덕인다.

다쓰로는 여태껏 아이들이 한 번도 생각해보지 못한 이야기를 하고 있다.

린타로의 눈이 반짝반짝 빛난다.

"사람들은 어떤 일로 긴장이 되면 심호흡을 해서 마음을 가라앉히려고 하지? 그건 호흡에는 사람의 마음까지 다스리는 힘이 있다는 증거야."

아이들은 어, 정말이다, 하고 고개를 끄덕였다.

"크고 깊은 숨을 쉬면 몸과 마음에 좋다는 말은, 반대로 짧고 얕은 숨을 쉬면 몸과 마음에 좋지 않다는 말이지. 사람은 늘 숨을 쉬고 있는 것 같지만 저도 모르게 숨을 멈추고 있을 때가 있어. 그게 어떤 때지?"

아이들은 생각했다.

린타로가 말했다.

"가슴이 철렁 내려앉았을 때 숨이 탁 멎어."

"그렇군."

"깜짝 놀랐을 때도."

아오풍이 말했다.

"맞아. 사람들은 놀랐을 때 숨을 멈추지."

"그러고 보니까 화났을 때도 숨을 멈추는 것 같아."

하고 다케가 말했다.

"음. 깜짝 놀랐을 때나 갑자기 화가 치밀 때를 좋은 상태라고 할 수 있을까?"

아이들은 고개를 저었다.

"그래, 반대야. 나쁜 상태지. 즉 사람이 짧은 숨을 쉬거나 숨을 멈추고 있을 때는 몸도 마음도 나쁜 상태라고 할 수 있어. 이게 무슨 말이냐면, 호흡이 흐트러지면 혈액 순환이 나빠지거나 해서 뇌나 내장에 나쁜 영향을 미친다는 말이야."

"어쩐지 겁난다."

프랑켄이 말했다.

"그러니까 같은 호흡이라도 몸과 마음에 좋은 호흡과 나쁜 호흡이 있다면 되도록 좋은 호흡을 해야겠지."

"으응, 그렇구나."

아오퐁이 느릿느릿 말했다.

"유타카."

"응?"

"너는 동작이 조금 느린 대신에 남보다 깊고 큰 호흡을 하기 때문에 성격이 좋은 거야."

"정말?"

아오퐁은 설탕이 사르르 녹는 듯한 얼굴을 했다.

"정말이고말고. 동작이 굼뜨다고 야단맞는 경우도 많겠지만 그런 일에 신경 쓰지 마. 네 호흡은 부처님의 호흡과 비슷하니까."

"흐음."

아오퐁은 아주 흐뭇한 얼굴이다.

"부처님의 호흡법은 어렵고 심오한 만큼 공부할 것도 많지만 지금은 가장 중요한 딱 한 가지만 기억하면 돼."

다쓰로는 아이들에게 가만가만 천천히 숨을 들이마셔 보라고 했다.

아이들이 다쓰로의 말에 따랐다.

"더……."

다쓰로가 말했다.

"좀 더."

꾸중하듯 소리쳤다.

"더!"

마침내 숨이 목구멍까지 차올라, 아이들은 훅 하고 단숨에 숨을 내뱉었다.

"더는 못 들이마시겠어."

"더 이상은 안 돼."

아이들은 저마다 말했다.

"그러면 된 거야."

다쓰로가 말했다.

"그게 부처님의 호흡법이야. 정확하게 말하면 숨을 내뱉을 때도 조용히, 천천히, 길게 내뱉어야 돼. 그걸 머릿속에 단단히 새기고 다시 한 번 해봐."

아이들이 심호흡을 했다.

"어때?"

"와, 어쩐지 기분이 좋다. 눈앞이 환해진 것 같아."

하고 다케가 말했다.

"소림사 권법 연습을 시작하기 전에 교리를 외는 이유는 무심결에 부처님의 호흡법으로 숨을 쉬게 되어 몸과 마음이 깨끗해지기 때문이다. 미쓰루, 알겠냐?"

"응, 이제 알았어요."

프랑켄은 환한 얼굴로 대답했다.

＊　＊　＊

인생은 다양하고 만남도 가지가지다. 이 말이 절실하게 와 닿는 5학년 한 해의 막이 올랐다.

린타로 패거리는 말씨도 거칠고, 자기보다 나이가 많은 사람, 이를테면 부모님이나 선생님이 시키는 일도 자신이 이해할 수 없으면 따르지 않는다. 그런 모습은 종종 반항적으로 비친다.

그런 아이들을 재미있어하는 어른도 있지만 그렇지 않은 어른도 있다. 교사도 마찬가지다.

린타로 패거리가 소림사 권법을 배우기 시작했을 때, 다쓰로는 아이들의 이런 성격을 거꾸로 이용해 아이들에게서 배움의 가능성을 이끌어내는 데 성공했지만 세상에는 다쓰로 같은 사람만 있는 것이 아니다.

오히려 다쓰로 같은 사람은 드문 편이다. 더러는 선입견을 갖고 아이들을 바라보거나 아이들에게 자신의 잣대를 일방적으로 들이대는 사람도 있는데, 이런 경향이 강한 사람이 교사가 되면 아이들과 마찰을 일으키기 십상이다.

5학년 담임이 산고릴라라는 소리를 들었을 때 린타로는 맥이 탁 풀렸다.

2학년 때 린타로와 프랑켄은 이 선생님에게 몇 번이나 다짜고짜 얻어맞고 거짓 연극을 꾸며 딱 한 번 곯려준 적이 있다.

산고릴라의 폭력은 아이들 사이에서도 유명했다.

"어유, 재수 옴 붙었다."

다케가 머리를 감싸 쥐었다.

"자기 애들도 그렇게 퍽퍽 때릴까?"

프랑켄이 지극히 사리에 맞는 말을 했다. 말에 비해 표정은 느긋했다.

린타로는

"쳇, 산고릴라야?"

하고 말했을 뿐이다.

리에는 하얗게 질려 있었다.

산고릴라가 맨 처음 교실에 들어와 한 말은 이랬다.

"이 반에는 수업 중에 태연히 싸움질을 하는 녀석이 있다고?"

그러면서 린타로를 보았다.

"누가 그래요?"

다케가 대뜸 따져 물었다.

"여러 사람한테 들었다."

산고릴라가 위압적으로 말했다.

"아하앙, 여러 사람한테요?"

다케가 산고릴라를 깔보듯이 일부러 통통 튀는 목소리로 말했다.

"너 지금 나하고 놀자는 거냐?"

산고릴라가 다케에게 말했다.

아이들을 이해하려 하지 않고 무턱대고 억누르려는 교사가 간혹 있다. 산고릴라가 이런 교사라면 이번 경우에는 상대를 잘못 골랐다고 봐야 할 것이다. 자신이 이해할 수 없는 일은 하늘이 두 쪽 나도 받아들이지 못하는 아이들에게 "지금 나하고 놀자는 거냐?"라는 말은 너무나 보잘것없고 위력도 없었다.

아니나다를까 다케가 되받았다.

"선생님하고 노는 거 재미없어요."

"이 녀석, 계속 까불 거야!"

"두 사람 다 그만해요!"

리에가 일어나 호통치듯 말했다.

산고릴라는 리에 쪽으로 눈길을 옮기며

"호오."

하고 말했다.

"이 반 녀석들은 배짱이 있군."

역시 위압적인 말투다.

린타로와 산고릴라가 첫 갈등을 일으킨 곳은 학교 한 구석의 수돗가였다.

5월 봄운동회 연습이 끝나고 목이 마른 아이들이 밀치락달치락 수도꼭지 앞에 줄을 섰다. 작은 아이 두세 명이 줄에서 밀려났다.

이 애가 먼저야…… 하고 말했는데도 모른 척하자, 린타로는 새치기를 한 6학년의 엉덩이를 뻥 걷어찼다.

"누구야?"

6학년이 돌아보며 화난 표정을 지었다.

그 순간 린타로의 발이 6학년의 넓적다리로 날아갔다.

"야!"

싸움이 붙을 뻔했지만 한 친구가 그 6학년의 팔을 잡아끌었다. 그리고 나직이 속삭였다.

"관둬. 상대가 안 좋아. 저 녀석, 싸움이 붙으면 자기보다 학년이 높은 아이도 끝장을 내는 녀석이라구."

린타로는 줄에서 밀려난 2학년 아이를 제자리에 세우고

"네 차례잖아."

하며 먼저 물을 먹게 해주었다.

린타로한테 걷어차인 아이도 힘깨나 쓰는 아이로 보였다. 여간내기가 아닌 듯했다.

2학년 아이가 물을 먹고 나서 린타로가 물을 먹으려고 하자 수도꼭지를 가로막듯이 몸으로 밀고 들어왔다.

"너보다 내가 먼저일걸?"

원래는 그랬다. 린타로가 말했다.

"2학년 동생을 밀어낸 벌이야. 맨 뒤에 가서 줄 서."

린타로는 6학년을 옆으로 홱 밀치고 수도꼭지에 입을 갖다 댔다.

그 모습을 산고릴라가 보았다.

"너는 남한테 양보할 줄도 모르냐!"

산고릴라가 버럭 소리를 질렀다.

린타로는 수도꼭지에서 입을 떼고 산고릴라를 돌아보았다.

"왜 그래야 되는데요?"

"이 자식, 말투가 그게 뭐야? 선생님한테!"

린타로는 산고릴라를 무시하고 다시 물을 마시려고 했다.

산고릴라가 뒤에서 린타로의 옷깃을 확 잡아당겼다. 그러자 목이 바싹 졸려 린타로의 얼굴이 새빨개졌다.

린타로가 버둥댔다. 산고릴라의 손아귀에서 벗어나려고 안간힘을 썼다. 산고릴라는 놓지 않는다.

별안간 린타로가 발길질을 했다. 그것이 산고릴라의 사타구니에 정통으로 꽂혔다.

"욱."

산고릴라가 낮은 신음소리를 내며 그 자리에 주저앉았다.

주위에 있던 아이들이 린타로와 산고릴라를 번갈아 보았다.

일났다, 일났어. 아이들이 술렁거렸다.

"무슨 일 났냐?"

문득 목소리가 들렸다.

옹 아저씨였다.

"무슨 일이야?"

주위 아이들이 짤막하게 자초지종을 이야기했다.

"아이고, 저런."

웅크리고 있는 산고릴라를 흘낏 보며 옹 아저씨가 말했다.

"선생님의 거시기를 차면 어떡하냐."

옹 아저씨는 일단 그렇게 말했다.

"아무튼 니시무타 선생님은 훌륭하십니다. 선생님의 거시기를 찬 나쁜 녀석한테 이렇게 너그러우실 수가 있다니요. 역시 선생님입니다. 학생이 선생님의 거시기를 차더라도 다짜고짜 두들겨패는 일은 없군요. 역시 선생님은 다르다니까."

그러고는 린타로에게 말했다.

"어이, 나쁜 녀석. 니시무타 선생님께 사과드려."

린타로는 옹 아저씨를 노려보았다. 옹 아저씨가 살짝 속삭였다.

"형식적으로, 형식적으로……."

린타로는 잠깐 생각하고는 잘못했어요, 하고 내뱉듯이 말했다.

"나쁜 짓을 저지르고 뉘우치는 아이도 아주 훌륭해."

산고릴라가 가까스로 일어났다. 얼굴이 파리하다.

옹 아저씨는 스스럼없이 말했다.

"나쁜 짓을 한 아이를 용서하는 선생님이 계시니까 아이들도 반성을 하는 거지요. 그런 선생님이 좋아요. 이 학교는 정말 좋은 학교라니까. 어이, 오제 린타로, 가자."

옹 아저씨는 린타로의 손을 잡고 아무 일도 없었다는 듯이 성큼성큼 걸어갔다.

린타로는 옹 아저씨의 순간적인 재치로 위기에서 벗어날 수 있었다. 하지만 초등학교 5학년이 선생님에게 '폭력'을 휘둘렀다는 이야기는 순식간에 온 학교에 퍼져, 린타로를 본 적도 없는 사람까지 오제 린타로라는 이름을 알게 되었다.

린타로의 불행은 이 사건으로 산고릴라가 자존심에 깊은 상처를 입었다는 데에 있다. 산고릴라는 그 상처를 치유하기 위해 터무니없는 일에 에너지를 썼다.

교사도 인간인지라 때로는 학생에게 감정적으로 대할 수 있다. 그것이 한때에 그친다면 큰 문제가 되지 않겠지만, 감정의 응어리를 떨쳐내지 못했을 때는 교사로서 크나큰 잘못을 저지르게 된다.

린타로의 셔츠 자락이 반바지 위로 조금 비어져 나온 것을 보고, 산고릴라가 말했다.

"칠칠치 못한 녀석 같으니라고."

린타로는 못 들은 척한다.

"몸은 마음을 표현한다는 말도 모르냐?"

웃기고 있네, 하고 린타로는 생각한다.

"모르는데요."

"하긴 알 리가 없지. 그런 꼴을 하고 있다는 것은 마음이 해이해 있다는 증거다."

이런 말을 듣고 해이한 마음을 다잡는 아이가 과연 세상에 있을까.

"간단해요."

린타로가 말했다.

"간단하다니, 뭐가?"

린타로는 셔츠 자락을 반바지 속에 집어넣었다.

"이게 마음이에요?"

린타로가 산고릴라에게 말했다. 반항하고 있다는 것을 산고릴라도 안다.

"지적받은 뒤에 고쳐서는 소용이 없어!"

그렇게 호통쳤다.

그 때 리에가 나타나 도움을 주었다.

"린타로짱, 나랑 놀자."

리에는 린타로의 어깨를 탁 치고는 제 어깨를 툭툭 부딪으며 장난치는 척해서 두 사람을 떼어놓았다.

리에는 늘 린타로와 산고릴라 사이가 위태위태해 보여서 견딜 수 없었으리라.

봄소풍 때도 그런 일이 있었다.

산고릴라가 린타로의 양말 색깔을 가지고 트집을 잡았다.

"너는 도대체 애가 왜 그 모양이야? 선생님이 양말을 신고 오라고 하면 당연히 하얀색을 신고 와야지."

린타로는 그 때 빨간색 양말을 신고 있었다.

학부모회 회장의 아들은 노란색 양말을 신고 있었다.

"시즈오의 양말은 노란색인데요?"

린타로가 산고릴라에게 말했다.

"노란색은 빨간색보다 눈에 덜 띄잖아."

산고릴라가 말했다.

쳇, 그런 억지가 어딨어? 린타로는 화가 났다.

"무슨 색깔 양말을 신든 그건 내 맘이에요."

린타로가 맞받았다.

산고릴라에게 린타로는 그야말로 밉살맞은 존재다.

선생님이 나무라거나 화를 내면 대개의 아이들은 기가 죽거나 겁을 먹지만, 린타로는 좀처럼 움츠러드는 일이 없다.

린타로가 그러니까 다케나 프랑켄까지 덩달아 그러는 거라고 산고릴라는 믿고 있다. 자기 말이 왜 아이들에게 통하지 않는지는 전혀 생각하지 않는다.

"그 따위 억지는 학교에서 통하지 않아."

"왜요?"

"뭐, 왜요?"

산고릴라가 눈을 부릅떴다.

"너 바보냐?"

"바보면 어쩔 건데요?"

가는 말이 고와야 오는 말이 고운 법, 린타로도 점점 말이 유치해진다.

"학교에는 학교의 규칙이 있다. 규칙을 안 지키는 녀석의 앞날은 뻔해. 네가 그걸 모르니까 바보라는 거다."

옆에서 프랑켄이 말했다.

"그럼, 나도 바보겠네?"

"응. 너도 바보야."

당장에 다케도 한몫 거들었다.

"나도 바보고."

"그래, 너도 바보야."

이어서 다케가 똑 부러지게 말했다.

"바보를 똑똑하게 만드는 게 선생님이 할 일이지."

시끄러워! 산고릴라가 고함을 쳤다.

산고릴라는 아이들에게 손찌검은 하지 않았다. 다만 한 번만 더 빨간 양말을 신고 왔다가는 각오해야 할 거다, 하고 겁을 주고는 줄 앞쪽으로 가버렸다.

린타로는 산고릴라를 흉내내어 시즈오에게 말했다.

"시즈오. 한 번만 더 노란 양말을 신고 왔다가는 각오해야 할 거다. 내 양말이랑 바꿔버릴 테니까. 그럼, 맞는 건 너야."

그러고는 큰 소리로 말했다.

"너무 한심해."

"너무 한심해, 너무 한심해."

프랑켄도 같은 말을 했다.

"산고릴라는 죽으면 지옥 갈 거야. 부처님, 부디 절대로 구해주지 마세요."

하고 다케가 한마디 덧붙였다.

소풍날 이야기는 여기서 끝이 아니다.

점심식사가 끝나고 린타로 패거리는 동물원을 구경하고 다녔다.

"와, 산고릴라 아빠다."

고릴라 우리 앞에 이르자 다케가 신이 나서 말했다.

"저건 산고릴라 마누라."

린타로가 말했다.

"맞다, 맞아. 산고릴라는 학교에, 마누라는 동물원에."

프랑켄이 말했다.

다들 깔깔거렸다.

고릴라는 성가시다는 얼굴로 아이들을 노려보았다.

"전혀 행복한 얼굴이 아니네?"

"산고릴라랑 살면 불행하니까 빨리 이혼해."

다케는 멋대로 말한다.

아이들이 말씨름을 벌인다.

"동물원에서 가장 힘센 동물은?"

맨 마지막에 사자와 고릴라와 코끼리가 남았다.

"동물의 왕 사자라는 말도 있잖아."

"고릴라는 똑똑해. 그러니까 고릴라야."

시즈오가 말했다.

"똑똑하긴 뭐가 똑똑하냐? 산고릴라를 보면 모르냐? 역시 코끼리가 최고야."

린타로도 아무 말이나 갖다 붙인다.

"고릴라는 나무를 잘 타."

"산고릴라는 나무에서 떨어질걸?"

린타로는 고릴라를 인정하고 싶지 않다. 고릴라는 딱 질색이다.

"너, 고릴라가 그렇게 좋냐?"

"좋아."

"안 무서워?"

"안 무서워."

"알았어."

린타로가 말했다. 그러고는 별안간 시즈오의 가방을 낚아채 고릴라 우리 속에 던져 넣었다.

"아아!"

시즈오가 비명 같은 소리를 질렀다.

"고릴라가 좋으면 들어가서 가져와."

"그런 말이……."

시즈오가 울먹거린다.

"너, 고릴라가 좋다며?"

이 일을 누군가가 산고릴라에게 일러바쳤다.

산고릴라가 뛰어왔다.

이 때는 양쪽의 이야기를 모두 들었다.

"또 사고쳤구나, 너."

이야기를 모두 듣고, 산고릴라가 린타로에게 말했다.

"잠깐 기다려."

얼마 뒤 산고릴라가 사육사와 함께 돌아왔다.

"이거 정말 죄송합니다."

산고릴라가 사육사에게 말했다. 아이들을 대할 때와 전혀 딴판으로 사근사근하다.

"왜, 닭살이야."

다케가 나직이 말했다.

사육사가 우리 안으로 들어갔다.

가방을 주워들려는데 고릴라가 팔을 뻗었다. 먼저 가방을 집어 두세 발짝 물러났다.

"아아!"

시즈오가 고함쳤다.

"야, 뭘 그래? 저런 가방 두세 개쯤은 고릴라한테 줘도 되잖아."

"싫어."

시즈오는 울상을 지었다.

린타로가 심술을 부렸다. 고릴라에게 말했다.

"시즈오가 그 가방 너한테 주겠대. 받아, 받아. 뭐 별로 좋은 건 아니지만."

"야아, 그러지 마."

시즈오가 정말로 울기 시작했다.

"이 녀석……."

산고릴라가 무서운 얼굴로 린타로를 노려보았다.

사육사가 고릴라에게 뭔가 이야기하고 있다. 사육사가 손을 내밀자, 고릴라가 고분고분 가방을 넘겨주었다.

구경꾼들이 일제히 박수를 쳤다. 린타로도 감탄했다.

"저 고릴라, 대단해. 산고릴라하고는 전혀 달라."

가방은 무사히 시즈오의 손에 돌아왔지만, 린타로는 그 벌로 돌아갈 때까지 고릴라 우리 앞에 서 있어야 했다.

"한 번이라도 시즈오 입장이 돼서 생각해봐!"

산고릴라가 말했다.

산고릴라가 가버리자, 린타로는 산고릴라 흉내를 내며 말했다.

"한 번이라도 고릴라 입장이 돼봐."

린타로는 두 팔을 늘어뜨리고 어깨의 힘을 쭉 빼고는

"오, 오오오, 오우, 옷오오."

하고 고릴라 흉내를 내며 걸었다.

다케와 프랑켄도 팔을 내리고 무릎을 구부려

"오오오, 오우오……."

하고 고릴라 흉내를 냈다.

"고릴라 씨, 내일 빨간 양말을 신을 건가요? 오, 오오오, 오, 오
오오……."

"옷오오……, 신으면 안 되나요?"

"고릴라가 빨간 양말을 신으면 어떻게 될까요? 오, 오오오, 오
우, 옷오오……."

"산고릴라가 화내겠죠. 이혼당할 거예요. 옷오오, 옷오오."

재미있는 애들이야…… 하고, 사육사가 중얼거렸다.

* * *

린타로가 가방과 도복을 어깨에 둘러메고 웬일로 혼자 걷고 있다.

강가에 멈춰 서서 잠깐 생각하다가 왼쪽 길로 접어들었다.

막과자 가게인 '무례한 가게'는 지금은 '할머니집'으로 바뀌었
다. 아이들이 새로 붙인 이름이다.

"이 무례한 놈들!"

하고 아이들한테 호통치던 할아버지는 반 년 전에 두 달 동안 앓다
가 세상을 떠났다.

"나는 영감 덕에 행복을 찾았는데, 이제 무슨 낙으로 살꼬……."

오후미 할머니는 그렇게 말하며 눈물을 흘렸다.

리에의 제안으로, 린타로와 아이들은 들꽃을 한 송이씩 꺾어 들
고 장례식에 참가했다.

"이제 어찌 살꼬……."

오후미 할머니는 린타로의 손을 잡고 울었다.

"그러지 마. 할머니가 그러면 슈짱이 너무 가엾잖아."

린타로가 그렇게 말하자, 오후미 할머니는 허리를 푹 꺾고 더욱 더 서럽게 흐느꼈다.

아이들이 할아버지의 얼굴과 가슴에 꽃을 바칠 때도, 슈짱은 몇 발짝 떨어진 곳에 무릎을 꿇은 채 할아버지의 싸늘한 발을 언제까지고, 언제까지고 어루만지고 있었다.

장례식의 마지막 작별 인사 자리에 친척도 아닌 어린아이들이 끼는 일은 거의 없다. 하지만 할아버지가 겉모습과 달리 아이들을 매우 좋아하는 사람이었음을 아는 오후미 할머니는 장례식을 맡아보는 사람(일본에서는 대개 상을 당한 상주나 가족을 대신해서 장례식 준비나 진행을 맡는 사람이 있다 – 옮긴이)에게 부탁해서 아이들이 꽃을 바칠 수 있도록 배려해주었다.

린타로와 리에는 조화 대신에 직접 꺾어 온 꽃을 할아버지에게 바쳤다.

다케와 프랑켄도, 아오퐁과 도시하루, 가요코와 가즈미치도 모두 꽃을 바쳤다.

신기한 일이었다.

"이 무례한 놈들!"

하고 호통치는 할아버지를 아이들은 무서워했건만 장례식 때는 다들 할아버지 곁을 지켰다.

이 가족에게는 친척이 거의 없었지만, 할아버지의 장례식은 많은 아이들이 참석한 가운데 다른 어떤 장례식보다 따뜻한 분위기에서 치러졌다.

"린타로, 웬일이니, 혼자서?"

오후미 할머니는 풀 죽은 린타로의 모습을 보고 말했다.

"으응."

린타로는 멍하니 대답했다.

"린타로가 혼자 다니다니, 별일이구나? 무슨 일 있니? 친구들하고 싸웠어?"

린타로는 고개를 저었다.

"도장에서 돌아오는 길이니?"

린타로는 아무 대꾸 없이 도복이 공이라도 되는 양 툭 찼다.

"린타로, 그러면 못써요."

오후미 할머니가 나무랐다.

아이들이 좋지 못한 행동을 했을 때 바로잡아 주는 성격은 여나지금이나 변함이 없다.

할아버지도 그랬지만 오후미 할머니도 꼬마 손님들에게 잘 보이려고 하지 않는다.

린타로가 바닥에 떨어진 도복을 주워 탁탁 먼지를 털었다. 그러고는 긴 나무의자에 앉아 후우, 하고 한숨을 내쉬었다.

"무슨 일이 있었는지 묻지는 않겠다만, 사내아이는 그걸 얼굴에 드러내지 않고 참을 줄도 알아야 하는 법이야."

오후미 할머니가 말했다.

린타로는 역시 말없이 도복을 주먹으로 쿡쿡 찔렀다.

"린타로, 왔어?"

뒤에서 슈짱의 느릿느릿한 목소리가 들렸다.

"혼자야? 별일이네⋯⋯."

슈짱도 똑같은 말을 했다.

"마침 잘됐다. 차 한 잔 주세요."

얘, 손 씻고 와야지, 하고 오후미 할머니가 슈짱에게 말했다.

단팥묵을 먹으면서 슈짱이 말했다.

"린타로, 영 기운이 없네?"

"⋯⋯."

"무슨 일 있었어?"

"있었어."

단팥묵을 입으로 가져가면서 린타로가 말했다.

"무슨 일?"

"안 가르쳐줘."

"섭섭하네, 린타로."

슈짱은 한없이 성격이 좋은 사람이다.

"슈짱."

"왜, 린타로?"

"누구한테 지거나 한 방 먹으면 슈짱은 어떻게 해?"

슈짱은 생각에 잠긴 눈빛이다.

"나, 아무것도 안 해."

"⋯⋯."

"나, 할 줄 아는 게 아무것도 없으니까."

"분하지 않아?"

"나, 사람들이 놀려서 속에서 불이 난 것처럼 가슴이 뜨거워질 때면 얼른 식어라, 얼른 식어라, 하고 생각했어."

린타로는 흐음, 하더니 슈짱은 훌륭해, 하고 중얼거렸다.

집으로 돌아온 린타로는 메이에게도 똑같은 소리를 들었다.

"어, 영 기운이 없네? 무슨 일 있어?"

린타로는 쳇, 하고 혀를 찼다.

"어휴, 지겨워."

하고 중얼거리며 팔다리를 거칠게 휘둘렀다.

"왜 그래?"

정말 졌다 졌어, 다들 똑같은 말만 하고 있어, 하고 린타로는 갈했다.

"무슨 일이 있었는지 묻지는 않겠다만, 사내아이는 그걸 얼굴에 드러내지 않고 참을 줄도 알아야 하는 법이야."

린타로는 오후미 할머니 목소리를 흉내냈다.

"아무튼 그 할머니, 아픈 데를 찌른다니까."

이번에는 두 손 두 발 다 들었다는 얼굴로 투덜거렸다.

"쳇, 그럼, 여자아이는 안 참고 얼굴에 드러내도 된다는 거야?"

린타로가 괜한 화풀이를 했다.

"오후미 할머니가 그러셔?"

"응."

"좋은 말씀이네, 뭐."

"그러니까 화가 난다고. 슈짱도 아주 징글징글해."

"왜?"

"남이 괴롭히면 어떻게 하겠냐고 했더니 아무것도 안 한대."

"그걸 비폭력주의라고 하는 거야. 너한텐 무리지."

"응, 무리야."

린타로가 대꾸했다.

"그 두 사람한테는 절대로 못 이겨."

"암, 그렇고말고."

하고 메이도 말했다.

"소림사 권법의 큰형님도……."

"네가 깡패니? 창시자라고 해."

메이가 나무랐다.

"슈짱한테는 못 당할걸?"

꽤 재미있는 생각인걸, 하고 메이가 말했다.

"어이, 아줌시."

린타로가 메이에게 말했다. 언제부턴가 메이는 아줌시, 아빠 소지로는 꼰대다.

메이는 워낙 성격이 느긋한 편이라 처음 이 말을 들었을 때도

"너한테 아줌시라는 말을 들으니 몸둘 바를 모르겠구나."

하고 대꾸했을 뿐이다.

"내 손목 잡아봐."

왜? 하면서 메이가 린타로의 손목을 잡자마자, 린타로가 메이의 팔꿈치를 아래로 누르듯이 비틀었다.

메이는 맥없이 바닥에 뒹굴었다. 손목이 바깥쪽으로 한껏 꺾여 있다. 린타로가 왼쪽 무릎으로 메이의 옆구리를 단단히 누르고 있다. 소림사 권법에서 말하는 '굳히기' 기술에 가깝다.

메이가 비명을 질렀다.

"어때?"

"놔줘……."

메이는 움직일 수 있는 왼손으로 간신히 바닥을 쳤다.

린타로가 손을 풀며 말했다.

"꼼짝도 못하겠지? 마사루 자식한테 이 기술로 당했어."

"너무 아픈 기술이구나."

메이가 얼굴을 찌푸렸다.

"너무 굴욕적이야!"

린타로가 소리쳤다.

"언젠가 그 녀석 코를 납작 눌러주고 말 거야."

메이는 흐트러진 머리카락을 매만지며 말했다.

"마사루는 6학년인 데다 너보다 먼저 권법을 배웠으니까 어쩔
수 없잖아."

"아니, 난 그렇게 생각 안 해."

"오기가 있는 건 좋지만 너무 지나치면 성격 나빠져."

린타로가 말했다.

"나는 이제부터 복수의 화신이다."

애, 그런 말이 어딨니? 하고 메이는 웃었다.

"소림사 권법은 상대를 쓰러뜨리기 위해 배우는 게 아니잖아."

나도 알아, 하고 린타로가 대꾸했다.

"마사루를 쓰러뜨린 다음부터는 그렇게 생각할 거야."

"순 제멋대로구나, 너? 다쓰로 씨한테 일러줄까 보다."

"부모가 자식을 팔아먹어서 어쩌자는 거야?"

린타로가 맞받았다.

"넌 마사루한테 고마워해야 돼."

"내가 왜 그 얄미운 녀석한테 고마워해야 돼?"

"인생에는 이기고 지는 싸움만 있는 게 아냐. 마사루한테 당해서 비참하다고 생각했다면 그걸 평생 잊지 말고 기억해. 누군가에게 져서 비참해하는 사람은 세상에 얼마든지 있어. 마사루 덕분에 약한 입장에 선 사람을 배려할 줄 아는 마음을 배웠다고 생각하면 고마워할 수 있지 않을까?"

린타로가 말했다.

"아줌시, 너무 멋 부리는 거 아냐?"

메이가 되받았다.

"이 아줌시는 멋으로 그 오랜 세월을 부모로 살아온 게 아냐. 너처럼 대책 안 서는 아이를 키우다 보면 조금은 현명해지거든."

헤, 그러셔? 린타로가 코웃음쳤다.

"좋아, 아줌시. 그럼, 이건 어때? 스모에서는 자기 연습 상대가 되어준 선수를 이겼을 때 그 선수한테 은혜를 갚았다고 말하잖아? 두고 봐, 마사루. 멋지게 은혜를 갚아줄 테니까."

초등학교 5학년짜리의 승부욕이 이 정도니 앞일이 걱정되지 않을 수 없다.

린타로와 메이의 대화를 듣고 있으면, 린타로가 권사쯤 돼서 다른 권사와 서로 기술 거는 일에 골몰하고 있는 것처럼 여겨질 수도 있겠지만 사실은 전혀 그렇지 않다.

린타로를 비롯한 견습권사들은 4주간의 교육과정을 마치고 이제 겨우 5주째에 접어든 상태였다.

기본 연습 항목을 보면, 4주째에는 '무릎 구부려 서기' '전굴서기' '후굴 서기'에 이어서 '바로 지르기' '반대 지르기'와 '크게 구르기' 연습을 한다. '크게 구르기'는 상대방에게 '던지기'를 당했을 때 공중에서 몸을 한 바퀴 돌려 안전하게 바닥에 내려서는 동작으로, 팔다리를 활짝 펴고 바퀴처럼 구르는 것이다.

5주째에는 '갈지자 걸음으로 전진하기' '전진하며 지르기(반대지르기)', '갈지자 걸음으로 후진하기' '전진하며 지르기(바로 지르기)' '갈지자 걸음으로 공격에 나서기' '엇서기' '맞서기'를 배운다.

말하자면 발의 위치나 걸음을 옮기는 법, 자세 등이 주된 연습이며, 여기에 '지르기'와 '차기'가 더해지는 셈이다.

기술을 주고받으려면 좀더 수련을 해야 하므로 지금 린타로 패거리는 딱히 재미있을 게 없는 기본 연습을 되풀이하고 있다.

도장에는 상급자도 있다. 상급자는 상급자가 연습해야 할 기술이 있다. 그 중에는 화려해 보이는 기술도 있다.

좀 전에 린타로는 "굴욕적이야!" 하고 외쳤는데, 이것은 린타로가 도장에 머무르는 내내 린타로를 지배하는 감정이기도 했다.

그렇다면 린타로 패거리가 이런 감정에 만족하고 있었을까? 이 만만찮은 개구쟁이들이 밑바닥 생활의 쓴맛에 만족했을 리 없다.

도장에서는 연습 시간만 아니면 무엇을 하든 자유다. 특히 다쓰로는 여기저기에 무턱대고 형식이나 원칙을 들이대는 것을 싫어하는 성격이다. 연습은 혹독하게 시키지만 다른 일에는 절대로 간섭

하지 않는다.

아이들은 일단 도복으로 갈아입고 나면 가만히 있지 않는다. 당장에 드잡이를 시작한다. 여기에는 어떤 규칙도 없다. 권투, 유도, 레슬링 등 눈으로 대충 익힌 온갖 격투기 기술을 동원해서 상대를 쓰러뜨리려고 한다.

소림사 권법을 배우는 사람은 아무래도 싸움에 강하다. 그러나 린타로에게는 동물적 감각이 있다. 상대방의 기술에 걸리지 않기 위해 누워서 다리 기술을 이용한다. 일단 급소를 낚아채면 결코 인정사정 봐주지 않는다. 린타로는 싸움에서 익힌 온갖 방법을 쓰기 때문에 늘 마지막 승자의 자리를 차지했다.

그런 린타로가 졌다.

마사루가 오른손으로 잽을 날렸다.

"다리 기술은 쓰기 없기."

처음 시작할 때 마사루가 이렇게 말했기 때문에, 린타로는 안심하고 한 발을 앞으로 내디뎌 마사루의 오른손목을 잡았다. 바로 마사루가 노리는 것이었다.

마사루는 린타로한테 붙잡힌 오른손을 쫙 폈다. 마사루의 손바닥에 힘이 넘치고, 반대로 마사루의 손목을 잡고 있던 린타로의 손에 힘이 탁 풀렸다. 그 순간 마사루는 오른손 엄지두덩으로 린타로의 손바닥을 누르면서 비틀어 린타로의 손아귀에서 벗어났고, 왼손으로 린타로의 팔을 잡고 자기 쪽으로 잡아당기면서 자유로워진 오른손의 힘까지 보태어 린타로를 내던졌다.

린타로는 공중으로 부웅 떠올랐다가 허리부터 떨어졌다.

마사루가 린타로의 오른팔을 쥐고 손목을 바깥쪽으로 힘껏 비틀었다. 왼쪽 무릎으로는 린타로의 옆구리를 단단히 누르고 있다.

온몸에 지독한 통증이 느껴졌다.

"아우, 우……."

린타로가 신음소리를 토해냈다.

몸을 움직여보려 했지만 발가락 하나만 까딱해도 견딜 수 없이 아팠다.

마사루는 '손목 꺾기'에서 '굳히기'로 이어지는 연속기술을 멋지게 성공시킨 것이다.

"졌지?"

마사루가 밉살스레 말했다. 그러고는 왼손으로

"어떠냐?"

하고 찰싹찰싹 린타로의 뺨을 때렸다.

린타로는 난생 처음 굴욕감을 느꼈다.

기술에서 풀려난 뒤에도 린타로는 그 자세 그대로 거친 숨을 내뱉었다. 눈앞이 새까매진 기분이었다. 온몸이 뜨거워지고 토할 것 같았다.

"빌어먹을!"

린타로는 소리쳤다.

그 날 훈련은 하는 둥 마는 둥이었다.

'어떻게 하면 마사루를 때려눕힐 수 있을까.'

오직 이 생각뿐, 머릿속이 온통 시커먼 석탄으로 채워진 듯했다.

다쓰로는 그런 린타로를 보고 아무 말도 하지 않는다. 모르는 척

한다.

"오늘 나 혼자 갈래."

"응."

"응."

프랑켄과 다케도 린타로의 기분을 너무나 잘 알기에 두말없이 린타로의 말에 따랐다.

그러나 린타로도 대단하다. 딱 한 번 당한 기술을 메이에게 그대로 재현해 보였으니까.

린타로와 아이들은 연습에 열중하고 있었다.

"왼발 앞으로 중단 자세!"

"얍!"

"하나!"

"얍!"

"둘!"

"얍!"

도중에 다쓰로가 말했다.

"너희들, 영 자세가 엉성해졌어. 기본 동작만 하니까 지겹냐?"

아오풍이 솔직하게 말했다.

"응. 그러니까 빨리 기술 가르쳐줘."

"지금 기술을 배우면 너희들만 다쳐."

"왜?"

똑똑히 가르쳐주지, 하고 다쓰로가 말했다.

다쓰로가 몸통보호대를 가지고 와서 몸에 둘렀다.

"유타카, 네가 먼저 말을 꺼냈으니까 네가 해봐. 주먹으로 내 배를 힘껏 치는 거야. 진짜로 쳐야 돼."

"응."

아오풍은 기꺼이 자세를 잡았다.

"좋아. 쳐!"

"얍!"

아오풍이 오른주먹을 내뻗었다. 둔탁한 소리가 났다.

"아얏!"

아오풍이 저도 모르게 소리쳤다.

아야야…… 하고 손을 탈탈 턴다.

"손이 왜 아픈지 알겠냐?"

"너무 세게 쳐서 그래?"

다케가 물었다.

"아니. 주먹 쥐는 법도, 주먹을 내뻗는 법도 틀렸기 때문이야. 그래 가지곤 지르기 연습을 백날 해봤자 헛수고라고."

처음부터 다시, 하고 다쓰로가 말했다.

"손바닥을 쫙 펴봐."

아이들이 손바닥을 쫙 폈다.

"요령은 손가락 끝마디부터 안으로 말아 넣듯이 해서 주먹을 쥐는 건데, 일단 손끝으로 손바닥 살을 꽉 거머쥔 다음 나머지 손가락을 꽉 누른다는 느낌으로 엄지손가락을 올려놓는 거야. 자, 해봐."

천천히, 힘을 줘서, 하고 다쓰로가 말했다.

아이들은 손끝에 힘을 주고 그 힘을 그대로 모아 주먹을 쥐었다.

"얼굴이 빨개지지? 그만큼 힘을 꽉 주고 주먹을 쥐어야 해. 그래야 단단한 주먹이 되는 거야."

아이들은 고개를 끄덕이며 그렇구나 하고 생각한다. 지금까지 자기들이 얼마나 주먹을 아무렇게 쥐었는지 알 수 있었다.

"린타로. 그 주먹으로 내 배를 힘껏 쳐봐."

린타로가 다쓰로의 말대로 했다.

"팔을 막대라고 생각해봐. 그러면 가장 힘이 많이 실리는 각도가 있겠지?"

린타로는 응, 하고 대답하고 몇 번인가 다쓰로의 배에 주먹을 먹였다.

"자기가 치려는 부분과 팔이라는 막대가 직각으로 닿았을 때 가장 큰 힘이 발생한다. 즉 직각이 상대방에게 가장 큰 타격을 입힐 수 있는 각도란 말이지."

아이들이 고개를 끄덕였다.

"지르기 연습은 그런 것들을 머릿속으로 잘 생각하면서 하지 않으면 백날 해봤자 헛수고야. 아무리 근성이 있고 힘이 세도 자세가 바르지 못하면 좀 전의 유타카처럼 자기 주먹과 팔만 다쳐."

아오풍이 끄덕거렸다.

다음으로 다쓰로는 큼직한 장갑 같은 것을 오른손에 꼈다.

"뭐야, 그거?"

다케가 물었다.

"펀칭미트야. 원래는 권투 연습 때 쓰는 건데, 권법 지르기 연습

할 때도 좋아."

다쓰로는 원래 프로 권투선수였다. 펀칭미트를 권법 연습에 이용하는 것은 다쓰로의 독창적인 생각이리라.

"방금 내가 가르쳐준 자세로 이 펀칭미트를 쳐봐. 다케미, 너부터."

다쓰로가 펀칭미트를 낀 오른손을 다케 앞으로 뻗었다.

"하나!"

"얍!"

"둘!"

"얍!"

"손에 찌잉 하는 느낌이 전해져야 좋은 자세, 좋은 지르기야. 그 느낌을 빨리 몸에 익혀."

"응."

"셋!"

"얍!"

"넷!"

"얍!"

나머지 아이들이 다케와 다쓰로를 가만히 지켜보고만 있자, 다쓰로가 버럭 소리쳤다.

"왜 멍청하게 보고만 있어! 시간이 아깝지도 않냐? 다들 눈앞에 내 손이 있다고 생각하고 빨리 연습해!"

아이들이 당장에 지르기를 시작했다.

"다섯!"

"얍!"

"여섯!"

"얍!"

다쓰로의 지도 덕분에 아이들 자세가 조금 달라졌다.

한동안 지르기 연습이 이어졌다.

"그만, 쉬어."

다쓰로가 말했다.

아이들의 이마에 땀이 촉촉이 배어 있다.

"지르기 자세가 좋은 녀석이 두셋 있다. 잘 보도록."

다쓰로가 프랑켄을 가리켰다.

"해봐. 하나!"

"얍!"

"둘!"

"얍!"

한동안 프랑켄에게 지르기 동작을 시킨 뒤에 다쓰로가 말했다.

"허리가 아주 잘 돌아가지? 팔만으로 지르기를 해서는 위력이 없다."

다시 프랑켄에게 지르기를 시켰다.

프랑켄이 한창 지르기를 하고 있는데, 다쓰로가 갑자기 펀칭미트를 옆으로 쓱 뺐다.

프랑켄이 몸의 균형을 잃었다.

"갑자기 그러면 어떡해요? 비겁하게."

프랑켄이 다쓰로에게 따졌다.

"상대는 결코 가만히 있어주지 않는다."

"……."

다쓰로가 아이들에게 말했다.

"상대는 가만히 있어주지 않으니까, 지르기 자세를 완벽하게 익혔다면 상대방의 주먹에도 대비해야 돼. 마음을 푹 놓고 지르기 연습을 해서는 안 된다는 말이야."

다쓰로는 형식적인 연습은 아무 소용이 없다는 것을 이 날 하루만에 아이들의 머릿속에 단단히 새겨 넣었다.

그 날 연습이 끝나고 린타로가 다쓰로에게 말했다.

"형아, 청년부 연습 보고 가면 안 돼?"

"……."

다쓰로는 린타로의 기분을 헤아렸다. 집에 전화해, 하고 말했다.

초등학생들로 이루어진 유년부 연습이 끝나면 중학생 이상의 청년부 연습이 시작된다.

린타로는 도장 한 구석에 앉아 청년부가 연습하는 모습을 가만히 지켜보고 있었다.

중간에 다쓰로가 다가와 린타로에게 말했다.

"너도 저런 걸 해보고 싶냐?"

"응."

"저 친구들도 기본 지르기를 열심히 연습하던 시절이 있었지."

"응. 얼마나 연습하면 돼?"

"천 번은 해야 돼. 그것도 기합을 힘껏 넣어서."

"흐음."

그런 대화가 오가고, 다쓰로는 다시 청년부를 지도하러 돌아갔다.

연습이 끝나고 다쓰로가 문득 보니까, 린타로는 혼자 기본 지르기 연습을 계속하고 있었다.

＊ ＊ ＊

아이들이 산고릴라를 싫어하는 이유는 폭력을 휘두르기 때문이지만 그것 말고도 또 한 가지 이유가 있다. 숙제를 엄청 많이 내주기 때문이다.

옹 아저씨가 말한 적이 있다.

"게으른 선생일수록 대개 숙제를 많이 내주지."

그 말이 사실인지 아닌지 아이들로서는 알 길이 없지만, 숙제가 많을수록 숙제의 질은 떨어지게 마련이다.

예를 들어 산고릴라는 일주일에 두 번씩 한자 쓰기 숙제를 낸다. 한 글자를 2백 번씩 써야 한다.

이 숙제는 부모들 사이에서도 평판이 나쁘다.

"우리 애는 울면서 숙제를 한다니까요."

"별 의미도 없는 숙제예요."

"도장만 찍어주면 되니까 선생님이야 편하겠지만……."

이런 불만이 터져 나온다.

언젠가 학부모 간담회 때 메이가 말했다.

"한자 연습에는 목적이 있다고 생각해요. 한자를 외우기 위해서라면 외울 때까지 쓰면 되고, 한자를 정확하고 반듯하게 쓰는 것이 목적이라면 그렇게 쓸 수 있을 때까지 쓰면 되는 것 아닌가요? 획

일적으로 2백 번씩 쓰는 것은 별 의미가 없다고 봐요."

산고릴라가 말했다.

"우리나라 사람에게 한자는 태어나면서부터 꼭 필요한 것입니다. 하지만 어른이 된 뒤에 외우려고 하면 잘 외워지지 않습니다. 제 생각에 따라 주십시오. 30분이면 2백 번을 쓸 수 있습니다. 30분 동안 책상 앞에 앉아 있는 버릇을 들이기 위해서라도 2백 번이 딱 적당하다고 생각합니다."

산고릴라는 메이의 질문에는 한마디도 대답해주지 않았다. 메이는 옆자리에 앉아 있는 프랑켄의 엄마 준코와 얼굴을 마주 보며 쓴웃음을 지을 수밖에 없었다.

따지고 보면 메이의 질문은 자기 아들에게 아무런 의미가 없는 질문이었다.

린타로는 그 숙제를 해 간 적이 한 번도 없으니까.

그만큼 복도에 나가 벌을 서거나 수업이 끝난 뒤에 남아서 한자 숙제를 하는 횟수도 많아진다.

30분 동안 책상 앞에 앉아 있는 습관을 들이기 위해서라는 말에는 린타로 어머니, 이게 다 당신 자식을 위해서요, 라는 의미가 숨어 있는지도 모른다.

그런 산고릴라가 조금 색다른 숙제를 내주었다. 근처 절이나 신사의 역사를 조사해 오라는 것이다. 시간을 일주일이나 준 것도 지금까지와 다른 점이었다.

"이상한 숙제다."

다케가 말했다.

"무슨 생각을 하는 거지?"

프랑켄도 고개를 갸웃거렸다.

"괜히 변덕부리는 거야."

기쓰로는 냉정하게 말했다.

그 날 5교시와 6교시는 미술 시간이었다. 교토의 겐닌지라는 절에 있는 에도 시대의 화가 다와라야 소타쓰의 그림 〈풍신뇌신도〉를 보고 자기 느낌을 말해보는 '감상하기' 수업이었다.

"근육이 불뚝불뚝해서 힘차 보여요."

"도깨비처럼 생겼지만 무섭다기보다 재미있게 놀고 있는 것처럼 즐거워 보여요."

"이 그림을 그린 사람은 배짱이 있는 사람이야."

아이들이 갖가지 의견을 말했다.

배짱이 있는 사람이라고 말한 것은 린타로다. 대담한 화풍을 린타로 나름대로 표현한 말이리라.

이 때 산고릴라는 뭔가 떠오른 듯한 표정을 지었다.

그 수업이 끝나고, 산고릴라는 근처 절이나 신사의 역사를 조사해 오라는 숙제를 내주었다.

기쓰로는 괜히 변덕부리는 거라고 했는데, 말마따나 산고릴라는 그 때 순간적으로 이런 생각이 떠오른 건지 모른다.

학교에서 돌아오는 길에 아이들은 숙제를 어떻게 할 것인가로 이야기를 나누었다. 반이 다른 아오풍도 함께였다.

절이나 신사는 근처에도 있다.

"아무도 찾지 않는 절이나 신사에는 가봤자 알아낼 것도 없어."

하고 다케가 말했다.

"거긴 술 취한 할아버지들이 더위나 피하는 곳이야."

술 판매점을 하는 쓰토무가 말했다.

"어떡할까? 전철을 타고 어디 근사한 절에 갈까?"

"바보. 돈이 어디 있냐? 우리만 손해야."

"맞아. 공부하는 데 돈을 쓰다니 말도 안 돼!"

저마다 떠들어대다 보니 목이 말랐다. 돈을 조금씩 내서 음료수를 사 먹기로 한 것까지는 좋았지만 뭘 살 건지에서 의견이 갈렸다.

"콜라! 물어보나마나지."

다케가 말했다.

"콜라는 너무 많이 마시면 안 돼."

프랑켄이 말했다. 그 무렵 습관적으로 콜라를 마시면 건강에 해롭다는 말이 널리 번지고 있었다.

"싫어, 콜라 마실 거야!"

다케가 큰 소리로 말했다.

"동전을 콜라에 담가 두면 번쩍번쩍해진대."

진짜인지 거짓말인지 실험해보기로 했다.

아이들은 시간을 넉넉히 잡고 실험에 도전했다.

프랑켄의 말 그대로였다. 동전의 무늬가 선명하게 드러났다.

별안간 린타로가 고함치듯 말했다.

"여기야. 여기에 가자!"

린타로가 그렇게 말하자, 모두들 주머니에서 동전을 꺼내 동전에 조각되어 있는 건물을 뚫어지게 보았다.

"와, 꼭 용궁처럼 생겼다. 그런데 이거 절이야, 신사야?"

아오퐁이 딱히 누구한테랄 것 없이 물었다.

"아무려면 어때? 어쨌든 오래된 건 맞잖아."

다케가 말했다. 대충대충 넘어간다. 참 편한 성격이다.

"그런데 이거, 어디에 있지?"

아오퐁이 린타로에게 물었다.

"몰라, 우리나라에 있겠지."

린타로는 무책임하게 대답한다.

"홋카이도에 있으면 못 가잖아."

아오퐁은 느긋한 성격인 한편 걱정이 많다.

왁자지껄 떠들며 걸어가는데 절을 짓고 있는 공사장이 보였다.

쉬는 시간인지 목수들 몇 명이 웃으며 이야기를 나누고 있었다.

린타로가 스스럼없이 다가가 동전을 보여줬다.

"혹시 이 건물, 어디에 있는 건지 아세요?"

어디, 어디? 하고 젊은 일꾼이 동전을 보았다.

"이거 말이야? 흐음, 어디지?"

이 사람은 모르는 듯했다. 그 옆에 있는 사람에게 물었다.

"나도 잘 모르겠는데……. 어디지?"

이 사람들은 아는 게 별로 많지 않은 모양이다.

린타로는 언뜻 할아버지가 생각났다.

"여기, 뵤도인(11세기에 지어진 사원으로, 세계 문화유산으로 지정되었다 -옮긴이) 아닌가? 언젠가 들은 적이 있는 것 같은데."

조금 나이 든 목수가 말했다.

"맞다, 뵤도인이다."

누군가가 맞장구를 쳤다.

"이거 어디 있어요?"

린타로가 물었다.

"절이라면 나라(한때 일본의 수도였던 곳으로 불교 문화유산이 많다－옮긴이)에 다 모여 있지."

"흐음."

린타로는 목수 아저씨한테서 동전을 돌려받아 주머니에 넣었다.

"아저씨들, 고마워요."

아이들은 다시 걸어갔다.

"나라라고? 나라 정도면 우리끼리도 갈 수 있겠다."

린타로가 말했다.

"응, 갈 수 있고말고."

프랑켄도 말했다. 2학년 때 가출을 해서 후쿠치야마 근처까지 가본 프랑켄이 아닌가. 나라까지는 일도 아니다.

아이들은 머리를 맞대고 의논했다.

집에는 비밀로 하고 다음 주 일요일에 모험을 나서기로 했다.

그러나 목수의 무책임한 말 한마디가 린타로와 아이들에게 터무니없는 재난을 안겨주게 된다.

그 날 아침, 일요일이라 집에서 쉬고 있던 소지로와 메이에게 린타로가 말했다.

"이번에도 친구들이랑 탐험놀이를 하기로 했어. 저녁 때 돌아올 거야."

메이가 말했다.

"아유, 고맙기도 해라."

"뭐야? 왜 고맙다는 거야?"

"네가 없으면 아빠하고 단둘이서 데이트를 즐길 수 있잖니."

아줌시가 주책이야, 하고 툭 내뱉고 린타로는 집을 나섰다.

한 자리에 모인 아이들은 우선 산노미야 역까지 갔다. 린타르, 프랑켄, 다케, 아오퐁, 기쓰로, 쓰토무, 이렇게 여섯 명이었다.

아오퐁은 린타로와 반이 달랐기 때문에 이번 숙제와는 관계가 없다.

"탐험놀이 재미있겠다. 나도 같이 가."

아오퐁은 반은 다르지만 늘 함께 어울려 다니기 때문에 아무도 반대하지 않았다.

"너네 엄마한테 들키지 않게 잘해, 아오퐁."

린타로가 말했다.

"응."

아오퐁의 엄마는 무섭다.

그런 엄마 뱃속에서 어떻게 아오퐁 같은 성격의 아이가, 태어났는지, 린타로를 비롯한 아이들은 참 궁금하다.

엄마 쪽이 아니라, 대낮부터 술에 취해 사는 마음씨 좋은 할아버지 의사인 아오노 할아버지의 핏줄을 이어받은 것이리라.

"너네 할아버지는 오래 살아서 좋겠다."

린타로는 아오퐁이 부럽다. 아오퐁한테 곧잘 그렇게 말한다.

"응."

아오퐁은 환한 얼굴로 대답하고는

"그치만 자꾸 손을 떨어."

하고 덧붙인다.

산노미야 역에 닿자, 프랑켄이 나라까지 가는 길이 그려진 약도를 펼쳤다.

"이제부터 어떻게 가? 이대로 국철을 타고 나라까지 갈까?"

이 무렵은 국철로 불렸다(일본의 국철은 1987년에 민영화되어, JR로 이름이 바뀌었다 – 옮긴이).

"국철 말고 다른 전철은 없어?"

다케가 물었다.

"긴테쓰(일본 민영 철도의 하나. 오사카 선, 나라 선, 나고야 선 등을 보유하고 있다 – 옮긴이)도 있어."

"긴테쓰는 한 번도 타본 적 없으니까, 그거 타자. 국철은 서비스가 영 나쁘단 말야."

다케가 자못 어른스레 말했다.

"뭘 타든 일단 오사카까지 나가야 돼. 그냥 국철 타?"

"한신, 한신(긴테쓰와 마찬가지로 민영 철도의 하나 – 옮긴이). 한신 타자. 한신 타이거스."

하고 다케가 말했다. 마지막 말은 거의 노래 같았다. 다케는 한신 타이거스 야구단의 팬이다.

"한큐(역시 일본 민영 철도의 하나 – 옮긴이)가 더 좋아. 한큐 전철에는 예쁜 누나들이 많이 탄단 말야."

하고 기쓰로가 말했다.

"예쁜 누나들이 타면 뭘 어쩔 건데?"

다케는 그런 것에는 관심이 없다. 둘은 입씨름을 벌였다.

국철을 타자는 아이는 아무도 없었기 때문에, 린타로의 제안으로 다케와 기쓰로가 가위바위보로 정하기로 했다.

기쓰로가 이겨서 다들 한큐 전철을 탔다.

다케가 말했다.

"예쁜 누나들이 어디 있다는 거야? 주름이 쪼글쪼글한 할머니 두 사람뿐이잖아."

기쓰로가 자리에서 일어났다.

"저리로 가자."

왜? 왜? 하면서 아이들은 자리를 옮겼다.

여대생으로 보이는 젊은 아가씨 여러 명이 모여 있다. 그리로 갔다.

"맞지? 아까는 운이 나빴던 거야."

하고 기쓰로가 말했다.

과연 운이 좋은 걸까, 나쁜 걸까.

"어머, 린타로 아냐?"

여대생 하나가 조금 놀란 목소리로 말을 걸었다.

"어!"

린타로도 나직이 소리를 질렀다.

"어머나, 미쓰루도 있네?"

프랑켄의 누나 사토코였다. 사토코는 지금 대학교 3학년이다.

"어디 가니?"

쳇. 프랑켄이 혀를 찼다.

"누나, 엄마한테는 말하지 마. 비밀이니까."

동생이니? 하고 사토코와 함께 있던 여학생들이 물었다.

"응. 이 애, 미쓰루라고 해. 이쪽은 내 애인 린타로. 그리고 그 친구들."

사토코가 아이들을 소개했다.

아유, 귀여워······. 여대생 하나가 말했다. 린타로는 모르는 척하고 있다.

"다들 집단 가출이라도 하는 거니?"

사토코가 놀렸다.

"어유, 또 시작이네."

다케가 투덜거렸다.

언제부턴가 프랑켄은 친구들을 집으로 데려가게 되었다.

그 때 사토코가 집에 있으면 아이들을 짓궂게 놀리거나 담배 한 번 피워볼래? 같은 무시무시한 말만 했기 때문에, 다케는 사토코를 미녀 사탄이라고 부른다.

"다들 비밀로 하고 나온 거야?"

사토코가 물었다.

"응, 비밀이야. 말하면 안 돼."

다케가 말했다.

"어디에 가는지도 비밀이야?"

"으으응, 그렇진 않아."

"어디 가?"

다케는 주머니에서 동전을 꺼내 왼쪽 엄지와 집게 손가락 사이에 끼우고 오른쪽 손가락으로 동전에 조각된 건물을 가리키며 말했다.

"여기."

사토코는 동전을 보며

"우지 뵤도인?"

하고 물었다.

"응, 뵤도인."

하고 다케가 대답했다.

이 때 누구 하나라도 우지 뵤도인의 '우지'라는 말에 주의를 기울였다면 재난을 피할 수 있었으련만……

"거긴 뭐 하러 가는데?"

다케가 이유를 설명했다.

사토코는 감탄했다.

"너희들, 정말 대단하구나. 호류지5층석탑이나 뵤도인은 일본이 세계에 자랑하는 목조건물이야. 유럽이나 미국 사람들도 멀리서 구경하러 올 만큼 유명한 곳이라구. 도대체 누가 뵤도인에 가자고 했니?"

다케가 손가락으로 린타로를 가리켰다.

"역시……"

사토코가 말했다.

"얘들아, 어때?"

하고 친구들을 둘러보았다.

"어머, 네 애인은 정말 교양이 풍부하구나."

같이 있던 여대생들이 짓궂게 농담을 했다.

"뭐라고 농담을 하든 상관은 없지만 누나, 비밀은 지켜줘야 돼."
하고 프랑켄이 말했다.

"좋은 일인데, 왜 비밀로 하려는 거니?"

"우리 집이야 괜찮지만, 다른 집 부모님은 아이들끼리 그렇게 멀리까지 못 가게 하니까."

아아, 하고 사토코가 고개를 끄덕였다.

"하지만 숙제는 학교에서 내준 거잖아. 어차피 알려질 텐데."

"나중에 알려지는 건 상관없어."

프랑켄이 말했다.

"일단 저지르고 보는 거지."

쓰토무가 한마디 거들었다.

"맞아, 맞아. 일단 저질렀는데 물릴 거야, 어쩔 거야? 안 그래?"

다케도 맞장구를 쳤다.

재미있는 애들이구나, 하고 사토코의 친구들이 말했다.

"응, 재미있어, 애들. 좀 엉뚱하긴 하지만 무슨 일에도 절대 주눅들지 않아서 아주 믿음직스러워."

"엉뚱하긴 뭐가 엉뚱하단 거야?"

프랑켄이 따졌다.

어머, 그런가? 하고 가볍게 받아넘기고는 사토코가 말을 이었다.

"요즘 학교가 얼마나 힘든지 너희들도 알지? 애들을 엄격히 잡죄고……."

"맞아, 맞아."

이 여대생들도 그 시절을 헤쳐 나왔으리라.

"다들 워낙 틀에 박힌 걸 싫어해서 선생들한테 미움받으며 꽤나 시달릴 것 같지만, 저 애들은 선생들 머리 위에 앉아 있다니까."

"정말이야?"

여대생들이 존경의 눈빛으로 아이들을 바라보았다.

"응, 응."

다케가 으쓱해져서 오른손을 가슴에 대고 새끼손가락을 까딱거렸다. 쉽게 분위기를 타는 성격이다.

"등교거부를 하거나 친구들의 따돌림을 견디다 못해 자살한 아이 이야기를 들으면 너무 가슴아파."

"응, 그래."

"제발 학교 교육에 꺾이지 않는 아이가 되어달라고 기도하고 싶은 마음이라니까."

"정말이야."

여대생들의 표정이 조금 심각해진다.

"학교마다 이런 애들이 있으면 그나마 도움이 될 텐데……."

아오퐁이 사토코에게

"지금 우리 칭찬하는 거야?"

하고 물었다. 어쩐지 조금 맥 빠진 느낌이다.

"그래, 칭찬하는 거야. 나, 아오퐁 성격, 맘에 들어."

하고 사토코가 말했다.

"누나는 어디 가는 길인데?"

프랑켄이 물었다.

"경마장."

"뭐야, 학생이 경마나 하러 다니고."

프랑켄이 눈을 부릅떴다. 엄마 아빠가 가끔 경마장에 다니기 때문에 경마가 어떤 건지 대충 안다.

"농담이야, 농담. 사실은 괴짜 그림쟁이 만나러 가는 길이야."

"괴짜 그림쟁이?"

"말해도 넌 잘 모르겠지만, 전위 예술이랄까, 모던 아트랄까……."

전철이 멎었다. 니시미야키타구치 역이다.

"어머, 다 왔네. 우리는 여기서 내릴게. 그럼, 안녕."

"뭐야, 벌써 가?"

다케가 아쉬운 듯 말했다.

"미녀 사탄, 안녕!"

아오퐁이 창 너머로 소리를 질렀다. 주위 사람들이 아이들을 빤히 바라보다가 이어서 플랫폼에서 아이들에게 손을 흔들고 있는 사토코와 여대생에게 눈길을 옮겼다.

"프랑켄네 누나, 되게 예쁘다."

사토코의 모습이 눈앞에서 멀어지자, 다케가 감탄 섞인 목소리로 말한다.

"어디가?"

"전부 다."

다케는 황홀한 듯 말했다.

"콧구멍 후빌 때도 있어."

프랑켄은 일부러 다케의 환상을 깨주려고 했다.

"콧구멍 후벼도 상관없어."

다케는 아랑곳하지 않는다.

이윽고 종점인 우메다 역에 닿았다. 같은 곳인데도 국철 역 이름은 오사카이고, 한큐 전철과 한신 전철의 역 이름은 우메다라는 적이 재미있다.

아니나다를까 종점에 닿았을 때 이렇게 멀리까지 와본 적이 없는 쓰토무가

"여긴 우메다 역이랬어. 오사카는 아직 멀었단 말야."

하고 우기며 내리려 하지 않아, 주위 사람들이 킥킥거렸다.

프랑켄이 말했다.

"여기가 오사카야. 자, 다들 내리자."

"어, 왜? 여긴 우메다라니까."

"우메다는 오사카의 옛 이름인가? 잘은 모르겠지만."

"오사카면 오사카라고 써놓아야지. 이거 너무 불친절하잖아."

옳은 말이다.

"역장 아저씨한테 따지러 갈까?"

아오퐁이 또 진지하게 받아들이고 농담 같은 진담을 했다.

쓰토무는 투덜거리면서도 아무튼 내렸다.

하지만 사방이 온통 사람들로 넘쳐나 어디가 어디인지 알 수가 없었다.

"이러다가 길 잃어버리겠다. 뱅어포의 뱅어보다 사람들이 빽빽해. 산소가 모자라면 어떡하지?"

아오퐁의 걱정은 늘 어딘가 좀 이상하다.

"내가 대충 길을 아니까 내 옆에 꼭 붙어서 와."

하고 프랑켄이 말했다.

오늘 프랑켄은 전에 없이 믿음직해 보인다.

"지하로 갈까?"

프랑켄이 아이들에게 물었다.

"어느 쪽이 더 재미있어?"

린타로가 프랑켄에게 물었다. 편한 쪽보다는 재미있는 쪽이 좋다는 게 린타로의 철학이다.

"지하에는 가게가 많이 있어."

"그럼, 지하로 가자."

린타로가 당장에 대답했다.

"와, 꼭 미로 같다! 처음 온 사람은 어디가 어딘지 하나도 모르겠어."

지하로 내려가 갈래갈래 갈라져 있는 길을 보고, 기쓰로가 깜짝 놀라 소리쳤다.

레스토랑이나 찻집도 많았지만, '먹고 망할 도시'라는 도시의 별명에 걸맞게 초밥집, 장어집, 일식집 같은 음식점이 눈에 띄게 많았다.

"잠깐, 이거 봐."

린타로가 아이들을 불러 세웠다. 아이들이 린타로 옆으로 모였다.

린타로는 가게 진열창을 들여다보고 있었다.

"이 통조림, 되게 재미있어. 저기 봐, 곰고기라고 쓰여 있어. 노루고기도 있어. 그리고 저기 저건 바다사자고기 통조림이야."

"바다사자?"

쓰토무가 물었다.

"물개하고 비슷하게 생겼는데, 물개보다 몸집이 크고 송곳니가 무지무지 기다란 녀석이야. 얼음 위에 벌렁 드러누워 있는 동물 있잖아."

아, 그거? 하고 쓰토무가 말했다.

"히야, 저런 것도 다 먹나?"

쓰토무는 꽤나 놀란 듯했다.

"물여우 조림이란 것도 있는데, 물여우가 뭐지?"

린타로가 고개를 갸웃거렸다.

"물여우는 날도랫과 곤충의 애벌레야. 애벌레 시절에는 물 속에서 살지만 다 자라면 날개가 생겨 하늘을 날아."

프랑켄은 한때 곤충도감을 즐겨 읽었다. 그 때 얻은 지식이리라.

아무튼 그 곳은 달팽이에서 번데기에 이르기까지 온갖 독특한 식품을 파는 가게였다.

"이 가게, 되게 재미있다. 다른 집에서는 안 파는 것을 파니까 이 가게 주인은 훌륭한 사람이야."

린타로가 칭찬하듯 말했다.

손님들로 북적이는 가게가 있었다. 먹음직스러운 냄새가 솔솔 풍겼다.

다케가 코를 킁킁거렸다.

"뭐지?"

다케는 태연하게 사람들 사이를 비집고 들어갔다.

이 말썽꾸러기 녀석들의 호기심은 끝이 없다.

"꼬치 요리 집이야."

다케가 사람들 틈새로 목을 쑥 빼고 말하자, 아이들이 너도나도 손님들 사이를 헤집고 가게 안을 들여다보았다.

꼬치에 꿴 돼지고기나 조갯살에 밀가루를 듬뿍 묻히고 다시 빵가루를 입혀 기름에 살짝 튀기자 금세 보르르 부풀어오르며 독특한 꼬치 요리가 완성되었다.

손님들은 뜨거운 꼬치를 소스에 살짝 찍어 호호 불며 한입 가득 넣었다.

큼직큼직하게 썬 양배추가 수북이 쌓여 있고, 소스 그릇 앞에는 '한 번 이상 찍어 먹지 마시오.'라는 글이 적힌 종이가 보였다.

아이들은 꿀꺽 침을 삼켰다.

술을 마시는 손님이 많다.

가게 분위기로 보아 아이들은 들여보내 줄 것 같지 않아, 이 먹보들조차 한번 먹어보자는 말을 쉽사리 꺼내지 못했다.

"아침부터 저렇게 술을 마셔도 되나?"

기쓰로가 말했다.

"일요일이잖아. 노동자 제군은 좋겠다."

하고 다케가 말했다. 노동자 제군은 영화를 보다가 외운 대사다.

"여기, 재미있다."

쓰토무가 걸으면서 말했다.

아이들은 변덕쟁이 나비처럼 이리로 포르르, 저리로 포르르 옮겨다니며 걸어갔다.

"쓰루하시라는 곳까지 걸어가야 돼. 거기서 순환선을 탈 거야."

프랑켄이 말했다.

"순환선이 뭐야?"

"오사카 시내를 빙글빙글 도는 전철 이름이야."

"빙글빙글 돌면 종점도 없겠네?"

아오풍이 말했다.

"응, 없어."

"야, 그럼 술 취한 사람이 탔다가 잠들면 큰일이겠다. 빙글빙글 돌면서 계속 잠을 잘 거 아냐."

아오풍은 안 해도 될 걱정까지 한다.

늘 술에 취해 있는 할아버지가 생각났기 때문인지도 모른다.

린타로와 아이들은 순환선을 탔다.

"꼭 먼 곳으로 떠나는 느낌이야. 무사히 돌아올 수 있을까?"

쓰토무가 문득 말했다. 어쩐지 예감이 좋지 않았다.

아이들은 쓰루하시에서 긴테쓰 전철의 나라 선으로 갈아탔다.

국철 표를 내고 긴테쓰 표를 살 때(일본은 한 전철에서 다른 전철로 갈아타려면 새로 표를 끊어야 한다 – 옮긴이) 다케가 말했다.

"또 돈 뜯겼네. 차비가 너무 비싸."

순식간에 용돈이 줄어들자, 다케는 차비를 낸다는 생각보다 돈을 빼앗긴다는 생각이 앞섰다.

어느 시대든 서민들에게 차비는 비싸게 마련이다.

다케는 학교에서 배울 수 없는 것을 톡톡히 배우고 있다.

전철은 이코마 산기슭을 달리고 있다.

"나라에는 왜 절이 많아?"

아오풍이 물었다.

" '도읍 나라'라는 말이 있으니까 옛날엔 수도였나 보지."

프랑켄이 대답했다.

"지금의 도쿄처럼?"

"응. 도쿄처럼."

"누가 정했어?"

"그걸 어떻게 알아?"

그 때 린타로가 끼어들었다.

"수도는 천황 양반이 사는 곳이니까."

린타로의 아빠 소지로가 늘 천황 양반이라는 말을 하기 때문에 린타로도 그렇게 부른다.

"그럼, 천황 양반이 여기에 살면 수도가 여기로 바뀔까?"

아오풍이 물었다.

"……."

아무도 대답이 없다.

"전화 걸어서 물어볼까?"

무슨 생각을 했는지 문득 아오풍이 말했다.

"전화를 걸어도 천황 양반은 안 받을걸?"

"왜 안 받는데?"

"천황 양반은 높은 사람이라서 그런 거 아닐까?"

"천황 양반은 왜 높은 사람이야?"

린타로가 물었다.

"몰라. 왜 높은 사람이지?"

다케도 알 수 없다.

"넓은 집에 살고 전철 탈 때 표 같은 거 안 사도 되니까 그런가?"

하고 쓰토무가 말했다.

"그럼, 부자는 다 높은 사람이야?"

린타로가 따졌다.

"부자들은 부정한 짓을 해."

프랑켄이 말했다. 프랑켄은 날마다 신문을 읽는다. 물론 만화를 보는 김에 곁다리로 읽는 것이긴 하지만.

그 때 다케가 말했다.

"너네 집도 부잣집이잖아."

프랑켄의 얼굴이 일그러졌다.

프랑켄은 어지간해서 그런 표정을 짓지 않는다. 눈물이 나오려는 것을 가까스로 참고 있는 것 같았다.

"다케, 왜 그래? 그거, 프랑켄이 제일 싫어하는 말이잖아."

린타로가 화난 얼굴로 다케에게 말했다.

다케는 기가 꺾였다.

프랑켄은 얼굴을 펴려고 애쓰는 것 같았다.

"미안해, 프랑켄."

다케가 고개를 숙인 채 조그맣게 말했다.

"으…… 으응."

프랑켄도 희미하게 고개를 끄덕였다.

아오퐁과 기쓰로, 쓰토무가 그런 모습을 말없이 진지하게 지켜보고 있었다.

"미녀 사탄은 호류지도 좋다고 했지?"

분위기를 바꾸려는 듯 린타로가 물었다.

"응, 쇼토쿠 태자가 지은 절이야."

마음이 놓인 듯 프랑켄이 대답했다.

"아냐, 목수가 지었어."

린타로의 말에 다들 낄낄거렸다.

"기왕 여기까지 왔으니까 호류지도 보고 갈까?"

린타로가 말했다.

"응."

"보고 가자."

다들 찬성했다.

린타로는 당장 행동에 옮긴다. 앞에 앉아 있던 나이 지긋한 여자에게 물었다.

"아줌마, 호류지에 가려면 어떻게 가야 돼요?"

그 아주머니는 줄곧 린타로와 아이들의 이야기를 들으며 빙그레 웃고 있었다.

"어린 아이들이 기특하구나."

아주머니는 우선 그렇게 말했다.

"요즘은 신사나 절을 찾는 아이들이 아주 드물지."

칭찬을 듣자 아이들은 쑥스러웠다.

"여기서 호류지까지 가는 교통편은 좀 복잡하기는 하지만, 긴테쓰를 탔으니까 일단 야마토니시다이지 역에서 내리렴. 거기서 가시하라 선으로 갈아타서 쓰쓰이 역에서 내리면 호류지에 가는 버스가 있으니까……."

프랑켄이 잠깐만요, 하고 수첩을 꺼내 받아 적었다. 이럴 때는 프랑켄이 가장 야무지다.

야마토니시다이지 역에서 30분쯤 걸릴 거야, 하고 아주머니가 말해주었다.

린타로와 아이들은 교통편이 복잡할 거라던 호류지에 무사히 도착했다. 덕분에 아이들은 자신감을 얻었지만 그 자신감은 자만심으로도 이어졌다.

호류지 경내에 들어가 오른쪽에 있는 금당과 왼쪽에 있는 5층석탑을 보고, 아이들이 처음 내뱉은 말은 "와, 멋지다!"였다.

이것은 기쓰로가 한 말이지만, 다들 크게 고개를 끄덕였으니까 아마 다들 똑같은 마음이었으리라.

"거대한 새 같아."

린타로가 말했다.

"왜?"

쓰토무가 물었다.

"지붕이 활짝 뻗은 날개 같잖아. 아주 당당해. 모든 걸 나한테 맡겨, 하고 말하는 것 같아."

린타로는 건축물의 웅장함을 자기 나름대로 표현했다.

"응, 정말이야. 그냥 아름다운 것하곤 달라. 꼭 모래판에 멋지게 등장하는 씨름선수 같아."

다케도 말했다.

프랑켄이 뭔가를 열심히 계산하고 있다. 쪼그리고 앉아서 바닥에 숫자를 쓰기 시작했다.

"뭐 해, 프랑켄?"

린타로가 물었다.

"어? 으응, 아까 누나 친구가 이 건물은 1300년에서 1200년 전쯤에 지은 거랬잖아."

"응. 목조건물로는 세계에서 가장 오래됐다더라."

린타로는 관광 가이드의 설명을 엿들은 모양이었다.

"옛날 사람들은 수명이 짧았다니까 한 사람이 50년씩 살았다고 계산하면, 태어나서 죽고, 다시 태어나서 죽고, 다시 태어나서 죽는 일이 25번이나 되풀이된 셈이야. 그렇게 오래 전에 세워진 건물이라고."

이렇게 표현하면 그 까마득한 시간의 길이를 누구라도 충분히 이해할 수 있으리라.

아오퐁이 말했다.

"우와, 옛날 사람들은 진짜 대단하구나!"

"진짜다."

아이들도 새삼 감탄했다.

"린타로 할아버지였다면 이런 절을 지을 수 있었을까?"

프랑켄이 말했다.

"어? 나도 방금 우리 할아버지 생각했는데."

린타로가 프랑켄의 얼굴을 보았다.

둘은 마음이 통했구나 하는 눈빛을 주고받았다.

"절이나 신사를 짓는 목수를 대목장이라고 하는데, 우리 할아버지도 원래 대목장이었으니까 이런 절도 지을 수 있었을 거야.”

린타로는 지난 일을 떠올렸다.

“할아비가 절을 지었다고 하자. 할아비가 한 일이 좋은 일이라면 절을 찾아온 사람들이 훌륭한 절을 보니 마음이 평온해지는군요, 하고 인사를 하겠지. 뜻깊은 일일수록, 좋은 일일수록 사람의 마음에 만족감과 풍요로움을 주지. 사람을 사랑하는 것과 매한가지야…….”

린타로는 할아버지가 돌아가시기 얼마 전에 들려준 말을 지금도 뚜렷이 기억하고 있다.

린타로가 프랑켄에게 말했다.

“프랑켄, 너 좀 전에 이 절은 사람이 태어나서 죽고 또 태어나서 죽는 일이 25번이나 되풀이될 만큼 옛날에 지어졌다고 했지? 이 절은 그렇게 먼 옛날부터 날마다 날마다 누군가가 봐왔어. 이 절을 지은 목수는 평생에 딱 한 번 이 일을 했지만 이 절을 본 사람은 무지무지 많아. 수많은 사람이 태어나서 죽고, 태어나서 죽고, 그리고 우리가 태어나서 지금 이렇게 이 절을 보면서 감탄하고 있다는 사실을 이 절을 지은 목수는 모를 거야.”

프랑켄이 고개를 끄덕였다.

‘하지만 할아버지는 그 사실을 알고 있었어. 한 사람이 할 수 있는 일은 얼마 안 되지만 그 사람이 한 일이 좋은 일이라면 그 일은 얼마든지 퍼져나간다고 했으니까. 이 절을 보고 있으니까 할아버지 말을 잘 이해할 수 있을 것 같아.’

린타로는 이렇게 생각했다.

프랑켄이 호류지를 지은 사람은 쇼토쿠 태자라고 했을 때 린타로는 대뜸 "아냐, 목수가 지었어."라고 했는데, 린타로에게는 그것이 진실이었다.

할아버지가 얼마나 훌륭한 사람이었는지 린타로는 지금 절실히 느끼고 있다.

할아비는 죽은 뒤에도 네 마음속에 언제나 살아 있을 게야. 할아버지는 그렇게 말했다.

"할아버지……."

린타로는 마음속으로 중얼거렸다.

린타로는 금당 안으로 들어갔다.

금당 안은 어두웠고 오랜 세월의 무게가 공간을 지배하고 있었다.

이 개구쟁이들이 누가 뭐라고 하지 않았는데도 진지해질 수 있었던 것은 이런 분위기를 피부로 느꼈기 때문이리라.

마침 다행히도 관람객이 적어 아이들은 차분한 마음으로 금당을 찬찬히 둘러볼 수 있었다.

어둠에 눈이 익자 불상이 보였다. 아스카 시대의 불상인 석가삼존불이지만, 아이들은 이것의 유래도, 이것이 국보라는 사실도 전혀 알지 못한다.

린타로와 아이들은 쭈뼛쭈뼛 불상으로 다가가 가만히 올려다보았다.

"한가운데 있는 게 부처님이야?"

누구한테랄 것 없이, 다케가 꽉 잠긴 나직한 목소리로 물었다.

"응, 부처님이야."

린타로가 대답했다. 부처님이 틀림없다. 왠지 린타로는 그렇게

확신했다.

"이런 얼굴 처음 봐."

프랑켄은 아스카 불상을 물끄러미 바라보며 중얼거렸다.

"응……."

린타로도 불상의 얼굴을 뚫어지게 쳐다보고 있다.

"상냥한 것 같으면서도 엄격해 보여."

하고 린타로가 말했다.

"응."

"응."

아이들이 저마다 고개를 끄덕였다.

"이 사람이 '성구'를 지었어?"

아오퐁이 물었다.

"응, 맞아……."

린타로의 입에서 저도 모르게 성구의 구절이 새어 나왔다.

"자기만이 자기의 주인이다. 누가 따로 주인이 될 수 있으랴? 자기만 잘 다스리면 얻기 힘든 주인을 얻으리라."

다른 아이들도 자연스레 린타로를 따라 했다.

"자기만 잘 다스리면 얻기 힘든 주인을 얻으리라."

근처에서 불당을 둘러보던 사람들이 깜짝 놀란 얼굴로 아이들을 보았다.

"스스로 악을 행해 그 죄를 받고 스스로 선을 행해 그 복을 받는다. 죄도 복도 나에게 매였으니 누가 그것을 대신해 받으리……."

백발이 성성한 한 할아버지가

"너희들, 아주 대단하구나."

하고 감격에 겨운 얼굴로 말했다.

"우리나라 교육도 아주 엉망은 아닌 모양이구먼. 이런 아이들이 있다는 것은 이걸 가르치는 교사가 있다는 말이니까."

그 할아버지는 함께 온 사람들에게 말했다.

호류지까지는 아무 문제가 없었다.

다음으로 아이들은 뵤도인에 가기 위해 야마토니시다이지 역으로 가는 전철 안에서 길을 물었다.

아이를 데리고 있는 부부에게 물었는데, 부부는 서로 얼굴을 마주 보더니 나직이 되묻듯이 말했다.

"뵤도인?"

"네. 다시 나라까지 가야 돼요?"

린타로가 물었다.

"우지에 있는 뵤도인 말이지?"

"네."

그 부부는 우지라는 말을 강조했지만 린타로와 아이들은 알아차리지 못한다.

"일단 교토로 가야 되는 거 아닌가요?"

부인이 남편에게 물었다.

교토라는 말에 아이들은 깜짝 놀랐다.

"뵤도인은 나라에 있는 거 아니었어요?"

린타로가 허둥지둥 물었다.

"나라라니? 우지에 있으니까 교토 근처지."

린타로와 아이들은 서로 얼굴을 마주 보았다.

"이 전철도 가요?"

"이 전철은 안 가. 교토에 가려면 야마토니시다이지에서 내려서 교토 선으로 갈아타야 돼."

아이들은 적잖이 당황했다.

마음을 가라앉히고 우지 뵤도인으로 가는 길을 물었다면 일단 나라까지 가서 국철 나라 선으로 갈아타면 우지까지 갈 수 있다는 말을 들었으련만, 뵤도인이 교토에서 가까운 곳에 있다는 말을 듣는 순간 아이들 머릿속에는 '교토'라는 말이 깊이 새겨져버렸다.

운 나쁘게도 이야기 도중에 전철이 야마토니시다이지 역에 닿았다. 그 때 또 한 번 운 나쁜 일이 겹쳤다. 교토행 보통전철(모든 역에 정차하는 전철-옮긴이)이 맞은편 플랫폼에 멈춰 서 있었던 것이다.

교토라는 글이 눈에 들어오자, 다케가 달렸다. 달리면서 아이들에게 물었다.

"저거 타?"

교토밖에 머릿속에 남아 있지 않은 아이들은 일단 응, 하고 대답했다. 그리고 달렸다.

맨 처음 깨달은 것은 프랑켄이었다. 교토까지 가기는 하지만 보통전철은 너무 느리다.

프랑켄이 소리쳤다.

"특급을 타는 게 더 나아. 그건 보통이야."

정신없이 달려가는 다케한테는 이 소리가 들리지 않는다. 프랑켄의 말을 들을 수 있었던 아이들은 속력을 줄였고 그 바람에 다케와의 거리는 한층 더 벌어져버렸다.

다케가 아슬아슬하게 전철 안으로 뛰어든 순간 문이 닫혔다.

다케는 유리문을 두드리며 소리치고 있었다. 남은 아이들은 어쩔 줄을 몰랐다. 다케를 보면서 전철과 나란히 달렸다.

린타로가 결단을 내렸다. 유리문 너머에 있는 다케에게 말했다.

"여기서 기다릴 테니까…… 돌아와. 우리…… 여기서 기다릴게…… 돌아와…… 알아들었냐?"

전철은 울먹이는 다케를 싣고 떠나버렸다.

"아아."

아오퐁이 한숨을 내쉬었다.

"다케, 돌아올까?"

쓰토무도 걱정이다.

"린타로가 한 말, 알아들었을까?"

프랑켄도 걱정스러운 목소리다.

20분이 지나고 30분이 지나도 다케는 돌아오지 않았다.

아이들은 불안해졌다.

"교토까지 가버렸나 봐."

기쓰로가 말했다.

"맞아, 틀림없어."

기분 나쁠 만큼 딱 부러진 말투다.

"설마……."

프랑켄은 고개를 갸웃거리며 중얼거렸다.

린타로가 말을 꺼냈다.

"만약에 내가 다케였다면 어떻게 했을까? 교토까지 갈까? 아니면 중간에 내려서 돌아올까, 어느 쪽일까?"

으으음, 하고 아이들은 생각했다.

"친구들이랑 헤어지면 불안하니까, 나 같으면 금방 내릴 거야."

아오퐁이 말했다.

"나도 그럴 것 같아."

쓰토무가 말했다.

"나도."

프랑켄의 대답도 마찬가지였다.

린타로가 기쓰로에게 말했다.

"다케는 교토까지 안 갔어."

30분을 더 기다렸지만 다케는 나타나지 않았다.

"진짜 교토까지 가버렸나?"

쓰토무가 자신 없는 목소리로 중얼거렸다.

"어떡하지, 린타로?"

프랑켄이 린타로에게 물었다.

"할 수 없지. 다케를 쫓아가야지. 하지만 도중에 어떤 역에서 내렸는지도 알 수 없고……."

린타로는 망설였다.

린타로의 마음을 알아차린 프랑켄이 특급전철과 급행전철이 각각 어느 역에 서는지 역무원에게 물어보고 왔다.

"린타로, 특급은 교토까지 직행이래."

그래서 아이들은 급행을 탔다.

전철이 역을 통과할 때마다 아이들은 눈을 접시만하게 뜨고 다케의 모습을 찾았다.

헤이조 역, 다카노하라 역, 야마다가와 역을 차례차례 지나쳤지만 다케는 보이지 않았다.

"역시 교토까지 가버렸나 봐."

쓰토무가 그렇게 말한 순간, 기쓰로가 큰 소리로 외쳤다.

"저거, 다케 아냐?"

조그만 시골 역이 보였다. 사람 모습인 듯한 것이 눈에 들어왔다. 그것이 점점 커진다.

"다케다!"

"다케가 틀림없어!"

아이들이 유리문을 두드리며 저마다 소리쳤다.

"다케!"

"다케!"

다케는 전철이 지나갈 때마다 눈에 불을 켜고 살폈으리라.

다케도 차 안에 있는 아이들을 발견한 듯했다.

두 손을 번쩍 들고, 흔들었다.

린타로는 집게손가락으로 다케가 서 있는 역을 가리킨 다음

"거기서 기다리고 있어…… 우리가……."

하고 말하고, 이번에는 자기를 가리킨 뒤에 다시 그 손가락으로 다케를 가리키며

"데리러 갈 테니까."

하고 소리쳤다.

너무나 짧은 순간이어서 다케가 과연 린타로의 말을 알아들었는지 잘 알 수 없었다.

"저 역, 무슨 역이에요?"

옆 사람에게 묻자 미야즈 역이라고 했다.

미야마키 역, 고도 역을 지나쳐, 전철이 신타나베 역에 멎었다. 아이들이 내렸다.

린타로가 말했다.

"다케가 혹시 우리를 쫓아온다면 길이 어긋날지도 모르니까, 다케를 데리러 가는 쪽이랑 여기서 다케를 기다리는 쪽이랑 둘로 나누자."

30분 뒤 아이들은 무사히 한 자리에 모였는데, 린타로의 판단과 행동은 정확하고 옳았다.

다케는 오른손에 먹다 만 떡을 들고 있었다.

"길을 잃었다고 하니까 어떤 할머니가 줬어. 칠엽수 씨를 넣어 만든 떡이래. 맛있어."

아이들이 다케를 흘겨보았다.

왜 돌아오지 않았냐고 묻자, 다케가 뻔뻔스레 말했다.

"그럼 또 차비 들잖아."

린타로가 질렸다는 얼굴로 말했다.

"너, 바보냐?"

오후 3시가 넘어가고 있었다. 한바탕 소동을 치르느라 아이들은 시간이 얼마나 흘렀는지 의식하지 못했다.

이번에는 보도인으로 가는 길을 정확하게 알아야 한다.

처음에 학생 같아 보이는 젊은 남자에게 물어보았지만 별로 미더운 대답을 들을 수 없었다.

"일단 오사카에서 나가야 하니까 가만 있자, 긴테쓰 전철을 타면 어떻게 가야 되지? 산조까지 가서 게이한(일본의 민영 철도−옮긴이) 전철로 갈아타면 되나? 주쇼지마 역에서 갈아타야 되는데, 거기까지는 어떻게 가지?"

괜히 더 헷갈리기만 했다.

아는 것도 많고 똑똑한 사람이 누구 없을까? 아이들은 차 안을 둘러보았다.

전철이 모모야마고류마에 역에 섰다가 다시 출발하려고 할 대, 기쓰로가 우지 뵤도인이라고 쓰인 간판 같은 것을 보았다고 했다. 전철은 벌써 움직이기 시작했다.

"진짜야?"

"진짜야. 분명히 봤어."

기쓰로가 말했다.

린타로는 곧바로 옆자리의 아주머니에게 물었다.

"우지 뵤도인이 대충 이 근처예요?"

이번에는 잊지 않고 '우지'라는 지명을 붙여서 물었다.

"대충이 어느 정도인지는 잘 모르겠다만 여기서 그리 멀지는 않아."

아주머니가 대답했다.

"다음 역에서 내리자."

린타로가 당장에 결정을 내렸다. 근처까지만 간다면 그 다음에

는 어떻게든 될 것이다. 자칫 엉뚱한 길을 가르쳐주거나 애매하게
가르쳐주는 사람을 만나 우왕좌왕하는 것보다 훨씬 낫다. 그렇게
판단했다.

다음 역은 단바바시 역이었다. 아이들은 거기서 내렸다.

역 앞에는 가게와 집들이 줄지어 서 있었다.

이 곳이 바로 게이한 전철로 갈아타는 지점이었지만 아이들은
그 사실을 몰랐다.

"이제 여기서부턴 어떻게 가지?"

아오풍이 물었다. 물론 아무도 대답할 수 있을 리가 없다.

"뵤도인은 여기서 가깝댔지?"

프랑켄이 말했다.

"으응, 뭐."

하고 린타로가 말했다.

이제 어떡하지…….

"택시 타자. 뵤도인은 분명히 여기서 가까워. 택시 타는 게 가장
좋아."

프랑켄이 침착하게 말했다.

"좋은 건 알지만 너무 비싸잖아. 나, 이제 돈 없어. 돌아갈 차비
도 모자랄까 봐 걱정이야."

하고 다케가 말했다.

"나도."

쓰토무도 불안한 목소리다.

프랑켄이 갑자기 길바닥에 주저앉더니 오른쪽 신발을 벗었다.

양말까지 벗었다.

"야, 뭐 해?"

프랑켄은 꼭꼭 조그맣게 접은 천 엔짜리 지폐 세 장을 꺼냈다.

"돈을 그런 곳에 넣어 뒀어?"

아오퐁이 감탄스레 말했다.

"잃어버릴 수도 있잖아. 아무튼 조심하는 게 최고니까."

프랑켄이 돈을 펴면서 말했다.

지금은 그런 일이 없지만 한때 프랑켄은 툭하면 가출을 했다. 린타로는 그 사실을 알고 있다.

역시 다르구나, 하고 린타로는 생각했다.

"이 돈이면 택시를 탈 수 있어."

다들 얼굴을 마주 보았다.

"한턱 쓰는 거야?"

다케가 미안한 듯 말했다.

"한턱 쓰는 거 아냐. 나중에 갚아."

하고 프랑켄이 말했다.

"'친구 잃고 울기 전에 빌린 돈은 웃으며 갚자'란 말 알지? 부침개집 같은 데 많이 붙어 있잖아."

"응, 맞아."

아오퐁이 또 한 번 감탄했다.

"언제 갚아도 괜찮아?"

"언제든 괜찮아."

다케는 꽤 마음이 쓰이는 모양이다.

"옛날에는 돈이 많은 사람이 돈을 쓰는 게 좋을 것 같아서 친구들한테 돈을 무지 많이 썼는데, 그 때 아주 지독한 꼴을 당했지."

프랑켄은 내뱉듯이 말했다.

한때 프랑켄이 외로움을 많이 탔던 것도, 친구를 집에 데려가지 않았던 것도 그런 일을 겪었기 때문이다.

이것은 프랑켄의 비밀이다.

프랑켄이 처음으로 친구들한테 비밀을 털어놓았기 때문에, 린타로는 조금 놀랐다.

'너네 집도 부잣집이잖아'라는 다케의 말에 한순간 주눅이 들었지만 이 친구들한테 그런 소리만은 듣지 않겠다고, 프랑켄은 굳게 마음먹었는지 모른다.

택시를 타고 간다고 생각하자 아이들은 일단 마음이 놓였다.

그런데 산 넘어 산이라고 해야 할까? 아이들이 맨 처음 잡은 택시의 운전사가

"여섯 명이냐? 안 돼, 안 돼. 여섯 명을 태우는 건 위반이야."

하고 쌀쌀맞게 퇴짜를 놓은 것이다.

"쳇!"

하고 다케가 말했다.

"두 대에 나눠 타면 돈이 두 배로 드는데."

맥이 쭉 빠진 목소리로 아오퐁이 말했다.

"누가 두 대에 나눠 탄대? 태워주겠다는 운전사를 만날 때까지 끈질기게 기다릴 거야."

하고 린타로가 말했다.

아, 그럼 되는구나. 아이들의 표정이 조금 밝아졌다.

린타로는 어떤 어려움에도 결코 꺾이지 않는 성격이고, 프랑켄은 치밀하고 주의 깊게 생각한 뒤에 행동하는 성격이다. 다케는 낙천적이며, 아오퐁은 사람들의 마음을 푸근하게 만들어주는 능력을 가진 아이다. 기쓰로와 쓰토무도 저마다 장점이 있다.

이 녀석들이라면 각자 자신의 장점을 한데 모아 고비를 잘 넘길 수 있으리라.

버리는 신이 있으면 구해주는 신도 있다는 말이 있듯이, 다음에 잡은 택시 운전사가 아주 재미있는 사람이었다.

"뭐, 그러자꾸나. 번갈아 가며 한 사람씩 바닥에 쭈그리고 앉든가 친구들 무릎 위에 눕든가 하면 될 거야. 지나치게 경찰의 신경을 긁는 것도 좀 미안한 일이니까."

택시가 출발하자, 다케가 물었다.

"경찰의 신경을 긁은 적이 있어요?"

"있고말고. 가끔씩 너무 심심하면 경찰 속을 팍팍 긁어놓지."

운전사 아저씨가 위험천만한 말을 했다.

"경찰들이 치사하게 경찰차가 아닌 일반 차를 타고 뒤쫓아오는 경우가 있어. 그거, 아주 성가시거든. 그럴 때는 꽁지에 바싹 따라붙게 했다가 갑자기 브레이크를 밟아서 골려준단다. 사고가 나면 책임은 뒤차한테 있으니까, 경찰은 아슬아슬하게 차를 세우지. 그러고는 길길이 화를 내며 차에서 내린단다."

잘잘못을 떠나 이런 이야기를 누구보다 재미있어하는 것이 아이들이다.

"그러고는 이거 너무 비겁한 짓 아니오! 하고 화를 내지. 그 경찰, 내가 일부러 그런 걸 다 알고 있는 거야. 그럼 나는 이렇게 말하지. '아이고, 이거 미안하게 됐습니다. 갑자기 개가 뛰어들지 뭡니까?' 하고 말이다. 일단 체면은 세워줘야 되니까."

'교통 법규를 지키는 사람은 아이들한테 쌀쌀맞고, 경찰을 골려주는 사람은 아이들한테 친절하구나. 헤, 되게 웃긴다.'
하고 린타로와 아이들은 생각했다.

택시비는 1620엔이 나왔다. 꽤 먼 거리였다.

"이걸로 사탕이라도 사 먹거라."

재미있는 운전사 아저씨가 500엔을 되돌려주었다.

"고맙습니다, 아저씨."

"고맙습니다."

아이들은 진심으로 그렇게 인사했다.

차가 사라진 뒤, 아이들은 서로 이야기했다.

"정말 좋은 아저씨다."

"경찰 아저씨는 나쁜 사람이라고 하겠지만⋯⋯."

"500엔이나 돌려줬으니까 좋은 사람이야."

다케는 물질에 약하다.

정문이 보이고, 바로 비스듬히 앞쪽에 매표소가 있다.

다케가 주머니에서 돈을 꺼내 세고 있다. 기쓰로와 쓰토무도 마찬가지다. 손바닥 위에 얹힌 돈을 한번 보고 매표소를 보았다. 우연히 서로 눈길이 마주쳤다.

"공짜로 들어갈 방법이 없을까?"

다케가 말했다.

다들 같은 생각이다.

교토 근처까지 오게 되는 바람에 예산이 훨씬 초과되었다. 관람료까지 낼 생각은 없다. 돌아갈 차비도 아슬아슬하다.

누가 뭐라고 한 것도 아닌데 다들 매표소 쪽으로 가지 않고 왼쪽 길가를 어슬렁거렸다.

보도인을 에워싸고 있는 산울타리는 꽤 높은 데다 대나무까지 빽빽이 심겨 있다.

한 바퀴 둘러보면 어딘가 몰래 숨어들 수 있는 곳이 있을 거라는 희망을 갖고, 린타로와 아이들은 걸었다.

우지 강 강둑에 이르렀다.

우지 강은 수량이 엄청났다. 무시무시한 기세로 흐르고 있다.

주변엔 오가는 사람이 거의 없다. 드문드문 젊은 남녀가 쌍쌍으로 지나다닐 뿐이었다.

"저기, 어때?"

프랑켄이 손가락으로 가리키며 말했다.

"일단 머리가 들어가면 몸도 들어가게 돼 있어."

린타로가 말했다.

개구멍일까. 유독 거기만 나뭇잎이 듬성했고 대나무 격자에도 어린아이의 머리 정도는 들어갈 수 있을 만한 틈새가 있었다.

"좋았어."

하고 쓰토무가 말했다.

당장에 주위를 유심히 살펴 아무도 보는 사람이 없다는 것을 확

인하자, 아이들은 일제히 둑을 뛰어내려갔다.

"머리, 들어가?"

"응, 들어가."

거기서부터 아이들은 마치 날랜 쥐처럼 움직였다. 눈 깜짝할 사이에 그 비좁은 틈새를 차례차례 통과했다.

그 너머에 별세계가 있었다.

"아!"

아이들이 소리를 질렀다.

부랴부랴 주머니에서 10엔짜리 동전을 꺼냈다. 눈앞의 건물과 10엔짜리 동전에 새겨진 건물을 견주어 보았다.

"똑같다."

"진짜 똑같다."

"응, 똑같이 생겼어."

소나무가 눈앞을 가리고 있다.

아이들은 앞으로 나아갔다. 연못가에 바싹 다가서서 한 번 더 동전 속 건물과 실제 건물을 뚫어지게 바라보았다.

"정말로 있었구나……."

"암만 봐도 똑같아."

"다행이다."

"응, 정말 오길 잘했어."

아이들은 만족스러웠다.

호오도(뵤도인에 있는 불당으로 일본의 국보다 – 옮긴이)는 우아하고 그윽한 자태를 수면에 드리우고 있었다.

아이들은 운도 좋았다. 산울타리를 숨어들자마자 동전으로만 보았던 호오도가 바로 코앞에 우뚝 서 있었으니 그야말로 극적이라는 표현이 딱 어울린다.

아이들은 상상했던 것보다 벅찬 감동을 느꼈다.

절은 관광객으로 몹시 붐볐다. 수학여행을 온 학생들도 많았다.

모두들 같은 건물을 보고 있었지만 아마 린타로와 아이들만큼 깊은 감동을 받지는 못했으리라. 린타로와 아이들에게 뵤도인은 자신들의 머리와 손발을 움직여 가까스로 찾아낸 그들만의 뵤도인이었으니까.

"공짜로 들어왔으니까 그냥 밖에서 보기만 해야 되는구나."

다케가 말했다.

아이들도 다케가 이렇게 말한 이유를 잘 알고 있다.

여기에는 숙제를 하려고 찾아왔다. 겉모습만 봐서는 아무런 지식도 얻을 수 없다.

경내에는 들어왔지만, 뵤도인을 대표하는 건물인 호오도에 들어가려면 표가 있어야 한다. 여직원이 표 절반을 잘라주며 문지기처럼 버티고 있다. 호류지에서처럼 안내인의 설명을 엿들을 수도 없었다.

"좋은 방법이 없을까?"

아오퐁이 말했다.

"잠깐 둘러보고 올게."

하고 프랑켄이 말했다.

"같이 가자."

린타로가 따라나섰다.

두 아이라면 어떻게든 방법을 찾을 수 있으리라.

얼마 지나지 않아, 린타로와 프랑켄이 뭔가를 팔랑팔랑 흔들며 뛰어왔다.

"어떻게 한 거야?"

"아주 간단해."

하고 린타로가 말했다.

표 받는 곳에서 관람료를 내고 들어가면 안내 책자를 준다. 책자를 들춰보지 않는 사람이 많다. 그런 사람에게 부탁하면 선뜻 책자를 준다고 한다.

"잘됐다."

아오퐁은 마음이 놓였다.

"뵤도인에 대해서 씌어 있어?"

"응, 씌어 있어."

프랑켄이 책자를 펴 들었다. 다 같이 들여다보았다.

"한자가 많구나. 프랑켄, 네가 좀 읽어봐."

프랑켄이 말했다.

"뵤도인은 11세기 중엽(1051년) 헤이안 시대 후기 후지와라 가문의 전성기에 우지의 요리미쓰가 아버지인 미치나가 공의 별장을 수리하여 만든 절입니다. 호오도는……."

동전에 조각되어 있는 건물의 이름이야, 하고 프랑켄이 설명을 덧붙였다.

"덴기 원년(1053년)에 건립된 아미타당으로, 뵤도인 창건 당시에 지어진 건물 가운데 현재까지 남아 있는 유일한 건물입니다……."

아, 잠깐만, 하고 다케가 물었다.

"얼마나 오래된 거야?"

"응, 그러니까……."

프랑켄이 머릿속으로 계산했다.

"923년 전에 지어졌어."

"호류지보다는 덜 오래됐구나."

"900년 전이나 1200년 전이나 그게 그거지, 뭐."

하고 기쓰로가 말했다. 기쓰로에게 900년과 1200년은 비슷한 느낌으로 와 닿았으리라.

"경쾌하고 우미한……."

"우미한 게 뭐야?"

이번에도 다케가 끼어들었다.

"우아하고 아름답다는 뜻이야."

"흐음."

다들 새삼스레 호오도를 바라보았다.

"경쾌하고 우미한 모습은 헤이안 시대의 귀족들이 꿈에 그리던 극락정토의 궁전입니다……."

흐음, 하고 다케가 말했다.

"처음에는 별장이었다고? 이런 곳에서 놀았다고? 정말 뻔뻔스러운 사람들이구나, 귀족들이란."

"지금은 국보야."

"누구 건데?"

"국보니까, 딱히 누구 거라고 하긴 어렵지. 우리 모두의 것 아닐까?"

"그럼, 이게 우리 거란 말야? 우리 건데 왜 돈을 내고 봐야 돼?"

다케의 솔직한 마음이었다.

맨 처음 아이들에게 무슨 일이 생긴 것 같다고 생각하고 행동에 옮긴 것은 아오풍의 엄마였다.

메이의 집에 전화가 걸려왔다.

"저, 유타카 엄마예요. 혹시 린타로, 집에 들어왔나요?"

"아뇨, 아직……."

"벌써 7시가 다 되었는데도요?"

낮이 긴 여름철이라고 해도 7시가 다 되도록 아이가 돌아오지 않으면 보통 부모는 걱정하게 마련이다.

메이는 이런 일에 대범한 편이지만 아오풍의 엄마는 여간 신경 쓰지 않는다.

"아직 같이 있을 것 같은데, 혹시 어디 있는지 짚이는 데라도 있나요?"

"아침에 다 같이 모험놀이를 한다며 집을 나서긴 했는데……."

"아침부터 지금까지요?"

"네에…… 그런 것 같아요."

메이는 아오풍의 엄마가 안절부절못하고 있다는 걸 알아차렸다.

"미쓰루나 다케미도 같이 있을 것 같은데, 걔들 집에 전화를 좀 해보시겠어요?"

"네에…… 네, 그러죠."

수화기를 내려놓고 메이가 말했다.

"나, 유타카네 어머니는 좀체 감당이 안 돼."

맥주를 마시던 소지로가 물었다.

"아오노 병원의?"

"응. 그 병원 원장선생님은 수더분하신 분이라 편한데, 며느리되는 사람은 좀……."

메이는 여간해서는 남 이야기를 하지 않는 사람이다. 꽤나 대하기가 껄끄러운 모양이다.

"자기 아들이 린타로와 어울리는 걸 싫어하는 어머니, 맞지?"

소지로도 알고 있다.

"응, 티를 내진 않지만."

하고 대답하면서 메이는 준코에게 전화를 걸었다.

"그러고 보니까 좀 늦네요."

전화를 받은 준코가 말했다.

"곧 돌아오겠죠. 뭐, 아직은 여자한테 빠질 나이도 아니고……."

메이는 하하하 웃었다.

"유타카 어머니한테 전화를 드려야 하는데, 어쩌죠?"

"좀더 기다려보죠, 뭐."

하고 준코는 말했다.

일단은 기다려보기로 했지만 날이 저물어도 아이들은 돌아오지 않는다.

두 번, 세 번, 아오풍의 엄마한테서 전화가 왔다.

린타로 패거리 4인조 가운데 집에 돌아온 아이는 아무도 없었다.

이 때 전철에서 아이들을 만난 사토코라도 빨리 집에 돌아왔더라면 문제가 커지지 않았으련만.

메이는 결국 다쓰로에게 전화를 걸었다.

저녁 8시가 가까워지고 있었다.

"아무 연락도 없습니까?"

"네, 전혀요."

"이상하군요. 린타로도 미쓰루도 똑똑한 애들이라 늦어지면 전화쯤은 할 텐데."

"저도 그렇게 생각해요. 그래서 조금 걱정이에요."

지금 그리로 가죠, 하고 말하고 다쓰로는 전화를 끊었다.

아오풍의 엄마가 네 번째로 메이에게 전화를 걸었다.

"8시까지 안 돌아오면 경찰과 학교에 연락을 합시다. 됐죠?"

아오풍의 엄마가 딱딱하게 말했다.

"저어……."

"뭐죠?"

아오풍의 엄마는 감정적으로 대응했다. 이게 다 당신 아들 때문이라고, 원망하는 듯한 말투였다.

"괜히 일이 커지는 것도 좀 그러니까……."

"아이들 목숨이 달린 일이에요, 대체 무슨 소리를 하는 거예요?"

아, 안 되겠어, 하고 메이는 생각했다. 상대방은 지금 흥분한 상태다.

"알았습니다."

메이는 차분히 말했다.

맥주를 마시며 텔레비전으로 야구를 보고 있던 소지로가 뭔가 낌새를 느끼고 물었다.

"무슨 일이야?"

메이가 성큼성큼 다가가 텔레비전을 껐다.

"애가 이 시간까지 집에 안 돌아오는데도 그렇게 느긋하게 텔레비전 보면서 맥주나 마시고 있기야?"

소지로는 어리둥절한 얼굴로 메이를 보았다.

"……라면서 화내는 부인, 당신은 좋아?"

메이가 텔레비전을 도로 켜면서 말했다.

"바보 같아."

소지로가 대꾸했다.

"나 혹시 부모로서 어딘가 문제가 있는 거 아닐까? 이런 경우 부모는 자식 걱정에 안절부절못하는 게 보통이잖아."

소지로는 메이가 무슨 생각을 하고 있는지 대충 알 것 같았다.

"요컨대 이건 자기 자식을 믿느냐 못 믿느냐의 문제야. 뭐 사실 가난한 집 아이를 유괴해 갈 사람은 없을 테니까, 자식이 하루 이틀 집에 안 들어온다고 해서 별일 있겠냐는 게 우리 같은 서민층 부모의 생각이지."

"좋은 아빠를 둬서 린타로는 아주 행복하겠어."

하고 메이가 말했다.

"지금 비꼬는 거야?"

어머, 잘 아네? 하고 메이가 대꾸했다.

기쓰로네 집에서 아이가 집에 돌아오지 않았다고 학교에 알렸다. 물론 그 시간까지 학교에 남아 있는 선생님은 없었으므로 산고릴라의 집에 직접 전화를 걸었다.

그 바람에 일이 커졌다.

경찰에 신고하려 하기 직전에 린타로한테서 전화가 걸려왔다.

"린타로…… 너, 지금 어디야? 다들 같이 있니?"

메이의 목소리가 꽤나 날카롭다.

"아보시? 아보시라면 히메지 좀 지나서? 대체 뭐 하느라 그런 곳에…….”

메이의 집에 다쓰로, 준코, 교감선생님과 산고릴라가 와 있었다.

"잠이 들어버렸다고? 왜? 피곤해서 깜박 잠이 들었다니, 도대체 무슨 일이야? 나중에 이야기한다고? 당연한 거 아니니, 그거? 아무튼 1초라도 빨리 돌아와, 다들 걱정하고 있으니까. 그래, 그래……. 네가 말 안 해도 당장 전화 돌릴 거야. 미쓰루 어머니는 여기 계셔. 알았어, 알았어…… 그래, 그래."

메이는 수화기를 내려놓고 커다랗게 한숨을 내쉬었다.

"아보시라면 종점이군요."

준코가 말했다.

"깜박 잠이 들었다가 종점까지 가버렸나 봐요. 대체 어디를 갔던 걸까요?"

죄송합니다, 애들은 모두 무사하대요, 하고 메이가 선생님들에게 말했다.

교감선생님은 아이들한테 자초지종을 들은 뒤에 가겠다고 깐깐

한 얼굴로 말했고, 산고릴라도 고개를 끄덕거렸다.

"그럼, 한잔들 하시죠."

소지로가 술을 권했다.

다쓰로와 소지로는 벌써 거나하게 취해 있었다.

린타로와 프랑켄이 돌아온 것은 밤 10시가 가까워서였다.

다른 아이들을 먼저 집에 데려다 주고 왔다고, 린타로가 말했다.

"다케 녀석, 자기 엄마한테 두 대 얻어맞았어."

"너는 몇 대면 될 것 같냐?"

소지로가 말했다.

"필요 없어."

린타로가 대꾸했다.

린타로와 프랑켄이 산고릴라에게 자초지종을 설명했다.

자기가 내준 숙제가 화근이었다는 것을 알고, 산고릴라는 난처한 표정을 지었다.

선생님들이 돌아가고, 메이가 만들어준 오므라이스를 프랑켄과 같이 먹으며 린타로가 말했다.

"다음번엔 이집트 피라미드를 보러 가자. 어때, 프랑켄?"

프랑켄은 응, 좋아, 하고 대답했다.

린타로와 아이들이 돌아오는 전철 안에서 잠이 들어버린 것은 탈 많았던 그 날의 모험 탓이기도 했지만, 그 전날 권법 연습 때문에 피곤했던 이유도 한몫 했으리라.

다쓰로는 처음 도장에 나온 아이들을 소개하면서 어린이집 시절부터 못 말리는 개구쟁이지만 권법은 빨리 배울 것 같다고 했는데, 아이들은 역시 다쓰로의 기대를 저버리지 않았다.

아이들은 열심히 연습했다. 린타로는 날마다 지르기 연습을 천 번씩 했다. 그러자 다른 아이들도 린타로에게 뒤지지 않으려고 연습에 힘쓰게 되어 도장에는 기대하지도 않던 수련의 열기가 넘쳐흘렀다.

다쓰로는 기뻤다. 어린이집 시절부터 린타로 패거리와 나름대로 허물없이 지내오긴 했지만 별 자신은 없었다. 하지만 아이들은 초등학생이 되어서도 잘 해내고 있었다. 이런저런 문제를 일으키면서도 기죽지 않고 앞으로, 앞으로 나아가려 하고 있었다. 그렇게 성장하는 아이들을 보는 것이 다쓰로는 말할 수 없이 기뻤다.

다쓰로도 대단한 사람이다. 그런 아이들의 모습을 자신의 삶에 반영했으니까 말이다.

'나도 녀석들한테 질 수 없지.'

다쓰로는 자신의 두 번째 꿈인 '어린이책 전문서점'을 열기로 결심했다.

'돈벌이에 얽매이지 마라. 남에게 도움이 되는 일을 해라.'

아버지의 이런 생각은 물론 훌륭하지만 인간은 이상만으로 먹고살 수 없다. 다만, 이상에 다가가기 위해 노력하고 싶다. 다쓰로는 그렇게 생각했다.

일반 사람들에게 잘 알려지지 않은 사실이지만 소림사 권법을 가르치는 사람은 도장이 아무리 번창해도 그것을 직업으로 삼지 않는다. 한마디로 도장을 운영해서 벌어먹고 살지 않는 것이다.

교습비를 받기는 하지만 그 돈의 대부분은 연수비와 도장 운영에 충당되어 순식간에 사라진다.

다쓰로는 친구들에게 이런 말을 한 적이 있다.

"나도 인간이라 한 번쯤은 롤스로이스를 타고 돌아다니고 밤에는 번화가에서 펑펑 돈도 써보고 싶어. 하지만 그런 일은 금방 질릴 거야."

질려도 좋으니까 한번 해보기나 했으면 좋겠다고, 다쓰로의 친구는 말했다.

"뭐, 나라고 그런 마음이 없겠냐? 하지만 어차피 끝이 보이는 즐거움보다는 돈의 힘을 빌리지 않고 얻은 즐거움이 훨씬 의미 있지 않겠어? 나는 그 길을 가기로 마음먹었어. 스물아홉에 인생을 깨달은 거지."

야, 깨닫지 마. 그럼 내가 너무 쓸쓸하잖냐, 하고 다쓰로의 친구는 너스레를 떨었다.

도장을 열 때도 다쓰로는 맨 먼저 린타로 패거리에게 알렸다. 어린이책 전문서점을 열 때도 그럴 생각이다.

그 날도 린타로는 청년부 연습 때까지 남아서 갈색 띠와 검은 띠 권사들이 연습하는 모습을 지켜보고 있었다.

그러나 겉보기만 그럴 뿐, 머릿속으로는 자신이 기술을 걸거나 상대방의 기술에 걸리며 한시도 가만히 있지 않는다. 일종의 상상 훈련인 셈이다.

"린타로."

다쓰로가 린타로 앞에 서서 말했다.

"일어나."

린타로가 일어났다.

"오른발 앞으로 중단 자세."

린타로는 반사적으로 오른발 앞으로 중단 자세를 했다.

"음. 다리 자세는 그대로 두고 오른손을 내밀어."

그렇게 말하고 다쓰로도 자기 오른손을 내밀었다.

"내 손을 잡아."

뭘 하려는 걸까?

린타로가 다쓰로의 손을 잡았다.

"다리에 힘을 꽉 주고 버티고 서."

린타로가 다쓰로의 말대로 했다.

"내 손을 오른쪽으로든 왼쪽으로든 보내서 내 몸을 움직이거나 자세를 흐뜨려봐."

린타로는 잠깐 생각했다. 순간, 오른쪽으로 팔을 힘껏 밀었다.

바로 그 때 다쓰로도 몸과 팔에 힘을 주었기 때문에, 린타로의 힘이 어느 정도는 작용했겠지만 다쓰로의 몸을 움직이기는커녕 자세조차 흐뜨리지 못했다.

"다시 해봐."

결과는 마찬가지였다.

"한 번 더."

린타로는 생각했다.

'빈틈을 노리는 거야.'

린타로는 다쓰로의 손을 오른쪽으로 보내는 척하다가 순간적으로 방향을 바꿔 왼쪽으로 힘껏 밀어붙였다.

다쓰로는…….

역시 꼼짝도 않았다.

"네 나름대로는 기술을 걸었겠지만 안타깝게도 네 마음이 네 손에 다 드러났기 때문에 나는 네 마음을 다 읽어버렸어. 어떻게든 움직이게 하겠다는, 어떻게든 자세를 흐트리고 말겠다는 마음이 앞서서 네 마음을 나한테 읽힌 거야."

그럼, 다음…… 하고 다쓰로는 말했다.

"한 번 더 해봐."

린타로는 포기해버렸다. 에라 모르겠다 생각하며 팔을 왼쪽으로 휙 밀었다.

허공을 갈랐다. 린타로는 그렇게 느꼈다. 하마터면 자기 몸이 날아갈 뻔했다.

다쓰로가 한순간 힘을 완전히 빼버린 것이다.

"한 번 더."

린타로가 팔을 오른쪽으로 민다. 다쓰로가 힘을 뺀다. 린타로의 힘이 가 닿을 데를 잃는다.

두세 번 같은 상황이 되풀이되었다.

"상대방이 힘을 빼면 기술을 걸 수 없다. 린타로, 그 점을 명심해. 소림사 권법에서 선공은 결코 이길 수 없고 후공은 반드시 이길 수밖에 없다는 말은 지금의 경우와 깊은 관계가 있다."

자, 다음…… 하고 다쓰로가 말했다.

'형아는 지금 나한테 뭔가를 가르쳐주려는 거야.'

린타로는 한결 더 진지해졌다.

"이번에는 발을 가지런히 모으고 서겠다. 이러면 다리를 벌리고 있을 때보다 중심을 잡기 어렵겠지? 똑바로 선 자세니까. 자, 이번에는 내 자세를 흩뜨릴 수 있겠어?"

좋아. 린타로가 기합을 넣었다.

"얍!"

팔을 왼쪽으로 보냈다. 아, 반응이 있다. 그렇게 생각한 순간, 흐트러진 것은 린타로의 자세였다. 앞으로 고꾸라지려는 몸을 가까스로 가누었다.

린타로는 영문을 알 수 없었다. 왜 이렇게 됐지?

"너, 순간적으로 내가 휘청거렸다고 생각했겠지?"

"응."

"처음에는 나도 몸에 힘을 주고 있었으니까. 하지만 네가 힘을 완전히 다 싣기 직전에 나는 힘을 뺐다."

한 번 더 느린 동작으로 해볼까? 하고 다쓰로가 말했다.

천천히 복습하듯이 동작을 따라갔다.

분명 린타로의 힘은 다쓰로에게 작용했다. 다쓰로의 몸이 왼쪽으로 살짝 기울어졌다. 그런데 린타로가 왼쪽으로 밀었던 팔을 쫙 펴는 순간, 다쓰로가 힘을 뺐다. 그 바람에 힘의 균형이 깨져 린타로의 자세가 흐트러진 것이다.

"어때, 알겠어?"

"응."

린타로는 머릿속으로 한 번 더 복습했다.

"소림사 권법은 상대방의 힘을 이용하는 기술이라는 걸 너한테 가르쳐준 거야."

"응."

"앞으로 차례차례 익히게 되겠지만 반드시 이기겠다, 상대방을 쓰러뜨리고 말겠다는 살기랄까 공격성은 오히려 걸림돌이 될 뿐이야. 마음을 비우는 게 쉽진 않겠지만 냉정해지기 위해 상대방을 이기겠다는 마음은 일단 접어둬."

린타로에게 다쓰로 같은 지도자가 있다는 것은 행운이라고 할 수 있다.

다쓰로는 린타로의 경쟁심이나 적개심을 살기라고 표현했는데, 만약 린타로가 스스로를 돌아보는 힘과 다스리는 힘을 키우지 않은 채 기술만 연마했다면 아마 야수 같은 존재가 되었으리라.

소림사 권법이 무술 연마와 더불어 영혼의 성장을 중시하고 '권선일여'와 '역애불이'의 마음을 강조하는 것은 소림사 권법 자체에 교육이라는 의식이 깃들어 있기 때문이리라.

일본 소림사 권법의 창시자인 소도신은 전쟁이 끝나고 안팎으로 황폐해진 조국의 땅을 딛고 일어나 소림사 권법을 만들기로 결심했다고 한다.

그 때 소도신은 청소년과 어린이의 미래가 분명 걱정스러웠을 것이다.

다음은 소림사 권법의 기본 사상을 나타내는 글로서, 소도신 사상의 근간을 이루는 것이라 하겠다.

'소림사 권법에는 시합이 없다. 다시 말해서 우열을 가리는 승

부가 없다.'

그렇기에 상대방을 이기려 하거나 상대방을 적으로 여기는 살벌함이 없다. 권사는 어느 도장에서나 동지로서 환영받는다. 도장 내에서는 남녀노소의 차별을 두지 않으며 화목하고 온화한 분위기 속에서 수행에 힘쓴다.

이것은 소림사 권법이 말뿐인 정신수양이 아니라 진정한 자기 확립과 인간완성을 목표로 하는 수행이기 때문이다.

제아무리 심오한 사상도 전달하고 가르치는 사람이 그것을 머리로만 이해할 뿐 현실의 어린이나 청소년에게 맞추지 않은 채 설파한다면 죽은 사상이 되어버린다.

다쓰로가 린타로에게 마음을 비우는 것의 의미를 가르칠 수 있었던 까닭은 다쓰로가 린타로의 일상 속에 깊이 들어가 린타로와 아픔과 기쁨을 함께 나누었기 때문이다.

기합이나 명령, 강요만으로 아이들을 변화시키려는 사람이 많아진 요즘, 전문 교사도 아닌 다쓰로의 이런 실천법은 더더욱 값지다.

다쓰로는 남아서 도장의 뒷정리를 돕고 있던 마사루를 불렀다.

다쓰로와 린타로가 하던 연습을 마사루와 린타로에게 시켰다. 린타로는 다쓰로가 걸었던 기술을 되풀이해서 연습하며 힘을 모으거나 발산하는 호흡을 터득하려고 애썼다.

언젠가 마사루는 린타로에게 기술을 건 적이 있지만 두 번 다시 그런 일은 하지 않았다. 자신의 우세한 실력을 자랑하려는 거만함을 수행으로 극복한 결과이리라.

연습이 끝나고, 둘은 합장을 했다.

　　　　　　＊　＊　＊

　여름방학이 가까워지도록 린타로 패거리와 산고릴라의 관계에
별다른 변화는 없었고, 서로에 대한 반감을 떨쳐낼 조짐도 전혀 보
이지 않았다.

　한바탕 소동을 일으켰던 문제의 그 숙제는 린타로 패거리가 저
마다 공을 들여 '우지 보도인'이라는 글로 정리해서 제출했는데
도, 산고릴라는

　"이 녀석들아, 상식이란 걸 좀 배워라."

하고 말했을 뿐이다.

　산고릴라에게 별명이 또 하나 생겼다. '베스트 10'이다.

　산고릴라는 시험 점수를 매겨서 아이들에게 돌려주며 말한다.

　"오늘의 베스트 10이다."

　산고릴라는 가장 점수가 좋은 아이부터 1, 2, 3……10의 차례로
시험지에 붉은 펜으로 숫자를 적고, 그 순서대로 교실 앞에 줄을
세운다.

　베스트 10에 든 아이들은 축하의 뜻으로 박수를 받는다.

　린타로 패거리는 눈곱만큼도 흥미를 보이지 않는다. 아예 딴 곳
을 보고 있다.

　"너희들, 남이 좋은 점수를 받은 것을 축하해줄 마음이 없나!"

　산고릴라가 호통친다.

　다케가 딱 한 번 산고릴라에게 대든 적이 있다.

　"자기만 행복하면 남이야 불행하든 말든 상관없다고 생각하는

것은 잘못이에요."

"뭐, 뭐냐, 그게?"

산고릴라가 눈을 휘둥그레 떴다.

"소림사 권법에 나오는 말이에요."

다케는 그것도 모르냐는 얼굴로 우렁차게 말했다.

"맞아, 맞아."

린타로와 프랑켄이 다케 편을 들었다.

권법 연습 전에 외는 '성구'와 '맹세'는 모두 〈소림사 권법〉이라는 독본에 실려 있는데 그 책에 이런 글이 있다.

"인간은 혼자서 살아갈 수 없습니다. 수많은 사람들과 관계를 맺고 살아갑니다. 따라서 자신을 소중히 여기는 것은 다른 사람을 소중히 여기는 일입니다. 자기만 행복해질 수 있다면 다른 사람은 불행해도 상관없다는 생각은 잘못된 것입니다. 자신은 절반만 행복해지고, 나머지 절반은 다른 사람의 행복을 위해 애쓰겠다고 생각해야 합니다."

린타로와 아이들은 이제 그 글을 통째로 외우고 있다.

다케는 자기 생각이 고스란히 담겨 있는 부분을 말한 셈이다.

잠깐 생각한 뒤에, 산고릴라가 말했다.

"그렇다면 너도 좋은 성적을 얻어 행복해지면 될 거 아냐. 괜한 억지 부리지 마."

"왜 꼭 베스트 10에 들어야 돼요?"

다케가 눈을 흘기며 항의했다.

"왜 꼭 열 명이냐고요."

"너도 그 열 명에 들면 될 거 아냐?"

"에이 씨, 그런 말이 아니잖아요!"

다케가 거칠게 말했다.

어른들 말로 하자면 초점을 딴 데로 돌리지 말라는 뜻이리라.

"선생님한테 그게 무슨 말투야!"

말투도 가지가지인 법이다. 그 말과 함께 다케는 머리통을 얻어맞았다.

산고릴라는 두 가지 의미에서 초점을 딴 데로 돌린 셈이다. 다케의 말투와 말하는 내용은 전혀 다른 문제인데도 말투가 나쁘다는 이유로 다케의 말을 무시해버렸으니까.

결국 다케는 어느 쪽도 해결을 보지 못했다.

교실에서는 종종 이런 일이 벌어진다. 상처받는 쪽은 아이들이다.

린타로와 프랑켄은 책상에 몸을 툭 던지듯이 엎드려 산고릴라에게 항의의 뜻을 나타냈다.

산고릴라는 둘을 무시했다.

프랑켄은 베스트 10의 단골이었고, 린타로도 꽤 자주 베스트 10에 끼었다.

처음에는 그랬다.

채점한 시험지를 들고 교실 앞으로 나와 줄을 설 때, 린타르와 프랑켄은 시험지를 입에 물거나 시험지 한 귀퉁이를 허리띠에 끼워 늘어뜨리는 등 익살을 떨어서 그 어색한 분위기에서 달아나려 했다. 이런 심리는 둘에게 공통적인 것 같았다.

이런 행동을 산고릴라가 번번이 눈감아줄 리 없다.

둘은 생각했다. 그리고 시험을 칠 때 정답을 알고 있는 문제를 일부러 틀렸다.

말하자면 베스트 10에 들지 않을 만큼의 점수를 얻는 비결을 터득한 것이다. 그렇다고 서로 의논한 것은 아니었다. 나중에서야 너도 그랬어? 하는 얼굴로 서로를 보며 씩 웃었다.

이런 일을 통해서도 우정은 깊어지는 모양이다.

둘은 채점한 시험지를 받으면 점수에 동그라미를 하고 '산고릴라 점수'라고 써넣었다. 그런 다음 일부러 틀리게 쓴 답을 원래대로 고쳐서 동그라미를 했는데, 몇 문제를 일부러 틀렸는지 기억이 정확히 나면 그만큼을 더했고 잘 기억이 나지 않을 때는 대충 더해서 합계를 냈다. 그러고는 '진짜 점수'라고 써넣었다.

이렇게 해서 린타로와 프랑켄은 스스로를 지킬 수 있었다.

다른 아이들은…….

10등 안에 들려는 경쟁심이 아이들 사이에 미묘한 그늘을 드리웠다. 다케처럼 10등과 까마득한 차이가 있는 아이들 사이에서는 거의 아무런 변화가 나타나지 않았지만, 10등 안에 드는 아이들과 10등 안팎을 오르내리는 아이들 사이에 치열한 경쟁이 벌어지기 시작했던 것이다.

5월 중순 전학 온 이세하라 미유키라는 여자아이가 있었다. 늘 베스트 10 상위에 드는 아이였다. 짝꿍인 도후시 에미는 10등 안팎을 오르내리는 아이다.

자연 시험시간이었다.

이세하라 미유키가 손을 들었다.

"뭐냐."

"에미가 제 답을 훔쳐봐요."

산고릴라가 일어났다.

"에미, 사실이냐?"

도후시 에미는 어처구니가 없었다.

"전 안 봤어요. 절대로 안 봤어요!"

에미의 기세에 눌린 듯

"에미는 안 봤다는데?"

하고 산고릴라가 미유키에게 말했다.

"그치만 몇 번이나 고개를 들고 제 쪽을 봤단 말예요."

"그건 뭔가 생각할 때의 제 버릇이에요. 하지만 절대로 훔쳐보지 않았어요."

에미는 눈물을 글썽이며 말했다.

산고릴라는 허둥거렸다.

그 사이에 옆 아이의 답을 '실례'하는 약삭빠른 아이도 몇 명 있다.

"이세하라 미유키는 함부로 말하지 말도록. 도후시 에미는 남의 오해를 살 만한 행동은 삼가고."

산고릴라는 하나마나한 말로 그 소동을 마무리지었다.

그러나 그 정도로는 마무리되지 않았다.

수업이 끝난 뒤, 여학생 다섯 명이 미유키를 에워쌌다.

"애, 왜 그런 말을 했니? 도후시가 너무 가엾잖아."

"……."

"너, 좀 이상해."

이세하라 미유키는 전학생이다. 당연히 도후시 에미보다 친구가 훨씬 적다.

이런 경우에는 공부를 잘한다는 것이 오히려 반감을 산다.

"에미가 네 답을 훔쳐보고 그 답을 베껴 썼다는 증거 있어?"

"……."

미유키는 묵묵히 견디는 수밖에 없었다. 미유키는 내심 반성하고 있었다. 에미가 자기 답을 훔쳐보려고 하는 것 같아 반사적으로 일어나 그런 말을 해버린 것이다.

너무 성급했다고, 지금은 미안해하고 있다.

에미는 미유키와 멀찍이 떨어져, 빨개진 눈으로 지그시 밖을 보고 있다.

"아무리 베스트 10에 들고 싶어도 그렇지, 그런 짓까지 해서……."

미유키는 가시방석에 앉아 있는 심정이리라.

"정말 유치해."

미유키가 마음을 굳히고 자리에서 일어나 에미한테 다가갔다.

"에미, 미안해."

미유키가 고개를 숙였다.

에미는 말이 없다.

"미안해."

미유키가 한 번 더 고개를 숙였다.

"미안하다면 다야?"

한 여자아이가 심술궂게 말했다.

미유키는 에미 앞에서 돌이 되고 말았다.

운동장에 놀러 나가는 아이는 아무도 없었다. 끼리끼리 얘기를 주고받거나 뭔가 다른 일을 하고 있었지만 내심 이 일이 어떻게 결판날지 궁금해하는 분위기였다.

"네가 전학 온 뒤로 우리 반, 이상해졌어."

"맞아."

참다 못한 린타로가 히구치 아케미라는 아이에게 말했다.

"우리 반이 뭐가 이상하다는 거야? 그러는 너야말로 이상하다."

히구치 아케미가 따졌다.

"넌 왜 이제 와서 참견이니? 내가 어디가 이상하다는 거야?"

"너희들, 뭘 그렇게 물고늘어지냐? 미유키가 미안하다고 하잖아. 미안하다는데, 미안하다면 다냐고 몰아붙이는 건 너무 치사한 짓이야."

린타로는 내뱉듯이 말했다.

미유키가 울음을 터뜨렸다. 린타로의 말에, 참고 참았던 감정이 폭발한 것이리라.

히구치 아케미가 성큼성큼 린타로 앞으로 다가왔다.

"오제 린타로."

"왜?"

"너, 너무 잘난 척한다고 생각하지 않아?"

린타로가 대꾸했다.

"응, 생각해."

프랑켄이 풋 하고 웃음을 터뜨리고는

"린타로, 멋있다."

하고 깔깔거렸다.

그 날 집으로 돌아가는 길에 다들 오랜만에 프랑켄네 집에 놀러 가기로 했다.

"가자, 가자."

다케가 가장 신나 했다.

"아오풍한테도 가자고 해야지, 안 그러면 그 녀석 또 삐질걸?"

하고 린타로가 말했다.

일단 집에 갔다가 다시 모였다. 이렇게 해서 4인조가 뭉쳤다.

현관에서 준코와 마주쳤다.

"어머. 오랜만인데 어떡하지? 나, 볼일이 있어 나가봐야 돼."

"괜찮아, 괜찮아. 빨리 가, 빨리. 여싸님한텐 볼 일 없으니까."

프랑켄은 심술궂게 말했다.

"아줌마, 미녀 사탄 있어요?"

다케의 목적은 사토코를 만나는 것과 간식을 먹는 것이다.

"있어. 지금 시험기간이거든."

"시험을 집에서 봐요?"

"?"

아오풍이 어이없는 질문을 했다.

아오풍은 대학 시험이 어떤 것인지 모른다. 프랑켄이 간단히 설명해주었다.

"냉장고에 머스크멜론 있어. 애들이랑 먹어."

준코는 손을 흔들고는 가버렸다.

"프랑켄 엄마도, 린타로 엄마도 꼭 누나 같아. 난 이다음에 다시 태어나면 프랑켄네 집이나 린타로네 집에서 태어나야지."

하고 다케가 말했다.

"말만 해, 언제든지 바꿔줄게."

프랑켄은 표정 하나 바꾸지 않고 진지하게 말한다.

아이들은 제 집에 온 듯한 얼굴로 식탁을 떡하니 차지했다.

"우리끼리 다 먹으면 누나가 화내겠지?"

프랑켄은 냉장고에서 꺼낸 머스크멜론을 앞에 놓고 혼잣말을 했다.

"네 조각으로 나누는 건 쉽지만 다섯 조각은 너무 어려워."

프랑켄은 2층으로 가는 계단을 몇 칸 올라가 큰 소리로 말했다.

"누나, 머스크멜론 안 먹을 거지?"

얼마 뒤에

"먹을 거야."

하는 대답이 돌아왔다.

쳇, 하고 프랑켄이 혀를 찼다.

콩콩콩 경쾌한 발소리가 났다.

"어머, 다들 와 있었네?"

사토코가 모습을 보였다. 식당이 환하게 밝아졌다.

"누나는 커피젤리나 먹지 그래?"

프랑켄은 영 못마땅한 눈치다.

"무슨 소리야? 그냥 멜론은 언제든 먹을 수 있지만 머스크멜론은 초여름 한때뿐인걸. 지금 안 먹었다가 내일 덜컥 죽기라도 하면 어떡하려고?"

어이구, 잘도 죽겠다, 하고 프랑켄이 말했다.

사토코는 머스크멜론을 정확히 다섯 조각으로 나눴다.

"우와, 진짜 정확하다."

하고 다케가 감탄했다.

다케가 가장 기뻐하는 것 같았다. 머스크멜론은 먹어본 적이 없으리라.

"뭐 재미있는 얘기 없어?"

머스크멜론을 숟가락으로 떠먹으며 사토코가 물었다.

"있어."

고개를 들지 않은 채 프랑켄이 말했다.

"이거 먹고 나서 얘기해줄게."

10분쯤 뒤에 사토코는 그 날의 사건을 대충 알게 되었다.

"아무튼 린타로는 너무 멋져."

사토코가 말했다.

"린타로랑 미쓰루는 정말 행운인 줄 알아. 요즘 세상에 성적 갖고 잔소리 안 하는 부모는 진짜 드무니까."

맞아, 맞아, 하고 아오퐁이 고개를 끄덕끄덕한다.

"유타카네 집은 좀 극성이겠구나?"

"후우, 말도 마."

아오퐁은 자기 마음을 이해해주는 사람이 나타나자 반가웠다.

"도대체 왜 의사들은 자기 자식도 죄다 의사를 만들고 싶어하는 걸까?"

"그러게 말야."

"유타카네 집도 그러니?"

"응. 난 의사 되기 싫다고 했는데."

"의사 싫어?"

"싫어. 한밤중에도, 똥 누고 있다가도 전화만 걸려오면 뛰어나가야 되는걸. 자유가 없어서 나한테 안 맞아."

"자유롭고 싶어, 유타카?"

"응."

"지금도 엄청 자유로워 보이는데?"

사토코가 놀리듯이 말했다.

"유타카는 시험지를 들고 집에 갈 때 가슴이 쿵쿵 뛰지 않아?"

"응. 그게 제일 싫어."

아오퐁은 갑자기 연극이라도 하는 듯한 말투로 엄마 흉내를 냈다.

"얘, 넌 도대체 왜 점수가 이 모양이니? 할아버지도 아버지도 의사야. 넌 머리가 나쁠 리가 없어. 노력이 부족한 거야. 유타카, 듣고 있니?"

뭐 이런 식이야, 하고 아오퐁이 말했다.

다들 풋 하고 웃었다.

프랑켄이 우스갯소리를 했다.

"할아버지도 아버지도 의사야. 넌 머리가 나쁠 리가 없어. 하지만 엄마가 머리가 나쁘니까, 넌 엄마를 닮은 거야."

얘가, 그런 말이 어딨니? 하고 사토코가 프랑켄한테 꿀밤을 먹였다.

"유타카처럼 학교 성적이나 시험 점수 때문에 고민하는 아이는 헤아릴 수 없이 많아. 너희들은 좀 다르지만, 학교 마치면 바로 학원에 가는 아이들은 하루 중 대부분을 공부하면서 보내지. 게다가 학교에서 따돌림이라도 당한다면 그땐 정말 지옥이 따로 없을 거야."

"학교는 정말 지옥일까?"

아오풍이 느릿느릿 말했다.

"부모는 입만 벌렸다 하면 성적 이야기뿐이고, 학교는 그저 시험으로 경쟁을 부추길 뿐이지. 선생들은 말을 몰듯이 아이들한테 채찍을 휘두를 뿐이고."

사토코는 과격하다.

"요즘 학교 선생들은 아이들의 마음을 전혀 이해하지 못하니까."

다들 산고릴라의 얼굴을 떠올렸다.

"이해하려고 노력하지도 않으니까 죄질이 더 나빠."

어쩐 일인지 사토코의 눈빛이 초롱초롱하다.

"난 친구들이랑 곧잘 이런 말을 해. 학교 선생은 얼굴에 분칠을 많이 하나 보다고 말야."

"무슨 말이야, 그거?"

프랑켄이 물었다.

"학교 선생은 따분하지, 사람이?"

"응."

"응."

다들 고개를 끄덕인다.

"따분한 데다 고리타분하기까지 해."

"맞아."

"맞아."

"게다가 툭하면 흥분하지."

"맞아."

"맞아."

아이들의 고갯짓이 점점 커진다.

"교장이나 교육위원회 사람들한테는 비굴하게 고분고분하고."

"응."

"응."

아이들은 이제 눈빛까지 초롱초롱해졌다.

"그렇게 비뚤어져 있는 사람이 바로 교사라는 거야."

무슨 말인지 알겠어, 하고 프랑켄이 말했다.

"따분, 고리타분, 흥분, 고분고분, 온통 분칠이잖아."

사토코는 선생님들이 들으면 길길이 뛸 말을 태연하게 한다.

"옳소, 옳소."

린타로가 말했다.

"모든 악의 근원은 학교와 학교 선생이야."

사토코는 점점 더 과격한 말을 한다.

"응, 기가 팍 죽어 있는 불쌍한 선생도 있지만."

하고 아오퐁이 말했다.

아오퐁에게 그런 선생님은 '모든 악'에 끼지 않는 모양이다.

"좋은 선생도 있지만, 그런 건 길바닥에서 만 엔짜리를 줍는 것과 같다고 할까?"

"십 엔짜리는 가끔씩 줍는데……."

"좋아, 그럼 백 엔짜리라고 치자. 아무튼 좋은 선생이 그만큼 드물다는 얘기니까."

응, 응, 하고 아이들도 고개를 끄덕였다.

"미쓰루 말을 들으니까 친구가 자기 시험지를 훔쳐봤다고 의심한 아이도, 의심을 받은 아이도 어쩐지 불쌍해. 그건 오해잖아."

린타로와 아이들도 도후시 에미가 답을 훔쳐봤다고 생각하지 않는다. 그래서 다들 고개를 끄떡거렸다.

"아이들끼리 서로를 의심하게 만드는 선생이 가장 나빠."

그 정도는 우리도 알아, 하고 프랑켄이 말했다.

프랑켄은 다케가 자기만 행복하면 남이야 불행하든 말든……이라는 말로 산고릴라에게 항의했다는 얘기도 해주었다.

"다케미, 진짜 훌륭해."

사토코가 칭찬했다.

후후후. 다케가 쑥스럽게 웃었다.

"그 말을 들으니까 마음이 놓이네."

하고 사토코가 말했다.

"학교나 선생한테 절대 지지 마. 아이들은 대개 성적 때문에 겁을 먹고 있어. 그러니까 그 애들 마음도 이해해주고."

"우리더러 뭘 어떡하라는 거야?"

프랑켄이 부루퉁히 말했다.

"시험지 같은 거, 서로서로 보여주면 좋잖아."

"어휴, 또 시작이야."

프랑켄이 사토코에게 눈을 흘겼다.

"선생한테 들키지 않도록 머리를 잘 써야겠지만."

사토코는 이런 말을 아무렇지 않게 한다.

"누나는 꼭 이래. 뭔가 진지한 이야기를 하나 싶으면 또 그렇게 아무 말이나 내뱉지. 그래서 내가 누나를 못 믿는 거야."

프랑켄이 투덜투덜 불평을 했다.

"어머, 그러니?"

사토코는 가볍게 받아넘겼다.

"세상살이가 얼마나 험난한데 그깟 시험지 좀 보여주는 것 갖고 뭘 그래? 다 같이 의논해서 입을 잘 맞추면 되잖아."

됐어, 그만 해, 하고 프랑켄은 질렸다는 듯이 말했다.

＊ ＊ ＊

어쩐지 다쓰로가 통 기운이 없다.

보통 권법 연습 때는 무서울 만큼 박력이 넘치는데 이 날은 다쓰로답지 않게 어딘지 나사가 풀린 듯 보였다.

유년부 연습이 끝나고 청년부 연습이 시작되기까지 시간이 조금 빈다.

린타로가 다쓰로에게 말했다.

"형아."

"응?"

"왜 기운이 없어? 감기 걸렸어?"

"감기?"

"응."

"아니."

"그럼, 왜 그래?"

프랑켄이 물었다.

"평소랑 좀 다른 것 같아."

다케와 가즈미치도 걱정스레 다쓰로를 바라보고 있다.

다쓰로는 나직이 한숨을 내쉬고는 풀죽은 목소리로 말했다.

"너희들이 눈치챌 정도면 나도 아직 수행이 한참 모자라나 보구나."

"무슨 걱정 있어?"

린타로가 물었다.

"아니, 뭐……."

알았다! 하고 다케가 큰 소리로 말했다.

"뭘 알았다는 거야?"

"그거야, 그거."

하고 다케가 말했다.

"그게 뭔데?"

"그거야. 틀림없어."

다케는 자신만만했다.

"야, 뜸 좀 그만 들이고 똑바로 말해봐."

다케가 싱긋 웃었다.

"형아도 이제 나이가 나이니까."

다쓰로는 아하하, 그 말이었냐? 하는 얼굴을 했다.

"요 녀석!"

다쓰로가 다케의 머리를 퍽 때렸다. 다케는 얻어맞고도 웃고 있다.

"무슨 말이야, 다케?"

아오퐁이 어김없이 느릿느릿 물었다.

"형아, 여자한테 차인 거야."

다케는 입을 가리고 쿡쿡쿡 웃었다.

"아, 그렇구나."

아오퐁은 순진하다. 그 말을 정말로 믿는다.

"아니야."

프랑켄이 말했다.

"그런 거 아냐."

하고 린타로도 말했다.

"그럼, 무슨 일이야?"

다케가 문득 진지해져서 물었다.

"우리한텐 말 못 할 일이야?"

린타로가 다쓰로에게 물었다.

"아니, 그런 건 아니지만……."

"그럼, 말해봐. 우리가 할 수 있는 일이 있으면 도울게."

그렇지, 다들? 하고 린타로가 친구들을 둘러보며 물었다.

"응."

다들 일제히 고개를 끄덕였다.

"으아, 감동적이다."

그렇게 말하는 다쓰로의 표정이 아주 조금 밝아진 듯했다.

"지금 공사하고 있는데 20일쯤 지나면 끝날 거야."

아이들도 이미 알고 있다. 드디어 다쓰로의 꿈이 이루어지는 것이다.

"가게 문을 열면 그 다음엔 뭐가 필요하겠어?"

다쓰로가 물었다.

"어린이 책방이랬지?"

"응."

"그럼, 책?"

맞아, 하고 다쓰로가 말했다.

"책은 사면 되잖아."

아오퐁이 말했다.

"그게 생각대로 안 되니까 고민하는 거잖아."

다쓰로가 잠깐 뭔가 생각하더니 이어 말했다.

"너희들이야 별 관심 없겠지만, 이것도 공부라고 생각하고 한번 들어볼래?"

아이들은 응, 하고 고개를 끄덕였다.

"서점에서 책을 사기까지의 과정을 살펴보면, 우선 책을 만드는 출판사가 있지?"

참, 깜박했다, 하고 다쓰로가 말했다.

"그 전에 책을 쓰는 작가가 있구나. 그림을 그리는 화가도 있고."

어, 그렇구나, 하고 아이들은 생각한다. 작가랑 화가를 빠뜨리면 너무 미안하다.

"책이 만들어지면 일단 도매상이라는 곳으로 보내져. 그리고 배본이라고 해서, 각 서점에 책을 보내면 서점은 그 책을 가게에 진열하지. 책이 팔리면 그 돈으로 도매상에 책값을 내는 거야. 대충 이런 과정이지."

흐으음. 아이들은 고개를 끄덕였다.

"나도 책을 받고 싶어서 부탁하러 갔지, 도매상에."

아이들은 다쓰로의 입에서 다음 말이 나오기를 기다렸다.

"나는 그 때 청바지에 운동화 차림이었어. 나이는 스물아홉이라고 했지. 내 모습을 보고, 도매상 직원이 나를 깔보더라고. 내 말을 다 듣기도 전에, 우리는 좀…… 하고 말하는 거야."

다쓰로가 무시당했다는 것을 아이들도 잘 이해할 수 있었다.

"어쭈, 이것 봐라? 싶었지만 싸울 수도 없었어. 어쩐지 내가 불쌍해지더라."

응, 이해할 수 있을 것 같아, 하고 프랑켄이 말했다.

"더구나 그 자식, 나한테 설교까지 하지 뭐야."

"뭐라고?"

린타로가 물었다.

"장사는 보통 힘든 일이 아니다. 어린이책 서점이니 하는 꿈같은 소리는 집어치우고, 팔 수 있는 것이라면 뭐든지 닥치는 대로 팔겠다는 생각으로 시작해라…… 뭐, 이런 소리를 지껄이잖아."

아이들의 얼굴에 분한 빛이 서렸다.

"당신이 무슨 상관이야, 내 인생, 내 멋대로 살겠다는데? 하는 말이 여기까지 올라왔지만……."

다쓰로가 자기 목을 가리켰다.

"꿀꺽 삼켰지. 남자는 괴로워."

"여자도 괴로워."

다케가 쏙 끼어들었다.

"어? 어, 그래."

하고 다쓰로가 말했다.

"아무튼 그 사람도 양심은 있었던 모양이야. 한 가지 방법을 가르쳐주더라고. 그런데 그 방법이란 게 현금을 주고 서점에 꽂아 둘 책을 사라는 거야. 하지만 그러려면 돈이 아무리 많아도 모자랄 걸? 서점은 채소 가게나 생선 가게랑 달라. 우리 가게는 20평이나 된다고. 거기에 꽂을 책을 죄다 현금을 주고 산다면 몇천만 엔, 몇억 엔이 들지 알 수 없어."

아이들이 한숨을 푸욱 내쉬었다.

"내 저금통, 형아한테 빌려줘도 소용없겠구나."

아오풍이 말했다.

"저금, 얼마나 했는데?"

다케가 물었다.

"만 이천 엔."

"턱도 없다, 야."

하고 다케가 말했다.

"그래서 이렇게 풀이 죽어 돌아온 거야."

그랬구나, 하고 린타로가 말했다. 린타로는 다쓰로의 마음을 충분히 이해할 수 있었다.

건물 한 층을 서점으로 꾸미는 공사가 한창이다. 거기에도 돈이 든다. 서점 위층은 도장으로 쓰이게 된다.

다쓰로는 어린이 서점이 문을 여는 날과 도장의 이삿날을 같은 날로 잡았다고 했다.

다쓰로는 앞으로 어떻게 될 것인지…….

나, 정말로 어린이 서점을 열 거야, 하고 아이들 앞에서 선언한 뒤로 다쓰로는 눈물겨운 노력을 기울였다. 그것은 린타로와 아이들이 누구보다 잘 알고 있다.

다쓰로는 우선 어린이책을 읽는 일부터 시작했다.

어린이 서점의 주인으로서 어린이책을 잘 알아야 하는 것은 당연하다면 당연한 얘기다. 이 말을 모든 서점에 적용하면 서점 주인은 자기 가게에 있는 책의 내용을 잘 알아야 한다는 말이 된다.

하지만 실제로 그런 서점 주인은 없다. 어쨌거나 서점에는 워낙 책이 많으니까. 그런데도 애써 실천하려 했으니 다쓰로는 지극히 양심적이라고 볼 수 있다.

다쓰로는 대학을 나오기는 했지만 권투선수를 꿈꾸던 사람이었던 만큼 그다지 책을 많이 읽지 않았다. 군이 말하자면 책을 읽는 것보다는 몸을 움직이는 것이 체질에 맞는 사람이다. 그런 다쓰로가 어린이책을 닥치는 대로 읽기 시작했다.

린타로가 사는 동네에는 시립 도서관 분관이 있다. 말이 분관이지 웬만한 도서관 부럽지 않은 훌륭한 시설과 장서량을 자랑한다.

그 도서관 어린이실에 미네쿠라 쇼라는 여자 사서가 있다. 나이는 메이 정도인데 린타로 패거리와도 잘 아는 사이다.

맨 처음엔 프랑켄이 이 도서관을 드나들었다. 린타로와 다른 아이들도 프랑켄의 말을 듣고 이 도서관에 다니게 되었다.

린타로 패거리는 미네쿠라 쇼 씨가 큰 소리로 아이들을 나무라는 것을 본 적이 없다. 아니, 아이들을 나무라는 모습을 한 번도 보지 못했다.

"그래?"

"으응, 그렇구나."

"어머, 넌 그렇게 생각하니?"

미네쿠라 쇼 씨는 책에 관한 상담도 해줄 뿐 아니라 아이들의 숙제를 봐주거나 고민거리를 들어주기도 한다.

미네쿠라 쇼 씨가 말을 걸어주면, 아이들은 자기가 미네쿠라 쇼 씨의 마음을 독차지하고 있는 듯한 기분이었다. 미네쿠라 쇼 씨가 생긋 웃어주면, 아이들은 자기 마음이 고스란히 미네쿠라 쇼 씨의 마음속으로 빨려들어가는 것 같았다.

린타로는 여자아이와 말싸움을 할 때면

"여자는 진짜 무서워."

하고 입버릇처럼 말하지만, 미네쿠라 쇼 씨는 예외로 두고 싶었다.

어린이책 연구가이기도 한 미네쿠라 쇼 씨는 이 도서관의 어린이실을 꽤 알차게 꾸며 놓았고 덕분에 아이들이 많이 찾았다.

다쓰로는 미네쿠라 쇼 씨를 스승으로 삼았다. 늘 공책 한 권을 들고 미네쿠라 쇼 씨가 있는 어린이실에 다녔다.

책 한 권을 다 읽으면, 공책에 책 제목을 적고 그 옆에 ◎○△ 가운데 하나를 표시한다.

다쓰로의 말에 따르면, ◎는 아주 좋다고 생각하는 책, ○는 좋다고 생각하는 책, △는 별 감동을 받지 못한 책이다.

물론 있느니만 못한 책이라 여겨지는 책에 표시할 ×표도 준비되어 있다. 하지만 어린이실에 있는 거의 모든 책은 미네쿠라 쇼 씨가 일단 읽어보고 난 뒤에 꽂은, 다시 말해서 미네쿠라 쇼 씨가 고른 책뿐이어서 ×는 거의 쓸 일이 없었다.

물론 이런 방법에는 위험이 따른다. 좋은 책이냐 아니냐가 개인의 주관에 좌우되기 쉽기 때문이다.

미네쿠라 쇼 씨도 이런 위험을 잘 알고 있어, 책의 선정 기준을 정해 놓았다고 한다.

첫째, 어린이책이니까 어린이를 깔보는 내용이 들어 있지 않은 작품.

둘째, 어린이만 재미있어하거나 어른만 좋아하는 책은 바람직하지 않다. 아이도, 어른도 다 같이 재미있어하거나 감동을 받을 수 있는 작품일 것.

셋째, 인간을 정확하게 그려낸 작품, 생각의 깊이가 있는 작품.

넷째, 저도 모르게 책 속에 푹 빠져들 만큼 재미있거나 자기가 직접 겪은 일처럼 느껴질 만큼 재미있거나 둘 중 하나일 것.

다섯째, 딱지가 붙어 있지 않은 작품.

쉬운 말로 쓰여 있지만 결코 만만한 기준이 아니다. 이 다섯 가지를 모두 충족시키는 작품이라면 분명 명작이리라.

마지막 기준인 딱지가 붙지 않은 책이라는 말에는 약간의 설명이 필요하다.

어린이책에는 어디어디 추천도서라거나 권장도서 따위의 딱지가 많이 붙어 있다. 미네쿠라 쇼 씨의 말에 따르면 때로는 이런 책도 필요하지만 이런 책들 중에는 수준 이하의 책도 많다고 한다.

미네쿠라 쇼 씨는 늘 생글생글 상냥하게 웃고 있지만 알고 보면 더없이 까다롭고 엄격한 사람인 셈이다.

다쓰로는 좋은 스승을 만났다고 볼 수 있다.

다쓰로는 다른 서점도 둘러보았다. 서점의 어린이책 코너에 꽂혀 있는 책도 꼼꼼히 살펴보았다. 그 책들은 미네쿠라 쇼 씨가 골라 놓은 도서관의 책들과 너무나 달랐다.

다쓰로는 깨달았다. 잘 팔리는 책이 반드시 좋은 책은 아니라는 것을.

그러자 고민이 생겼다.

좋은 책은 반드시 팔린다고 다쓰로는 믿고 있었다. 그렇기에 좋은 책을 가려내는 눈을 기르기 위해 수많은 책을 읽으며 미네쿠라 쇼 씨의 지식을 훔치려고 했다.

하지만 이런 노력은 서점을 시작하려는 사람에게는 아무런 도움이 되지 못한다.

제아무리 날개 돋친 듯 팔린다 해도 시답잖은 책을 자기 서점에 가져다 놓는 것은 다쓰로로서는 도저히 상상할 수 없는 일이다.

그러잖아도 어린이 서점은 꾸려나가기가 어렵다고들 한다. 돈

벌이가 시원찮은 것까지는 괜찮지만 먹고살 수 없다면 서점 문을
닫아야 한다는 것을 뜻한다.

다쓰로는 잠을 이룰 수 없었다. 고민에 고민을 거듭했다.

그런 다쓰로에게 힘을 준 것은 아버지인 겐타로 씨의 말과 쇼 씨
의 격려, 그리고 아이들이었다.

'돈벌이에 얽매이지 마라, 남에게 도움이 되는 일을 해라.'

아버지는 왜 내게 그런 말을 했을까? 목수로서 뼛골 빠지도록
고생해서 오늘날에 이른 아버지의 인생을 생각한다면 결코 겉만
번지르르한 말은 아닐 것이다.

고생을 마다하지 마라. 아버지는 내게 이 말을 하고 싶었던 게
아닐까? 편한 것을 찾지 마라. 이렇게 말하고 싶었던 게 아닐까?
다쓰로는 그렇게 생각했다.

미네쿠라 쇼 씨는 이렇게 말했다.

"어려운 일에 도전하는 거, 재미있지 않아요? 끝까지 밀고 나가
요. 우리도 도울게. 될 수 있는 대로 돕는 게 아니라 될 때까지 도
울게요."

다쓰로는 린타로를 비롯한 아이들의 눈도 의식했다.

아이들이 나를 지켜보고 있다. 내가 여기서 약한 소리를 하며 무
릎을 꿇는다면 아이들은 나를 믿지 않게 될 뿐 아니라 인생과 사회
를 바라보는 눈까지 나약해져 버릴지 모른다.

"형아, 힘내." 하는 아이들의 목소리가 등 뒤에서 들리는 듯했다.

그러나…….

다쓰로가 실망하는 것도 무리는 아니다. 그토록 노력하고 고민

하며 가까스로 자신을 추슬렀건만 결정적으로 책을 사들이는 일이
벽에 부딪혔으니 말이다.

책방에 책이 없다면 다른 게 다 무슨 소용이랴.

린타로와 아이들은 풀이 죽어 있는 다쓰로의 심정을 안타까울
만큼 잘 이해했다. 그러나 아이들의 힘으로는 어쩔 도리가 없다.
서로 얼굴만 마주 볼 뿐이었다.

"형아."

린타로가 말했다.

"왜?"

"다 잘될 거야."

끄응, 하고 다쓰로는 앓는 소리를 했다.

"다 잘될 거야, 형아."

린타로가 또 한 번 말했다.

"다 잘될까……?"

"응, 잘될 거야."

린타로는 자신 있게 말했다.

다쓰로는 린타로의 말뜻을 생각해보았다.

위로하려는 마음으로 한 말이리라. 대개는 그저 인사치레로 내
뱉는 무의미한 말이다. 하지만 린타로가 그런 말이나 할 아이가 아
니라는 사실은 누구보다 다쓰로가 잘 알고 있다.

다 잘될 거야.

린타로는 이 말에 많은 의미를 담았으리라.

자기도 힘든 일이나 하기 싫은 일이 있을 때면 늘 그렇게 생각한

다고 말하고 싶은 걸까? 잘되게 하려면 행동으로 실천해야 한다고, 기운 잃지 말고 앞으로 나아가는 거겠지? 무엇보다 '다 잘될 거야'라고 자신 있게 말하는 린타로의 마음속에는 나에 대한 믿음이 담겨 있어.

다쓰로는 그렇게 생각했다.

"잘될까?"

"응, 잘될 거야."

다쓰로의 눈과 린타로의 눈이 마주치고 한순간 둘의 눈빛이 서로를 따뜻하게 감쌌다.

린타로가 물었다.

"형아. 책방 이름, 생각해 놨어?"

"아니, 아직. 좋은 이름 한번 생각해봐."

굳었던 아이들의 표정이 부드러워졌다.

"우리가 지어도 돼?"

다케가 다쓰로에게 물었다.

"좋은 이름이면 쓸게."

좋아, 좋아, 하고 다케가 만족스레 고개를 끄덕였다.

"사탄은 어때?"

안 돼, 하고 프랑켄이 반대했다.

"사탄은 악마라는 뜻이잖아."

"안 되나?"

다케는 김이 빠졌다.

"회전목마는 어때?"

아오풍이 말했다.

다들 응? 하는 얼굴을 했다.

"와, 괜찮은데?"

하고 프랑켄이 말하자, 아오풍의 입이 헤벌쭉 벌어졌다.

다쓰로는 아이들의 이야기를 들으면서 이 녀석들한테서 용기를 얻고 있구나 생각했다.

* * *

아오풍의 할아버지가 입원했다.

간이 많이 나빠졌다고 한다. 학교에서 아오풍한테 그 말을 전해 듣고 린타로가 문병을 가자고 했다.

아이들은 어린이집 시절부터 아오풍의 할아버지, 그러니까 아오노 병원의 원장선생님에게 신세를 많이 지고 있다.

아이들은 누구나 병원과 의사 선생님을 겁낸다. 되도록 피하려 한다.

하지만 아오노 병원의 원장선생님은 다르다. 언제나 친할아버지 같은 느낌이다. 다들 그런 마음이다. 아오노 선생님은 아이들 입에 사탕을 쏙 넣어주거나 재미있는 이야기를 들려주었다.

린타로는 어릴 때 아오풍을 강물에 빠뜨려서 아오풍의 엄마한테 혼쭐이 난 적이 있다. 그 때 아오풍의 엄마가 볼을 사정없이 꼬집어 눈물이 핑 돌 정도였다.

따지고 보면 린타로는 자기 손자를 괴롭힌 아이였는데도, 아오노 선생님은 린타로에게 여자를 조심하라면서 사탕을 주고 머리를 쓰다듬어 주었다.

린타로로서는 잊을 수 없는 추억이다.

첫 문병은 린타로 패거리 4인조와 도시하루, 가즈미치, 리에, 가요코, 이렇게 여덟 명이 가게 되었다.

저마다 200엔씩 내서 뭔가 선물을 사 가기로 했다.

여자아이인 리에와 가요코는 꽃을 사 가자고 했다.

남자아이들은 저마다 다른 의견을 내놓았다.

술이 좋지 않을까? 하고 다케가 말했다.

"술을 너무 많이 마셔서 병에 걸렸잖아. 다케 너, 대체 생각이 있는 애니?"

리에가 쏘아붙였다.

결국 의견을 하나로 모으지 못해, 각자 아오풍의 할아버지가 좋아할 만한 것 가운데 몸에 좋은 것을 선물하기로 했다.

아이들이 가져온 것은 다음과 같다.

린타로와 프랑켄 — 한방 건강음료 한 병. 둘이 같이 산 까닭은
    200엔으로는 살 수 없었기 때문이다.

도시하루 — 유기농 식품 가게에서 산 백도 복숭아 두 개

다케 — 오키나와 흑설탕. 미네랄과 비타민이 풍부하다며 즐겨
    드시는 할머니한테서 한 봉지 사 왔다. 다케는 돈을 주고 샀
    다고 했지만 정확한 것은 알 수 없다.

가즈미치 — 파스

아오퐁 — 붕장어 조림. 할아버지가 좋아하는 음식이란다. 200엔
　　　으로는 어림도 없지만, 아오퐁은 의사 집 아들이니까 예외다.
리에 — 흰 국화 한 다발
가요코 — 백합 두 송이

아오퐁의 할아버지는 볕이 잘 드는 병실 침대에 누워 있었다. 창
밖으로 산딸나무가 보였다.
　침대 옆에는 귀부인 같은 아오퐁의 할머니와 아오퐁의 엄마가
있었다.
　"허, 팔팔한 녀석들이 왔구나."
　아이들을 보자 아오퐁의 할아버지가 말했다.
　목소리는 우렁차고 짱짱했지만 얼굴빛은 나빴다.
　"할아버지, 의사가 병원에 누워 있으면 어떡해요?"
　린타로가 말하자, 프랑켄이 그 말을 받아서
　"불량 의사야."
하고 말했다.
　아오퐁의 할아버지가 껄껄껄 웃었다.
　"내가 미안하다고 말할 줄 알았냐, 이 똥강아지 같은 녀석들아?"
　아오퐁의 할아버지는 더없이 흐뭇해하며 말했다.
　"이 개구쟁이들은 어릴 때부터 내가 돌보던 녀석들이지. 유타카
의 친구들이야."
　아오퐁의 할아버지가 할머니에게 말했다.
　"아주 발랄한 아이들이군요."

아오퐁의 할머니가 여유로운 목소리로 말했다.

"이 할망구는 내 여자친구란다."

아오퐁의 할아버지가 아이들에게 할머니를 소개했다.

"아버님도 참, 그런 말씀을……."

아오퐁의 엄마가 은근히 나무라는 투로 말하자, 아오퐁의 할아버지가 농담으로 맞받았다.

"그리고 이쪽은 우리 선생님."

리에가 들고 온 국화꽃을 내밀었다.

"오, 고맙구나."

"빨리 나으세요."

"오냐, 오냐."

"술 먹지 말고요."

이런, 몰래 먹어야겠군, 하고 아오퐁의 할아버지가 말했다.

"안 돼요."

리에가 짐짓 엄한 표정을 지으며 아오퐁의 할아버지한테 눈을 흘겼다.

"오냐, 알았다, 알았어."

아오퐁의 할아버지는 그런 리에가 한없이 사랑스러운 듯 머리를 쓰다듬었다.

아이들은 저마다 정성껏 마련한 선물을 아오퐁의 할아버지에게 건넸다.

아오퐁의 할아버지는 그 때마다 아이구! 이런! 하고 감탄하며 선물 하나하나를 어루만지듯이 받아들었다.

아오퐁이 선물을 내밀었을 때, 아오퐁의 할아버지는

"너는 정말 좋은 친구들을 뒀구나."

하며 언뜻 눈물을 글썽였다.

＊ ＊ ＊

그 날 밤 린타로는 할아버지 꿈을 꾸었다.

작업장이었다. 한 젊은 일꾼이 린타로를 불렀다.

"린타로, 이리 와."

젊은이는 린타로를 무릎에 앉히고 노래를 불렀다.

할아버지가 버럭 화를 냈다.

"작업 중에 웬 노랜가!"

할아버지는 젊은 일꾼들을 나무라는 일이 거의 없다.

일꾼들이 작업장에 조금 늦게 나와도

"누구나 늦잠을 잘 수 있지. 늦게 온 만큼 남들보다 일을 더 하고 가면 돼."

하며 너그럽게 봐준다.

일을 마친 뒤 술자리에서도 사람들과 허물없이 어울렸고 젊은 사람들이 흥에 겨워 도를 지나쳐도 뭐라 하지 않았다.

린타로는 자기를 위해 노래를 불러준 젊은 사람에게 미안해서 할아버지에게 물었다.

"왜 노래하면 안 돼?"

할아버지가 대답했다.

"목수는 높은 곳에도 올라가야 해. 위험한 도구도 써야 하고."

위험한 도구란 끌, 망치, 톱처럼 목수들이 쓰는 도구를 말한다.

"그런 도구는 나무만 깎거나 자르는 게 아니야. 자칫 사람의 살이나 뼈를 자를 수도 있어. 대낮부터 그렇게 마음이 풀어져 있다가 언제 자기 몸에 상처를 낼지 몰라."

젊은이는 고개를 푹 숙이고 있었다.

"가시에 살짝만 찔려도 따끔하고 아프지. 피가 몇 방울만 나도 고통을 느끼게 되네."

"네."

젊은이는 대답했다.

"집은 사람이 사는 곳임에 틀림없지만 신과 함께 사는 곳이기도 하네. 복을 가져다 주실 신과 함께 살 집에, 설령 단 한 방울이라 해도 고통의 피를 흘리는 건 송구스러운 일이야. 도편수로서 그런 일은 결코 그냥 두고 볼 수 없네. 자네, 오늘은 일찍 돌아가게!"

젊은이는 어깨를 떨어뜨렸고, 린타로는 자기가 야단맞은 것처럼 울었다.

잠이 깼다.

왜 그런 꿈을 꿨을까? 린타로는 생각했다. 할아버지는 이번에도 나한테 뭔가를 가르쳐주려는 거야. 그게 뭘까?

린타로는 산딸나무가 보이는 병실에 누워 있는 아오풍의 할아버지와 자기 할아버지 모습이 겹쳐 보였다.

* * *

린타로와 아이들의 소림사 권법 수련은 계속된다.

다쓰로가 아이들에게 말했다.

"초록색 책 20쪽을 펴봐. 뭐라고 쓰여 있나?"

"수주공종."

아이들이 한 목소리로 대답했다.

"수주공종(守主攻從)이란 첫째가 방어이고, 둘째가 공격이라는 뜻이다. 도시하루가 다음을 읽어봐."

도시하루가 또랑또랑 큰 목소리로 읽었다.

"먼저 방어한 다음에 공격하라는 뜻입니다. 어떤 경우에도 먼저 공격해서는 안 됩니다. 중요한 것은 이기는 것이 아니라 지지 않는 것입니다."

"좋아. 다음은 유타카."

"네. 소림사 권법은 마음자세뿐 아니라 모든 기술의 기본도 방어이며 상대의 공격을 완벽하게 막고 나서야 반격하는 권법입니다."

아오풍은 느릿느릿, 그러나 역시 큰 소리로 읽었다.

"글로 읽으면 아, 그렇구나 싶겠지만 그 기술 하나하나를 터득하는 것은 보통 일이 아니다. 너희들은 지금 지르기 연습을 하고 있지? 자세는 좋아졌지만 수주공종의 마음은 전혀 담겨 있지 않아."

당연한 말이다. 아이들에게 주먹을 내뻗는 것은 상대방을 때리는 것에 다름 아니니까.

"둘씩 짝을 지어 마주 본다."

아이들은 저마다 짝을 정하고 마주 섰다.

"다리 벌려 중단 자세."

아이들이 다리 벌려 중단 자세를 한다.

"천천히 주먹을 앞으로 뻗는다."

다른 말이 없었으므로 아이들은 당연히 상대방의 얼굴로 주먹을 뻗는다.

"주먹이 상대방의 얼굴에 닿는다. 즉 주먹을 먹이는 거지. 하지만 지금 그 자세라면 상대방의 주먹도 자기 얼굴로 날아온다. 같은 속력으로 주먹을 뻗는다면 서로 주먹을 얻어맞게 되니까 수주공종이고 뭐고 없다. 너 죽고 나 죽자다."

아이들이 킥킥거렸다.

"그럼, 어떻게 하면 좋겠나?"

다쓰로가 물었다.

"피해요."

프랑켄이 대답했다.

"그렇지, 상대방의 주먹을 피해야지. 한쪽은 공격하고 다른 한쪽은 방어한다. 둘이서 해봐. 주먹을 뻗는 속도는 보통 속도로 해도 좋다."

주먹이 얼굴로 날아온다. 그 주먹을 피한다.

얼굴만 옆으로 돌려 주먹을 피하는 아이, 상체만 움직여 피하는 아이, 엉덩이를 뒤로 쭉 빼는 아이, 가지가지다.

"좋아, 그만."

다쓰로가 말했다.

"다케미, 앞으로 나와봐."

다케가 다쓰로 앞에 섰다.

다쓰로는 손바닥을 좍 펴서 두 팔을 다케 앞으로 뻗었다.

"쳐봐."

다케는 다쓰로의 손바닥을 겨누어 주먹을 뻗었다.

다케의 오른주먹이 다쓰로의 왼손바닥에 닿았다. 왼주먹은 오른손바닥을 쳤다.

몇 번 되풀이하자, 이번에는

"좋아. 다음은 린타로."

하고 말했다.

"자, 쳐봐."

린타로는 민첩하게 주먹을 내뻗는다. 오른주먹으로 다쓰로의 오른손바닥을 친다. 왼주먹으로는 다쓰로의 왼손바닥을 친다.

다케와 다르다. 아이들은 모두 어라? 하는 표정이다.

몇 번 되풀이했다. 그리고 말했다.

"다케미와 린타로는 다르다."

다들 고개를 끄덕였다.

"어떻게 다르지?"

다쓰로가 아이들에게 물었다.

"때리는 손바닥이 달라."

"그거야 눈이 달렸으면 다 봤을 거고. 자세는?"

"린타로가 더 근사해."

"그걸 정확하게 표현하면?"

"허리 회전이 좋아."

프랑켄이 말했다.

"맞다. 허리를 잘 돌렸다. 다케미는 주먹을 똑바로 앞으로 내밀었기 때문에 허리를 돌리지 않았다. 린타로는 비스듬히 앞쪽에 있는 손바닥을 맞혔기 때문에 당연히 허리를 돌리고 몸을 비틀었다. 두 사람의 동작을 잘 비교해봐."

다쓰로는 린타로와 다케를 나란히 세우고 좀 전의 동작을 반복하도록 했다.

"다케미는 얼굴 위치도 상체의 위치도 거의 변하지 않지?"

아이들이 고개를 끄덕인다.

"린타로는 오른주먹을 내밀 때, 오른쪽 어깨가 앞으로 나왔고 왼쪽 어깨가 뒤로 빠졌다. 상체를 비틀기 때문에 턱도 당겨지고 얼굴 위치도 바뀐다."

역시 둘을 같이 비교해보면 잘 알 수 있다.

"어느 쪽 주먹을 맞았을 때 더 충격이 클지도 알겠지?"

"응. 린타로 주먹."

아이들이 말했다.

"다케미가 잘못했다는 말을 하려는 게 아냐. 너희들 대부분은 다케미의 자세와 똑같아."

아이들은 저마다 자기가 했던 동작을 되풀이해봤다.

다쓰로의 말대로였다.

"너희들은 내가 지금 지르기의 자세에 대해 이야기한다고 생각하겠지만 사실은 그렇지 않아. 방어에 대한 이야기를 하고 있는 거야."

다쓰로는 다케 앞에 아오퐁을, 린타로 앞에 프랑켄을 세웠다.

"유타카는 다케미에게, 미쓰루는 린타로에게 지르기를 한다. 다케미와 린타로는 각각 주먹을 피한다. 다른 아이들이 너희들의 동작을 볼 수 있도록 천천히 해봐."

다쓰로의 시작 신호로, 아오퐁과 프랑켄이 천천히 주먹을 내뻗고 다케와 린타로가 천천히 그 주먹을 피했다.

"잠깐, 그대로 있어."

다쓰로가 동작을 멈추게 했다.

"린타로는 상체를 비틀어서 상대방의 공격을 피했다. 이 자세다. 이건 피하는 자세지만, 상체가 옆으로 돌아가 있기 때문에 즉시 공격에 돌입할 수 있다. 린타로, 오른발차기를 해봐."

린타로가 다쓰로의 말대로 했다.

"차기가 제대로 먹혔지? 미쓰루는 오른주먹으로 린타로의 얼굴을 공격해 들어왔다. 린타로는 몸을 왼쪽으로 비틀어 그 주먹을 피했고. 그런데 피하는 동작과 반격으로 옮겨 가는 동작은 원래 동시에 이루어진다. 오른주먹을 내밀고 있는 미쓰루의 오른쪽 옆구리는 무방비 상태다. 린타로는 바로 거기를 찬 거다."

다쓰로는 이번에는 다케의 자세를 두고 설명했다.

"다케미는 얼굴만 옆으로 돌려 유타카의 주먹을 피했는데, 이 자세로는 차기도 지르기도 할 수 없다. 억지로 차거나 주먹을 뻗으려고 한다면 몸의 균형이 깨져서 오히려 상대방의 공격을 받기 십상이다. 어때, 단순히 피하는 동작 하나에도 이렇게 깊은 뜻이 있지? 소림사 권법은 방어로 시작해서 완벽하게 방어한 다음에 반격한다. 이제 수주공종의 의미를 좀 이해하겠냐?"

"응."

"응."

아이들이 고개를 끄덕였다.

"그런데 린타로는 어떻게 그걸 알았어? 형아가 가르쳐줬어?"

가즈미치가 따지기라도 하듯 목소리에 잔뜩 힘을 주고 말했다.

가즈미치의 머릿속에는 다들 열심히 연습하고 있는데 린타로만 특별히 잘 가르쳐주는 건 편애가 아니냐는 생각이 있었으리라.

"나는 린타로한테 방어 동작이나 그 속에 담긴 의미를 가르쳐준 적 없어."

하고 다쓰로가 말했다.

"내 느낌인데, 린타로라면 할 수 있을 것 같았어. 왜 린타로는 할 수 있었을까?"

다쓰로는 오히려 아이들에게 되물었다.

"?"

아이들은 대답할 수가 없다.

"예전에 내가 말했지? 기술은 훔치는 거라고."

아이들은 다쓰로의 눈을 빤히 들여다보고 있다.

"배워서 몸에 익히는 것도 물론 그 방법 가운데 하나다. 하지만 고수가 되기 위해서는 스스로 배우는 일이 반드시 필요하다. 기술을 훔치는 것도 스스로 배우는 일이라고 할 수 있지."

"린타로는 어떻게 그럴 수 있었어?"

가즈미치가 물었다.

"린타로는 연습이 끝난 뒤에 남아서 청년부 연습을 구경한다."

아이들 대부분이 이미 알고 있는 일이다.

"하지만 린타로는 그냥 멍하니 구경만 하고 있지는 않을 거다. 청년부에는 급수가 높은 사람도 있고 유단자도 있다. 그 사람들의 자세를 따라 하는 것만으로도 공부가 된다. 실제로 동작을 따라 했는지 머릿속으로만 따라 했는지는 모르겠지만, 아무튼 린타로는 지르기 자세, 차기 자세, 막기 자세를 되풀이해서 보면서 자기 머릿속에 단단히 집어넣었다. 그리고 왜 그런 형태가 되는지 곰곰이 생각해보았다. 아마 린타로는 수없이 그런 일을 되풀이했을 거다. 그렇지, 린타로?"

"응."

린타로가 고개를 끄덕였다.

다쓰로는 제대로 관찰하고 있었다. 다쓰로의 말 그대로였다.

"머리나 얼굴, 허리를 움직이지 않은 채 주먹만 똑바로 내뻗는 것은 불가능하다. 린타로는 이미 그 이치를 깨달았다고 할 수 있다. 그렇기 때문에 내가 양쪽 손바닥을 내밀었을 때, 자기 오른주먹으로 내 왼손바닥을 치는 일 따위는 생각지도 않았다. 당연히 오른쪽 주먹으로 비스듬히 앞쪽에 있는 내 오른손바닥을 때린다. 린타로로서는 당연한 일이었지."

아이들은 무슨 말인지 알아들었다는 눈빛이다.

"누가 가르쳐줘서 터득하는 것과 스스로 공부해서 터득하는 것은 가치가 달라."

하고 다쓰로가 말했다.

이 말은 매우 중요하다. 다쓰로는 누군가의 가르침을 받는 것만으로는 부족하다, 스스로 배우는 길을 찾아내는 것이 더 중요하다고 말하고 있는 것이다.

다쓰로가 말했다.

"자, 그럼 서로 마주 보고 지르기를 해봐. 다리 벌려 중단 자세!"

아이들이 지르기를 시작했다.

다쓰로의 가르침은 효과가 있었다.

아이들의 자세가 순식간에 달라졌다. 내뻗는 주먹에 각도가 생겼다. 허리도 같이 돌린다.

"바로 그거야. 그렇게 하면 돼. 상대방의 주먹을 피할 때 자기 머리의 위치를 의식해봐."

아이들이 그 말에 따랐다.

"어때, 머리가 오른쪽 왼쪽으로 왔다 갔다 하는 걸 알 수 있겠지? 이렇게 머리가 시계추처럼 흔들린다고 해서 시계추 지르기라고 한다. 몸을 흔들면서 주먹을 내지르면 상대방의 주먹을 피하는 동시에 상대방을 공격할 수 있다. 이것이 바로 소림사 권법의 기본이야. 다시 말해서 가장 중요한 핵심이란 말이지. 이 기본을 완벽하게 터득하면 수주공종, 즉 후수필승의 모든 소림사 권법 기술을 자기 것으로 만들 수 있다."

와, 이게 핵심이란 말야? 하고 아이들은 생각한다. 지금 자기가 훈련하고 있는 것이 얼마나 중요한 것인지 깨닫고, 아이들은 진지해졌다. 감각이 예민해지고 뭔가가 빨려들어오듯이 동작 하나하나가 몸속으로 흡수된다. 그 기쁨은 이루 말할 수 없이 컸다.

아이들은 몸과 마음에 생기가 넘쳤다. 눈빛이 빛났다. 자기 자신이 지금까지와는 다른 사람처럼 느껴졌다.

"좋아."

다쓰로가 만족스레 말했다.

다쓰로는 가르치면 가르친 만큼 달라지는 아이들에게서 기쁨을 느꼈고, 그 감정은 무엇보다 자기 자신에게 큰 만족감을 주었다. 아이들과 함께 있을 때 뚜렷한 행복감을 느꼈다.

어린이책 서점이라는 목표 앞에는 수많은 장애물이 버티고 있었지만, 언제부턴가 다쓰로는 어떡하지? 하는 걱정을 하지 않게 되었다. 투지가 솟고 장애물을 뛰어넘으려는 의지가 생겼다. 아이들 힘이 크다. 어쭙잖은 어른보다 훨씬 든든하다. 다쓰로는 그렇게 생각했다.

* * *

국어 시간이었다.

린타로와 아이들은 '감동한 것을 시로 써보자'라는 단원을 공부하고 있었다.

"시를 쓰는 데 중요한 게 뭐라고 생각하나?"

교과서를 읽은 뒤에 산고릴라가 아이들에게 물었다.

많은 아이들이 손을 들었다. 산고릴라가 그 중 한 아이를 가리켰다.

"감동입니다."

"그렇지. 교과서에는 그것을 또 다른 말로 표현하고 있는데, 그게 뭐지?"

다른 한 아이가 대답했다.

"마음의 움직임이 중요해요."

"음. 마음의 움직임을 간결하고 생생하게 표현했을 때 감동이 생겨난다. 교과서의 시에서 찾는다면 '와아, 살아 있다, 살아 있다'가 거기에 해당하겠지."

다케가 조그맣게 중얼거렸다.

"그건 당연하잖아. 그래서 뭐 어쨌다는 거야?"

　감나무
　밑을 파니까
　매미가 꼬물꼬물 기어 나왔다.
　와아, 살아 있다, 살아 있다.

교과서에 실려 있는 4세 아이의 시다.

이 정도 갖고 뭘 감동하란 말야? 다케의 얼굴이 그렇게 말하고 있다.

산고릴라한테 들키지 않아 야단맞지 않고 넘어가긴 했지만…….

" '수박'이라는 시는 어떠냐?"

아이들이 대답했다.

"수박을 쪼갰을 때의 기쁨과 새로운 발견이 있어요."

"그렇지."

린타로도 프랑켄도 따분한 얼굴이다. 교과서에 쓰여 있는 말을 그대로 옮기고 있을 뿐이니까.

　　칼을 갖다 대자
　　쩌억 하는 경쾌한 소리가 났다.
　　달달한 냄새가 확 풍겼다.
　　새빨갛다.
　　"와아."
　　하고 동생이 말했다.
　　수박씨가 아파트 창문 같아.

"새로운 발견이란 어떤 부분이지?"

한 여자아이가 대답했다.

"수박씨가 아파트 창문 같다고 한 부분이요."

"그래. 이것은 이 시를 쓴 아이의 독창적인 말이니까 새로운 발견이라고 할 수 있겠지."

프랑켄이 말했다.

"수박씨가 아파트 창문 같아 보여?"

산고릴라가 언뜻 얼굴을 찌푸렸다.

"지은이가 그렇게 보였다잖아. 그렇게 느꼈으니까 그렇게 표현한 거 아냐."

"지은이는 그렇게 생각했어도 독자가 공감하지 않으면 무슨 소용이에요?"

"……."

산고릴라의 표정이 구겨진다.

프랑켄이 말을 이었다.

"시에도 좋은 시와 그렇지 않은 시가 있잖아요?"

"그야 그렇지."

"교과서에 실린 시는 재미가 없어서 나는 감동을 못 받았어요. 감동도 못 받은 시를 갖고 감동에 대해서 얘기해봤자 하나도 안 와 닿는다구요."

프랑켄은 교과서에 실린 다음의 시도 마음에 들지 않는 모양이다.

만약 내가 남자라면

만약 내가 개라면

만약 내가 사자를 만났다면

'만약'이라는 말 한마디로

내 마음은

웃음이 나기도 하고

겁이 나기도 한다.

산고릴라가 아주 가소롭다는 얼굴로 말했다.

"시건방진 녀석. 네가 어떻게 생각하건 네 자유지만 수업은 방해하지 마."

산고릴라로서는 프랑켄을 최대한 너그럽게 봐준 셈이었으리라.

"나는 좀더 재미있는 시로 공부를 하면 좋겠다고 생각했을 뿐이에요. 수업을 방해한 적 없어요."

오늘 산고릴라는 웬일로 인내심이 강하다.
"그럼, 네가 재미있다고 생각하는 시는 어떤 시냐?"
"괜찮다면 내일 시집을 가져와서……."
프랑켄은 문득 뭔가 생각난 듯 말을 바꾸었다.
"내가 좋아하는 시도 괜찮아요?"
산고릴라는 하는 수 없이 괜찮아, 하고 대답했다.
프랑켄은 그 시를 외우고 있었다.

　지우개를 만들어서
　연필을 만들었다고
　바보가 말했다.

　연필을 만들어서
　지우개를 만들었다고
　선생님이 말했다.

　연필을 만들었는데
　지우개를 만들었냐고
　하느님은 말할까?

　지우개를 만들었는데
　연필을 만들었냐고
　도깨비라면 말하겠지.

이것은 미네쿠라 쇼 씨가 소개해준 마도 미치오의 시집 〈콩알 노래〉에 실린 '도깨비라면 말하겠지'라는 시다.

산고릴라가 말했다.

"뭐야? 무슨 시야? 한 번 들어서는 잘 모르겠군."

칠판에 써, 하고 린타로가 큰 소리로 말했다. 프랑켄이 성큼성 큼 칠판 앞으로 걸어 나갔다.

산고릴라는 프랑켄을 가만히 내버려 두었다.

프랑켄이 시를 칠판에 적었다.

다 적고 나서 프랑켄이 아이들에게 물었다.

"재미있어?"

"재미있어!"

아이들이 한 목소리로 대답했다. 프랑켄은 어깨를 으쓱했다.

"기왕이면 선생님도 해라."

다케가 장난처럼 말했다.

"내가?"

뻔뻔스레 손가락으로 자기를 가리키는 것이 프랑켄답다.

산고릴라가 쓴웃음을 지었다. 산고릴라는 너그러운 모습을 보 였다.

무언의 승낙을 얻은 아이들이 일제히 박수를 쳤다.

프랑켄이 당장 수업을 시작했다.

"저마다 생각이 다르잖아? 그걸 서로 얘기해보자. 우선, 바보는 어때?"

"그러니까 바보야."

리에가 말했다.

"틀린 말을 하고 있다는 거지?"

"응."

"선생님은?"

여자아이 하나가 말했다.

"옳아."

"옳은 말을 하고 있다고?"

"응."

린타로가 손을 들었다.

"음, 린타로가 말해봐."

하고 프랑켄이 선생님처럼 말해서 다들 킥킥거렸다.

"옳은 말이긴 하지만 너무 당연한 말이라서 하나도 재미없어."

"흐음, 역시."

프랑켄 선생님이 말했다. 같은 생각인 듯하다.

"하느님은?"

이번에도 리에가 말했다.

"하느님의 말에는 많은 뜻이 담겨 있어서 좀 어려워."

"역시 뭘 아시는군요."

하고 프랑켄이 말했다. 수업을 이끌어가는 솜씨가 대단하다.

다케가 손을 들었다.

프랑켄 선생님의 수업을 성공시키려고 응원단이 총동원되었다.

"연필은 뭘 쓰는 거잖아. 지우개는 애써 쓴 걸 지우는 거고. 그러니까 헛일이라는 거지. 선생님은 왜 그런 헛일을 하는지 모르겠어. 하느님이 화낼 만해."

산고릴라는 팔짱을 낀 채 쓴웃음을 지으며 아이들의 이야기를 듣고 있다.

"인간을 가엾게 여기고 있어. 하느님은 한탄하고 있는 거야."

쓰토무가 말했다.

"그럴까……?"

미유키가 곰곰이 생각에 잠긴 채 말했다.

"좋아, 미유키, 말해봐."

프랑켄이 미유키에게 기회를 주었다.

"연필을 만들었는데 지우개를 만들었냐고 한 건 하느님이 인간의 지혜에 감탄했다는 뜻이 아닐까?"

"듣고 보니, 그렇게 생각할 수도 있겠네."

프랑켄은 훌륭한 선생님이다. 자기 생각이나 답을 강요하지 않는다. 아이들이 활발하게 의견을 발표할 수 있도록 한다.

아이들은 하느님의 마음을 어떻게 해석할 것이냐를 두고 '다케, 쓰토무 파'와 '미유키 파'로 갈려 침을 튀겨 가며 서로의 주장을 폈는데, 아무래도 '다케, 쓰토무 파'가 다수인 듯했다.

"이건 하느님한테 직접 물어보지 않고서는 알 수가 없는 문제 같으니까 이제 그만 도깨비 이야기를 해볼까?"

프랑켄은 어느 쪽의 손도 들어주지 않았다.

"그건 쉬워."

하고 시게키가 말했다.

"그래, 시게키, 말해봐."

"나, 도깨비의 마음을 잘 이해할 수 있거든."

시게키가 그렇게 말해서 다들 웃었다.

"도깨비는 모습을 보이면 곤란하잖아. 그건 도깨비로서 부끄러운 일이니까."

시게키는 2학년 때부터 아는 게 많고 어른스러운 애였다. 프랑켄과는 좋은 맞수다.

"도깨비는 지우개를 좋아하고 연필을 싫어해. 틀림없어."

맞아, 맞아, 하고 고개를 끄덕이는 아이가 많다.

"그러니까 이 부분은 도깨비의 불만을 나타낸 것이라는 말이 정답이야."

시게키는 독단적으로 결론을 내려버렸다.

여태껏 냉정했던 프랑켄이 갑자기 시게키를 의식한 탓인지, 아니면 시게키의 독단적인 결론이 못마땅했던지,

"저기 말야……."

하고 말을 꺼냈다.

"도깨비가 조금만 더 머리가 좋았다면 연필을 이용해서 사람들을 겁줄 수도 있지 않았을까?"

"……."

프랑켄이 말을 이었다.

"아침에 일어나면 연필이 공중에서 제멋대로 움직이는 거야. …… 너, 어제, 기무라 레이코한테 연애편지를 쓰려다가 말던데, 어쩔 셈이지? 이런 글씨가 네 꽁무니를 끝도 없이 따라다닌다고 생각해봐. 겁나지 않겠어?"

기무라 레이코는 얼떨떨한 얼굴로

"어머, 정말이니?"

하고 시게키한테 물었다.

"농담이야. 자, 다른 사람이 말해봐."

산고릴라가 무슨 말을 꺼내기 전에 프랑켄이 잽싸게 말머리를 돌렸다.

머리가 좋은 건지 잔꾀가 많은 건지…….

도깨비의 마음을 어떻게 볼 것이냐에는 많은 아이들이 시게키의 의견에 찬성했다.

리에가 연방 고개를 갸웃거리며 손을 들었다.

"응, 가시마 리에."

리에가 일어섰다.

"나, 좀 전에 바보는 지우개랑 연필 만드는 순서를 잘못 알았기 때문에 바보라고 했잖아?"

"응, 그랬지."

"다시 찬찬히 읽어보니까 그게 아닐지도 모른다는 생각이 들어."

"……."

"이 시를 지은 사람은 일부러 바보를 맨 앞에 놓고, 일부러 틀린 말을 하게 해서 시를 읽는 사람들을 재미있게 해주려고 했다고 할까, 이 시를 즐길 수 있도록 이끌어주고 있다고 생각해."

"맞아, 내 생각도 그래."

린타로가 한마디 거들었다.

"이 시는 몇 번을 읽어도 재미있어. 도깨비의 말에서 시가 끝나는 게 아니라 거기서 다시 맨 처음에 나오는 바보로 돌아가는 느낌이야. 빙글빙글 도니까 재미있어."

리에는 독특한 생각과 시선으로 시를 이해했다.

린타로가 손을 들었다.

"응, 린타로."

프랑켄한테서 처음 한동안 느껴졌던 부자연스러움은 완전히 사라지고 없었다.

다들 프랑켄 선생님의 수업을 즐기고 있다.

"연필이 먼저든 지우개가 먼저든 그건 아무래도 상관없어. 서로 다른 생각들을 하니까 그게 재미있고 좋은 거야. 나도 리에처럼 처음하고 생각이 좀 달라졌어. 선생님은 당연한 말을 해서 재미없다고 했지만, 당연한 게 있기 때문에 재미있는 것도 있다고 생각해. 그러니까 당연한 것이 있어도 좋다는 얘기야.

이 시를 쓴 사람은 하느님은 훌륭하다거나 바보는 멍청하다는 말을 하려고 한 게 아니야. 다양한 생각들이 있고, 그것들은 나름대로 다 재미있다는 걸 말하고 싶은 거야. 우리하고 같이 놀고 싶은 거야. 나, 마도 미치오라는 시인, 아저씨인지 할아버지인진 모르겠지만, 마음에 들어."

하고 린타로가 말했다.

"마도 미치오 씨는 '코끼리야, 코끼리야, 코가 길구나……' 하는 노래를 지은 사람이야."

리에가 가르쳐주었다. 어, 그래? 하고 린타로가 말했다.

프랑켄은 아이들의 박수를 받으며 선생에서 학생으로 돌아와

제자리에 앉았다.

"건방진 녀석."

하고 산고릴라가 입을 뗐다.

"아무튼 아주 재미있었다."

진심일지 모른다.

"시험 점수를 잘 받을 것 같지는 않다만."

하고 덧붙였다.

산고릴라가 분필을 들었다. '시 쓰는 요령'이라고 썼다.

"정리해줄 테니까 공책에 적어서 완전히 외우도록."

산고릴라가 칠판에 글을 쓰기 시작하고 아이들도 공책을 폈다.

　　1. 시를 쓸 때는 마음의 움직임과 감동이 중요하다.

　　2. 자기 마음의 움직임을 간결하고 생생하게 표현한다.

　　3. 불필요한 말을 생략하고 적절한 말을 쓴다.

　　4. 감동을 두드러지게 하기 위해 중간중간에 행을 바꾼다.

모두 교과서에 나와 있는 말이다.

아이들은 그것을 공책에 옮겨 적기 시작했다.

재미있는 수업을 할 수 있게 해주었으니까 이 정도는 봐주자는 기분이었으리라. 린타로도 프랑켄도 고분고분 연필을 들었다.

다 적고 나자 산고릴라가 말했다.

"교과서를 보면 평소 겪은 일에서 감동받은 것을 시로 표현하고 학급시집도 만들어보자는 말이 있지? 오늘 숙제는 이거다. 시를 한 편씩 써 올 것."

으아아, 히익, 하는 소리가 터져 나왔다.

"너희들이 아주 훌륭한 의견을 말해주었으니까 거기에 책임을
져. 좋은 시를 써 오라고."

산고릴라는 여태껏 아이들에게 시를 써 오라고 한 적이 없다. 다
만 자신의 업무에 충실한 교사인 만큼 교과서에 나와 있는 대로 숙
제라는 형식으로 아이들에게 시를 쓰게 했고 2주일쯤 뒤에는 그것
으로 학급시집도 만들었다.

프랑켄의 시다.

밤의 운동장

5학년 오무라 미쓰루

3천 미터 해저에
가라앉은 광장입니다.

포플러가
공중에 꽂혀 있습니다.

깃발 없는 깃대는
외톨이입니다.

린타로의 시다.

친구

다쓰로라는 사람이 있다.
다쓰로는 아이들을 팬다.
다쓰로는 나를 뱅글뱅글 돌려
나무에 매단다.
나는 도롱이벌레가 된다.
다쓰로는 나에게
남들이 못 하는 일을 하라고 한다.
다쓰로는 나에게
인간은 조금씩은 나쁜 짓도 저지르는
동물이라고 한다.
그렇기에 부처님 말씀이
가슴에 사무친다고 한다.
다쓰로는 권투선수가 되었고
어린이집의 형아가 되었고
소림사 권법 선생님이 되었고
이제 어린이책 서점 주인이 되려고 한다.
돈벌이 안 되는 일을 하면서도
으스대며 살아가는 사람이 있다는 걸
몰랐다.
다쓰로는 바보라고 생각하지만

다쓰로가 있어서
우리는 언제나
마음 한쪽이 즐겁다.

프랑켄의 시도, 린타로의 시도 교과서에 실린 시와 전혀 관계가
없지는 않다.
프랑켄은

늙은 커다란 나무가
들판에 서 있다.
너는 사무라이가 지나가는 것을 보았으리라.
관동대지진 때는 비틀비틀 흔들렸으리라.
(……)
나무 앞을 지날 때마다
나는 나무를 올려다본다.
나무도 나를 지그시 바라본다.
(……)

라는 시에 나름대로 도전해본 듯하다.
린타로의 시는 좀더 직접적이고 구체적으로, 다쓰로라는 젊은
어부를 노래한 시에 도전했다고 볼 수 있다.
다른 배는 모두 돌아왔는데도 다쓰로의 배만 돌아오지 않는다.

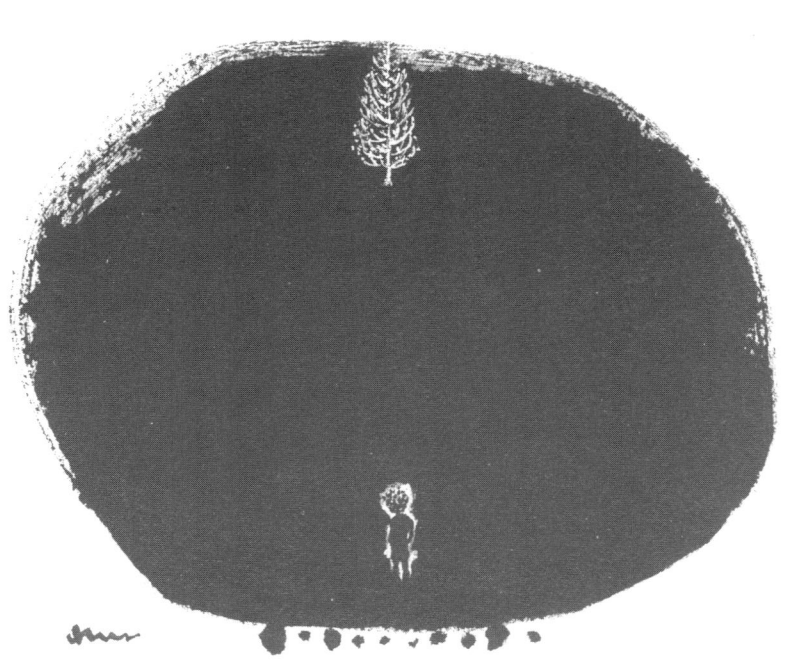

바람이 거세졌다.

"다쓰로 어떻게 된 거지?"

"바다에 빠진 건 아니겠지."

아, 엔진 소리다.

강한 바람을 타고 우렁차게 울린다.

타다다다, 배다.

다쓰로의 배다.

깃발이 보인다.

풍어다.

믿음직스러워, 다쓰로는 강하니까.

어머니 얼굴에

자글자글 주름이 잡혔다.

(……)

라는 시다.

시집을 린타로에게 건네주며 산고릴라가 말했다.

"다쓰로라는 사람, 재미있는 사람이더군. 언제 또 한번 맥주라
도 한잔 같이 하자고 전해."

"응."

린타로는 처음으로 산고릴라의 말에 고분고분 대답했다.

어, 형아, 오늘 어딘가 좀 다른걸? 린타로는 곧바로 알아챘다.
온몸에 힘이 넘쳐흐르는 느낌이다.

다쓰로가 한동안 영 기운이 빠져 있었기에 그런 다쓰로를 보자 린타로는 마음이 놓였다.

"오늘은 위 막기 연습을 중심으로 한다."

성구 합창이 끝나자 다쓰로가 말했다.

"위 막기는 상대방이 손날로 얼굴을 공격해 왔을 때, 팔을 들어 올려서 막는 방어법이다. 이 때 주의해야 할 것은?"

다쓰로가 기쓰로에게 물었다.

"손가락을 좍 벌리고 손목을 이용해요."

"그렇다. 그럼…… 다리 벌려 중단 자세!"

다쓰로의 목소리가 우렁차게 울린다.

"하나!"

"얍!"

"둘!"

"얍!"

한동안 상대 없이 혼자 방어 연습을 한다.

"그만."

아이들이 동작을 멈춘다.

"지금은 상대방이 어디로 공격해 올 것인지 아는 상태에서 방어를 하고 있다. 실제로 공격을 받는 건 아니니까 안심하고 있는 셈이지. 언제, 어느 쪽으로 공격이 들어올지 미리 알 수 있나?"

아이들이 고개를 가로젓는다.

"방어법이 위 막기, 아래 막기, 안 막기, 바깥 막기, 상중단 막기, 상중하단 막기 등으로 다양한 것은 언제, 어떻게 들어올지 모르는 공격에 대비하기 위해서다. 수행은 끝이 없다. 오늘은 위 막기의 '언제'를 공부한다."

다쓰로가 기다란 봉을 들고 왔다.

"신호도 명령도 하지 않겠다. 언제 이 봉이 너희들 머리를 겨눌지 몰라."

다쓰로가 도시하루 앞에 섰다.

"두말 할 것도 없지만 내가 도시하루 앞에 서면 너희들 모두 도시하루가 된다."

가만히 보고만 있지 말라는 뜻임을 아이들은 금세 알아챘다.

다쓰로는 기다란 봉을 도시하루 머리 위에 드리우나 싶더니 순간 획 내리쳤다.

도시하루가 왼팔로 가까스로 막았다.

다른 아이들도 도시하루가 된 셈이니까 똑같은 동작을 취하지만 대개는 도시하루보다 한 박자 늦다. 본인이 아니므로 어쩔 수 없는 일이리라.

"도시하루, 그러면 네 팔이 부러져."

하고 다쓰로가 말했다.

"너는 얼굴에서 팔을 멀찍이 떨어뜨리고 거의 직각으로 봉을 막았다. 즉 봉이 네 팔뼈에 부딪힌 셈이야. 내가 이 봉에 힘을 실었다면 네 팔은 부러졌을 거야."

말 그대로다.

도시하루는 아무렇지 않은 척했지만 봉을 막은 부분이 조금 아팠다.

"팔은 얼굴을 스칠 듯 올려야 돼. 이마 바로 옆을 통과해 팔을 올리면 살이 많은 팔 안쪽 면이 바깥을 보게 된다. 그러면 그 부분으로 봉을 막게 되고, 팔과 봉의 각도가 좁혀져 있으니까 봉을 막는다기보다 미끄러뜨리는 느낌이다. 따라서 충격이 거의 없다. 자세도 흐트러지지 않으니까 즉시 오른주먹으로 공격을 할 수도 있다."

다쓰로의 설명은 이해하기 쉬웠다. 해보니까 정말 다쓰로의 말 그대로였다.

린타로는 당장에 깨달았다. 봉을 겁내서는 안 된다. 제대로 막기만 한다면 겁낼 필요가 없다.

"소림사 권법에서는 몸집이 작은 사람이 몸집 큰 사람을 내던지거나 누가 봐도 훨씬 힘이 약한 사람이 힘센 사람을 제압한다. 그것은 상대방의 힘을 제압하거나 반대로 상대방의 힘을 빼앗았을 때 가능하다. 둘 다 '수주공종'의 정신이 바탕에 깔려 있지."

다쓰로가 봉을 들고 아이들 한 명 한 명과 연습을 했다.

이 연습으로 아이들은 머리로 아는 것과 몸으로 아는 것의 차이도 이해할 수 있었다.

봉을 겁낼 필요가 없다는 것을 대번에 깨달은 린타로는 비범한 재능을 지녔다고 할 수 있으리라.

다쓰로의 설명을 듣고 머릿속으로만 봉을 막을 때는 정확한 동작을 할 수 있었지만 실제로 봉이 날아오자 제대로 막지 못하는 아이가 많았다. 머리 위로 기다란 봉이 떨어지면 아무래도 겁이 난다.

당황해서 그만 손을 내밀어버린다. 손으로 막으려는 의식을 버리기 전에는 제대로 되지 않는다. 몸으로 막는다는 느낌으로 막지 않으면 다쓰로가 가르쳐준 자세는 나오지 않는 것이다.

린타로와 프랑켄만이 이 기술을 거의 완벽하게 소화했다. 강인한 정신력 덕분인지 모른다.

다쓰로는 소리 없이 한숨을 내쉬었다. 다른 방법을 써봐야겠군, 하고 생각한 듯하다.

다쓰로는 아이들을 한 자리에 모았다.

"지난번에 팔방목 배웠지? 한번 해볼까?"

팔방목은 일본 소림사 권법 특유의 주위를 살피는 기술로, 눈동자를 움직이지 않고 사방팔방을 보는 것을 말한다. 사람의 시계(視界)는 약 180도 정도이다. 그러나 평소에는 시계에 들어오는 모든 것을 의식적으로 보지 않는다.

팔방목 연습은 눈에 들어오는 모든 것을 의식적으로 보고 각도를 넓히기 위한 것이다. 연습을 통해 얼굴을 옆으로 돌린 채 정면을 보거나 책을 읽으면서도 옆 사람의 움직임을 정확히 볼 수 있다.

사실 이건 별로 재미있는 연습이라 할 수 없다. 금세 지겨워진다.

팔방목을 배운 뒤로 린타로와 프랑켄 말고는 이 연습을 충분히 하지 않았구나, 하고 다쓰로는 생각했다.

"도시하루, 가즈미치, 서로 마주 봐. 2미터 정도 떨어져서."

둘은 다쓰로의 말에 따랐다.

"팔을 양옆으로 쫙 벌린다. 먼저 도시하루부터. 도시하루는 가즈미치의 눈을 똑바로 봐, 눈동자를 움직이면 안 돼. 가즈미치가 손을 움직이면 너도 똑같이 움직인다, 알았나?"

2미터 정도의 거리에서는 그럭저럭 해낼 수 있었다. 다쓰로는 둘의 거리를 좀더 좁혔다.

거리가 가까워질수록 상대의 움직임을 따라 하기 힘든 데다 다른 아이들의 시선도 부담스러우리라.

"눈으로 보는 것은 분명하지만, 눈으로 본다는 의미에는 마음으로 보는 것도 포함되어 있다. 그것을 잘 생각해. 지금부터 한동안 팔방목 연습을 한다."

마음으로 본다.

린타로에게는 정겨운 말이다.

린타로는 할아버지의 말을 지금도 똑똑히 기억하고 있다.

"사람에게는 마음이라는 것이 있단다. 마음이 있기 때문에 사람은 이런저런 생각을 하거나 이렇게 하자, 저렇게 하자고 결정할 수가 있지. …… 마음은 밋밋하지 않단다. 마음에는 눈이 있지. 눈이 달려 있어."

할아버지는 그렇게 말했다. 눈을 감고 할아버지를 보라고 했다. 할머니를 보라고 했다.

정말로 할아버지가 보였다. 할머니가 보였다.

그 때 할아버지는 말했다.

마음의 눈을 뜨고 있었기 때문에 할아버지와 할머니를 볼 수 있었다고…….

할아버지는 더욱 심오한 말을 했다.

마음의 눈은 사물을 보기 위해 있는 것이 아니라고, 마음의 눈이 하는 가장 중요한 일은 사람의 마음을 보는 것이라고.

린타로는 기억을 떠올렸다.

누군가를 대할 때 자신의 온 마음과 마음의 눈을 그 사람에게 향하라고, 친하게 지낼 사람이 아니니까 대충 대해도 된다는 생각은 절대로 해서는 안 된다고 할아버지는 말했다.

그 때는 할아버지의 말에 그저 귀를 기울이고 있었을 뿐이지만 그게 얼마나 중요한 말이었는지, 린타로는 새삼 깨달았다.

사람을 대할 때는 거짓 없는 마음으로 정성을 다해야 한다. 린타로가 그렇게 생각하게 된 바탕에는 할아버지의 가르침이 있었다.

자기가 그런 마음으로 상대방을 대하면 상대방도 그와 같은 마음으로 자신을 대할 것이다.

린타로는 다쓰로, 프랑켄, 프랑켄의 누나 사토코, 슈짱, 그리고 수많은 친구들이 없는 세상은 이제 상상도 할 수 없다. 마음의 눈으로 이 사람들을 보았기 때문이라고 린타로는 생각한다.

"린타로, 무슨 생각해?"

다쓰로의 목소리에 린타로는 퍼뜩 제정신이 들었다.

"마음에는 눈이 있다고, 우리 할아버지가 그랬어."

린타로가 조그맣게 말했다.

"그래, 그런 말씀을 하셨구나."

"응."

"그 분이……."

"형아는 할아버지하고 똑같은 말을 했어."

"그래? 내가 너네 할아버지하고 똑같은 말을 했냐?"

다쓰로는 기뻤다. 다쓰로도 린타로의 할아버지를 존경했다.

기쁨에 겨운 나머지, 다쓰로가

"타앗!"

하고 날카로운 기합 소리를 내지르며 공중으로 부웅 날아올랐다. 다쓰로가 발차기하는 모습은 허공을 가르며 날아가는 창 같았다.

아이들은 그런 다쓰로를 소리 죽여 바라보았다.

그 날 연습은 다들 진지했다. 뭔가에 감동한 듯 연습에 온 힘을 기울였다.

다쓰로는 조금 일찍 연습을 끝내고 아이들을 불러 주위에 둘러 앉혔다.

"사흘 동안 본산에 갔다 왔어."

본산이란 가가와 현 다도쓰에 있는 금강선 총본산 소림사를 말하는데, 그 곳에 일본 소림사 권법 연맹본부가 있다. 다쓰로는 그 곳에서 열린 지도자 강습회에 참가하고 온 것이다.

"내가 좋아하는 하이타카 선생님과 기타 선생님에게 좋은 말씀을 듣고 왔어. 나 혼자 알고 있기는 너무 아까우니까 너희들한테도 좀 가르쳐주지."

다쓰로가 잔뜩 뻐겼다.

아무리 뻐겨도 린타로와 아이들은 다쓰로의 이야기를 듣고 싶다.

아이들은 하이타카 선생님도 기타 선생님도 알지 못한다. 두 사람은 다쓰로가 소림사 권법을 배우기 시작했을 때의 스승으로 지금은 연맹의 중심적인 지도자다.

다쓰로가 하이타카 선생님은 뭐라고 했다거나 기타 선생님은 뭐라고 했다는 말을 곧잘 하기 때문에, 아이들도 이름은 알고 있다. 틀림없이 다쓰로 같은 사람일 거라고, 아이들은 생각한다.

"텔레비전을 보면 높다랗게 쌓인 기왓장을 단숨에 깨부수며 힘자랑을 하는 무술인이 나와. 그렇지, 다케미?"

다케가 헤헤헤 웃었다.

다케는 그 흉내를 내다가 손등의 살갗이 죄다 벗겨진 적이 있다.

"기타 선생님은 단련이 그런 것이냐고 물으셨어. 그렇게 단련하면 인간은 콘크리트 벽을 무너뜨릴 수도 있냐고. 소림사 권법의 창시자인 소도신 선생께서도 말씀하신 적이 있지. 단련이란 기왓장을 깨는 게 아니라 기와로 지붕을 이는 것이라고."

다케는 조금 부끄러웠다.

"인간에게는 몸으로 할 수 있는 범위 안에서 반드시 해야 할 일이 있어. 그런 육체적인 수행을 먼저 이룬 사람은 곧바로 마음의 수행을 쌓을 수 있지."

아이들은 다쓰로를 바라보며 진지하게 듣고 있다.

"단련을 통해 육체적으로 강해졌다면 그 힘을 자랑하지 말고 다른 사람을 위해 써라. 이것이 바로 자신은 절반만 행복해지고, 나머지 절반은 다른 사람의 행복을 위해 애쓰라는 말의 의미다, 라고 기타 선생님은 말씀하셨어."

린타로는 또 할아버지의 말을 떠올렸다.

할아버지는 배워라, 그리고 일을 해라, 라고 했다.

"뜻깊은 일일수록 좋은 일일수록 사람의 마음에 만족과 풍요로움을 주지. 사람을 사랑하는 것과 매한가지야. 한 사람이 사랑할 수 있는 사람은 한계가 있지만, 일을 통해 사랑할 수 있는 사람은 한없이 많단다. 그렇게 살아야만 인간은 신이 주신 생명을 다 살았다고 할 수 있어."

린타로는 마음의 수행이라는 말과 할아버지가 했던 말이 가슴에 와 닿았다.

다쓰로가 말을 이었다.

"기타 선생님이나 하이타카 선생님은 늘 내가 생각지도 못한 말씀을 하시지. 나는 그게 좋아."

다쓰로는 즐거워 보였다.

"하이타카 선생님이 말씀하시기를, 소림사 권법은 인간의 오감을 갈고닦기 위한 수행이래. 그건 나도 이해할 수 있는데, 선생님은 눈, 귀, 코, 입을 아주 재미있게 표현하셨어."

아이들이 흥미를 보였다.

"눈은 진짜인지 가짜인지를 구분하기 위해 있대."

"귀는요?"

프랑켄이 재촉했다.

"귀는 상대방의 말이 진실인지 거짓인지를 구별하기 위해 있다고 하셨지."

"세상엔 거짓말쟁이가 많으니까."

하고 아오퐁이 덧붙였다.

"코는 상대방한테서 미더운 사람의 냄새가 나는지 안 나는지 냄새 맡기 위해 달려 있대."

"히야."

다케가 감탄했다.

"입은 자기 생각을 솔직하게 말하기 위해 있으니까, 자기 이익을 위해 입을 이용해서는 안 돼. 하이타카 선생님이 그렇게 말씀하셨어."

"모두 다 사람하고 관계가 있구나."

하고 린타로가 말했다.

"그래. 나도 그 점이 재미있어. 권법 선생님이니까 힘이 강하냐 약하냐, 강해지려면 어떻게 해야 하냐 등의 이야기를 할 것 같은데, 그런 이야기는 전혀 하지 않고 인간에 대한 이야기를 하니까 그게 아주 좋더라고."

"응."

린타로도 고개를 끄덕였다.

"그런데 린타로."

다쓰로가 문득 진지한 목소리로 말했다.

"나, 너한테 고맙다는 말을 해야겠다."

린타로는 무슨 소리야? 하는 얼굴로 다쓰로를 보았다.

"네 덕분에 책을 구입할 수 있게 됐으니까."

무슨 말일까?

"너, 그 때 그랬지? 뵤도인에 갔을 때 택시를 못 잡으면 잡을 수 있을 때까지 끈기 있게 기다리면 된다고 생각했다고. 그래서 나도 우리 서점에 책을 대주겠다는 사람을 만날 때까지 끈기 있게 기다리자고 내 자신을 타이르면서 사람들을 만나러 다녔어. 수익률은 낮지만, 우리 책방에 책을 대주겠다는 사람과 도매상을 드디어 찾았어."

다쓰로가 말했다.

그랬구나, 그래서 오늘 다쓰로가 기운이 넘쳤구나. 그런 일이 있었구나. 린타로는 그제야 이유를 알았다.

"형아, 정말 잘됐어."

아오퐁이 말했다. 다들 똑같은 마음이었다.

일요일에 린타로는 다쓰로의 서점 일을 도우러 갔다.

다쓰로는 돈을 아껴야 된다면서 탁자와 의자(말이 의자였지, 통나무를 잘라 페인트칠을 했을 뿐이다.)를 직접 만들었다. 앉아서 책을 읽을 수도 있는 서점이다.

페인트칠 정도는 아이들도 할 수 있다. 게다가 할아버지한테서 목수 일의 기초를 배운 린타로는 어설픈 어른보다 훨씬 믿음직스러웠다.

"꽤 도움이 되는걸? 일당을 줘도 아깝지 않을 정도야."

하고 다쓰로가 말했다.

다쓰로에게는 일이 곧 놀이다.

나무 의자의 색깔은 흰색, 까만색, 빨간색, 파란색, 노란색, 초록색, 주황색, 분홍색이었다.

"왜 여덟 가지 색깔이야, 형아?"

아오퐁이 물었다.

"몰라도 돼."

다쓰로는 말해주지 않았다.

다쓰로의 친구 몇 명이 도와주러 와 있었다.

다쓰로가 점심 준비를 하러 자리를 비운 틈에, 다쓰로의 친구 가운데 한 사람이 다쓰로의 비밀을 들추어냈다.

"경마가 뭔지 알아?"

"알아요."

프랑켄이 가장 먼저 대답했다.

"경마는 한마디로 말해서 도박이지. 여러 방법으로 돈을 거는데, 아, 너희들도 들어본 적 있을 거야. 2-3이니 5-8이니 하는 거."

"복승식(마권의 일종으로, 각 경주에서 1위와 2위로 들어올 것이라고 예상되는 말을 도착 순서에 상관없이 맞히는 마권을 말한다 – 옮긴이) 말이죠?"

프랑켄이 말했다.

"아, 너, 어린애가 그런 걸…… 어떻게 알지?"

"천황상(해마다 봄가을에 벌어지는 경마 레이스로, 상금이 매우 높다 – 옮긴이)에 당첨된 적도 있는걸요."

"뭐라고?"

다쓰로의 친구는 눈이 휘둥그레졌다.

"어유, 농담이에요, 농담. 부모님이 한 번씩 그런 얘기를 해요." 하고 프랑켄이 말했다.

"아무튼 요즘 애들은 무섭다니까."

다쓰로의 친구는 혀를 내둘렀다. 그러고는

"내가 대체 왜 이런 것을 가르쳐줘야 하지?"

하고 투덜거리면서도 기수의 모자 색깔이 여덟 가지이고, 각각의 색깔에는 번호가 있다는 것을 아이들에게 설명해주었다.

"많은 애들이 앉다 보면 아무래도 의자가 이쪽 저쪽으로 옮겨

다닐 거 아냐? 예를 들어 이쪽 구석에 노란색과 주황색이 있는 날에는 노란색 5번과 주황색 7번에 돈을 걸어보겠다는 거지. 안 봐도 뻔해. 그런 방법으로 경마에서 돈을 딸 수 있으면 누군들 돈을 못 따겠어? 그 자식, 바보 아니냐?"

하고 다쓰로의 친구가 말했다.

다쓰로가 사 온 따끈따끈한 도시락을 먹고 그 날은 일을 마쳤다.

다쓰로와 친구들은 볼일이 있어서 어디에 간다고 했다.

"형아, 혹시 경마장에 가?"

린타로가 다쓰로에게 물었다.

"경마장? 왜 그런 생각을 하냐?"

다쓰로는 의자 색깔 속에 숨은 비밀을 들킨 것을 전혀 모른 채 그렇게 되물었다.

그 날, 다케가 오지 않았다. 나도 도우러 갈게, 하고 말해놓고.

"오늘 다케는 왜 안 왔을까?"

아오풍이 말했다.

"그러게 말야. 진짜 웬일이지?"

린타로도 고개를 끄덕이며 말했다.

"무슨 일 있나?"

오늘은 하루 종일 다쓰로를 도와줄 생각이었기 때문에 그 뒤로는 다른 계획이 없었다.

세 아이는 다케네 집에 가보기로 했다.

그리고 거기서 아수라장을 목격했다.

몇 대 쥐어박는 정도가 아니었다. 다케의 아빠는 걸레를 바닥에

패대기치듯 다케를 패고 있었다.

다케는 입술이 찢어지고 옷 여기저기에 피가 묻어 있었다.

그런데도 다케는 전혀 저항하지 않았다.

"아저씨!"

린타로가 소리쳤다.

다케의 아빠가 린타로를 돌아보았다. 순간 움찔하더니 옅은 웃음을 띠며 들고 있던 물건을 버리듯이 다케를 놓아주었다.

"다케를 왜 때려?"

린타로가 그렇게 말했을 때다. 다케의 입에서 뜻밖의 말이 튀어나왔다.

"참견 마, 너희들은!"

다케가 이렇게 말한 것이다.

린타로와 아이들은 얼어붙은 듯 그 자리에 못박였다.

참견 마, 너희들은. 대체 무슨 말이지?

그 말과 그 생각이 머릿속에서 뱅글뱅글 맴돌았다.

다케의 엄마도 할머니도 집에 없었다.

"다케, 너……."

린타로가 말을 꺼내려 하자

"너희들하곤 상관없는 일이야."

다케는 입술의 피를 혀로 핥고는 말했다.

"이 녀석, 친구한테 그런 말이 어디 있어!"

다케를 흠씬 두들겨팬 다케의 아빠 우에하라 씨가 그렇게 말했다.

린타로는 그 때 엉겁결에 아저씨라고 소리쳤지만, 평소에는 우에하라 씨를 감독님이라 부른다.

우에하라 씨는 어린이회 회장이자 야구부 감독이었다.

린타로와 아이들에게 우에하라 씨는 다케의 아빠보다는 어린이회 회장이나 야구부 감독의 이미지가 더 친근했다.

린타로는 4학년 때 야구부에 들었다.

"프로 야구에서는 등 번호가 7번인 3루수가 있잖아요. 초등학교 야구나 고교 야구에서는 왜 꼭 1번이 투수, 2번이 포수, 3번이 1루수여야 돼요? 그런 법이 어딨어요?"

린타로는 우에하라 씨에게 이런 억지를 부렸다.

"듣고 보니 그렇구나. 린타로가 7번을 달고 싶으면 7번을 달고 어느 위치에서든 수비를 해. 그 대신 큰소리를 친 만큼 정신 똑바로 차리고 실수하면 안 돼."

아이들을 무조건 잡죄는 감독이 많은 만큼 우에하라 감독은 특별한 존재였다.

느릿느릿 굴러가는 땅볼을 보내겠다고 하면, 어김없이 땅볼이 데굴데굴 굴러온다. 이번엔 빠른 땅볼이다, 하면 정말로 빠른 땅볼이 온다.

아무리 기운이 바닥났어도 린타로는 공을 놓치지 않으려고 안간힘을 쓴다.

"실수하고 울상 짓지 마. 린타로를 봐. 방금 그 공 이번엔 꼭 잡을 테니까 한 번만 더 던져달라고 하잖아. 다들 좀 배워."

그런 식으로 칭찬하고 가르쳤다.

우에하라 씨는 못 하는 게 없는 사람이었다.

아이들과 함께 수영장에 놀러 간 적이 있다.

우에하라 씨의 자세는 텔레비전에서 본 수영선수처럼 멋있었다. 자유형 자세도 완벽했다.

린타로가 가르쳐달라고 했다.

"되도록 멀리 있는 물을 잡는다는 느낌으로 해. 물에 닿는다는 느낌이 아니라 물을 잡는다는 느낌으로 말야. 그리고 물을 잡는 순간 한 번 비틀어줘. 그러면 다른 쪽 손을 내뻗기가 쉽거든. 자, 잘 봐."

우에하라 씨가 헤엄쳐 지나간 자리에 닿은 머리 모양의 물결이 일었다.

"어때, 한 번 비틀어주니까 한결 낫지?"

린타로가 헤엄치는 자세를 보고, 우에하라 씨가 말했다.

"넌 다리가 문제야. 팔 동작에만 신경을 쓰니까 다리가 잘 안 움직이잖아. 지금 너는 무릎 아래쪽만 움직이고 있어. 다리 전체를 위아래로 크게 움직인다는 느낌으로 물을 차야 하는 거야."

설명을 듣는다고 당장에 헤엄을 잘 칠 수 있는 것은 아니지만, 린타로는 우에하라 씨의 말을 이미지로 그리며 열심히 연습했다.

운동 실력이 좋은 것만이 우에하라 씨의 매력은 아니다.

우에하라 씨가 하는 말 중에는 린타로의 마음에 깊이 와 닿는 말이 많다.

"우리 다케미도 린타로도 선생님한테 자주 야단맞는다며?"

"선생님이 나빠."

린타로가 말했다.

"선생이라는 말은 먼저 태어났다는 뜻이지. 하지만 먼저 태어나서 얻은 지혜만으로는 린타로 같은 개구쟁이들의 지혜를 못 당할 거야. 나는 그걸 잘 알 수 있어."

하고 아이들 편을 들어준다.

"물고기의 아이든, 사람의 아이든 똑같아."

"뭐야? 무슨 뜻이야?"

"물고기도 제철이 있지. 사람한테도 그런 게 있어. 어린 시절에는 어린 시절에만 할 수 있는 일이 있어. 그걸 충분히 하고 난 뒤에야 개성이 풍부한 어른이 되는 거야."

린타로도 이해할 수 있는 말이다.

"아무리 멋진 양복을 입고 있어도 마음의 양복을 입고 있지 않으면 신사라고 할 수 없지. 이런 말이 있다."

그러더니 우에하라 씨가 갑자기 노래하듯이 읊조렸다.

"내 비록 누더기를 걸쳤어도 마음만은 비단결……."

그 뒤로 린타로는 다케에게 우에하라 씨의 안부를 물을 때 '마음만은 비단결'은 잘 지내냐고 우스갯소리를 하곤 했다.

다케의 집에 놀러 가면 대개는 우에하라 씨가 집에 있었다.

우에하라 씨는 린타로를 비롯한 다케의 친구들이 찾아오면 어김없이 뭔가 간식이나 먹을 것을 내오며

"자, 많이 먹어."

하고 말했다.

"나는 어릴 때 과자 대신에 고마튀를 곧잘 먹었지……."

우에하라 씨는 고구마튀김을 고마튀라고 한다.

"고마튀를 보면 옛날에 고생했던 일들이 떠올라 눈물이 난다

니까."

우에하라 씨는 곧잘

"나, 고생 참 많이 했지."

하고 말했다.

"남의 마음을 헤아리지 못하는 사람은 고생을 안 해본 사람이야."

이것이 우에하라 씨의 입버릇이다.

우에하라 씨는 그런 사람이라고 아이들은 생각하고 있다.

어린이회에서 하이킹을 가는 날, 치과에 다녀온 린타로를 한 시간 가까이 기다려준 적도 있었다.

린타로와 아이들이 우에하라 씨를 따르는 이유는 어른이면서도 아이들의 놀이에 훤하기 때문이다.

아이들은 새총 만드는 방법도 우에하라 씨한테 배웠다. 새총은 린타로네 지방에서는 돌총 또는 고무총 등 몇 가지 다른 이름으로 불리기도 한다.

요즘 아이들은 새총을 직접 만드는 대신 백 엔이면 살 수 있는 플라스틱 새총을 갖고 논다. 하지만 플라스틱 새총은 잘 부러진다. 당연히 힘도 없다.

우에하라 씨는 나무줄기에서 바로 뻗어 나온 단단한 나뭇가지로 새총을 만들었다. 그 새총은 두 갈래로 갈라진 끄트머리에 나무마디가 있어 고무줄을 매기도 좋았다.

린타로와 아이들은 두 갈래로 반듯하게 갈라진 균형 잡힌 가지를 썼다. 보기도 좋고 돌멩이도 멀리까지 날아갈 수 있을 것 같아서였다.

다들 아스팔트 바닥에 대고 비벼서 끝부분을 매끈매끈하게 만든 다음 우에하라 씨에게 보였다.

"감독님 것보다 좋죠?"

하고 린타로가 자랑했다.

우에하라 씨가 말했다.

"그건 생각보다 균형이 안 맞아. 명중률이 높지 않다구. 린타로, 새총을 만들 때는 균형이 잡힌 부분을 쓰는 것보다 마디가 많은 부분을 쓰는 게 더 좋아. 마디 부분에는 영양분이 많이 모여 있기 때문에 훨씬 유연하게 휘어지거든. 뭐, 일단 만들고 나서 비교해보면 알 거야."

우에하라 씨의 말 그대로였다. 명중률이 눈에 띄게 차이가 났다.

아이들은 보통 새총을 쏠 때 한쪽 눈을 감고 목표물을 겨눈다.

우에하라 씨는 불만스레 말했다.

"그게 아냐. 다들 여기다 손을 대봐."

우에하라 씨는 그렇게 말하며 눈과 눈 사이에 벽을 세우듯 손을 갖다 댔다.

린타로와 아이들도 우에하라 씨를 따라 했다.

"이 상태에서 한쪽 눈을 감아보면 잘 알 수 있어. 오른쪽 눈을 감으면 왼쪽 눈으로 보던 풍경이 보이고, 왼쪽 눈을 감으면 오른쪽 눈으로 보던 풍경이 보이지. 하지만 두 눈을 다 뜨면 훨씬 더 잘 보이거든."

말 그대로였지만, 그런다고 정말 더 잘 맞힐 수 있을까? 아이들은 빈 깡통을 놓고 시험해보았다.

이번에도 우에하라 씨의 말이 맞았다.

한쪽 눈을 감고 쏘았을 때는 빈 깡통을 맞힐 때보다 못 맞힐 때가 더 많았다.

우에하라 씨가 가르쳐준 대로 하자 결과는 그 반대였다. 린타로와 아이들은 감탄했다.

돌치기라는 놀이가 있다.

강가에서 유리구슬만 한 돌을 주워 와서 흰 돌과 검은 돌로 나누어 승부를 겨룬다.

자기 돌이 상대방의 돌을 맞히면 그 돌은 자기 것이 된다. 반대로 맞히지 못하면 돌의 주인은 소유권을 잃고 누구든 맞히는 사람에게 넘겨주게 된다. 그래서 돌을 맞히지 못한 아이는

"어유, 남 좋은 일만 해줬네."

하고 안타까워한다.

눈 위치에 돌을 대고 겨누는데, 맞히는 일이 그리 쉽지 않다.

린타로도 처음에는 한쪽 눈을 감고 돌을 겨누었지만 새총을 쏠 때처럼 두 눈을 다 뜨고 겨누면 역시 적중률이 더 높아진다는 것을 바로 이해했다.

린타로는 열 번에 서너 번쯤 맞혔는데 그 정도면 꽤 잘 맞히는 편이다.

우에하라 씨는 열에 여덟은 돌을 맞혔다.

이중치기라고 해서, 돌 한복판을 맞히면 그 돌이 튀어올라 또 다른 돌을 맞히는 경우가 있다. 그러면 한 번에 돌 두 개를 가질 수 있다.

우에하라 씨가 맞힌 것 중에는 이중치기가 많았다.

어른이니까 맞힌 돌을 자기가 갖지는 않았지만

"햐, 이거 뭐, 땅 짚고 헤엄치기보다 쉽네."

하고 자기 솜씨를 뽐낸다.

린타로와 아이들은 너무너무 분하다.

린타로는 우에하라 씨에게 비결을 가르쳐달라고 졸랐다.

"린타로처럼 해서는 안 돼."

우에하라 씨가 말했다.

린타로는 돌을 엄지와 검지 사이에 끼운다. 린타로뿐 아니라 다른 아이들도 모두 그렇게 쥔다.

우에하라 씨는 그게 틀렸다고 한다.

"돌 옆면을 쥐고 떨어뜨리면 두 손가락 중 어느 한쪽의 힘이 더 세게 작용하기 때문에 자기가 생각했던 방향에서 조금씩 빗나가는 거야."

우에하라 씨는 돌이 유리구슬처럼 동그랗지 않고 타원형이라는 점을 이용한다. 엄지와 검지를 쓰는 것은 똑같았지만, 돌을 쥔다기보다 손가락 사이에 가볍게 끼우고 있다가 순간적으로 힘을 주어 퉁기듯이 떨어뜨렸다.

린타로한테도 그 방법을 써보라고 했다.

이 방법은 호흡이 중요하기 때문에 터득하는 데에 시간이 걸린다.

"린타로, 몸을 좀 낮춰봐."

린타로는 자기 돌과 맞히려는 돌 사이의 거리를 좁혀서 연습했다.

우에하라 씨는 남한테 뭔가를 가르치는 솜씨가 뛰어났다. 우에하라 씨야말로 선생님이다. 아이들은 그 사실을 안다. 배울 가치가 있다고, 아이들은 진심으로 생각했다.

그런 우에하라 씨도 다케의 할머니나 엄마의 입에만 오르면 걸레처럼 훌닦인다. 린타로와 아이들은 그 모습을 한두 번 본 것이 아니다.

"어린이회 회장이란 사람이 애들한테 그런 이상한 짓을 가르쳐서 어쩌겠다는 거예요?"

한 아주머니가 잔뜩 화난 얼굴로 호통치고 있다.

가만 들어보니까, 우에하라 씨가 어린아이들한테 변기 사용하는 방법을 가르친 모양이었다.

"우리 애 말이, 어른들이나 변기 뚜껑을 등지고 앉아 볼일을 보지, 아이들은 변기 뚜껑을 바라보고 앉아서 똥도 누고 오줌도 눈다는 거예요. 우에하라 아저씨가 그렇게 말했대요."

우에하라 씨는 슬그머니 달아나려고 했다. 다케의 엄마가 우에하라 씨의 허리띠를 붙잡고 홱 잡아당겼다.

"애가 화장실에 갔다 올 때마다 변기가 오줌 범벅이 되기에 뭔가 이상하다 싶었더니, 그런 일이 있었더라구요. 대체 뭐 하는 짓이에요?"

린타로와 아이들이 킥킥거렸다.

"저 아줌마는 도대체 유머를 이해 못 해."

아주머니가 돌아간 뒤에, 프랑켄은 그렇게 말하며 우에하라 씨를 감쌌다.

"응, 눈곱만큼도 이해 못 해."

린타로도, 아오풍도 같은 생각이다.

생각이 다른 것은 다케의 엄마와 할머니뿐이었다.

"여보, 인생은 심심풀이 장난이 아니에요."

다케의 엄마가 좀 전에 다녀간 아줌마만큼이나 엄한 표정을 지으며 말했다.

"남들보다 나은 건 바라지도 않으니까 제발 남들만큼은 해줘요."

"아범은 아무리 나이를 먹어도 유치원 애라니까. 덩치만 어른이야."

다케의 할머니도 쌀쌀맞게 말했다.

"고맙다고 말하는 사람도 있다구요."

우에하라 씨가 눈치를 보며 슬쩍 반격에 나섰다.

"남의 아이를 돌봐주고 고맙다는 소리를 듣는 사람이 왜 자기 처자식은 안 돌보는 거예요, 네?"

다케의 엄마는 점점 더 사납게 몰아붙인다.

"사람이 어디 돈으로만 살 수 있나?"

우에하라 씨의 목소리가 점점 가냘파진다.

"당신이 그런 말 할 자격이나 있어요?"

생활력이 강한 다케의 엄마와 그런 점에서는 큰소리칠 입장이 못 되는 우에하라 씨의 승부는 불을 보듯 뻔했다.

"변변한 벌이도 없는 주제에 날마다 맥주를 마실 수 있는 게 누구 덕인데?"

다케의 엄마가 우에하라 씨를 막다른 궁지로 몰아넣었다.

"치사하게 그런 말까지 하냐, 이 돼지 같은 여편네야."

우에하라 씨가 입 속으로 중얼거렸다.

린타로는 분명히 들었다.

"뭐예요?"

"아냐, 아무것도……."

하고 우에하라 씨가 얼버무렸다.

"누구 덕……."

말이 채 끝나기 전에, 우에하라 씨가 딱 잘라 말했다.

"마누라님 덕입죠."

다케의 할머니가 담뱃불을 붙이며 말했다.

"알긴 아는구먼."

그런 모습을 보고 돌아온 린타로와 아이들은 저마다 말했다.

"치사하게 그런 말까지 하냐, 이 돼지 같은 여편네야."

"치사하게 그런 말까지 하냐, 이 돼지 같은 여편네야."

킥킥킥…… 아이들이 웃었다.

"이번엔 우에하라 아저씨가 이겼어."

"응, 우에하라 아저씨의 완벽한 승리야."

지는 척하면서 이긴 거야, 하고 린타로가 말했다.

"마누라님 덕입죠."

"마누라님 덕입죠."

킥킥킥, 아이들이 또 한 번 웃었다.

"우리도 앞으로 그런 방법을 쓰자."

린타로가 말했다.

"그래. 싸우지 않고 이기는 거야."

하고 프랑켄도 말했다.

"우에하라 아저씨, 좋아."

아오퐁이 느릿느릿 말했다.

우에하라 씨의 이미지는 그렇게 밝고 쾌활했다. 자기 아이를 피가 나도록 때리는 우에하라 씨의 모습은 린타로와 아이들의 머릿속에 없었다.

그리고 다케가 내뱉은 뜻밖의 말……

아이들은 어떻게 받아들여야 좋을지 알 수 없었다.

생각해보면 이상한 점이 없지 않았다.

다케는 때때로 상처난 얼굴로 학교에 왔다.

어떻게 된 거냐고 물으면 그냥 싸웠다며 시침뗀 얼굴을 했다. 싸우다 생긴 상처가 아니라 우에하라 씨한테 맞은 상처였을까?

대체 무슨 일이지…….

린타로와 프랑켄과 아오퐁은 강둑에 걸터앉았다.

"충격이야……."

프랑켄이 말했다.

"응."

린타로도 힘없이 말했다.

퐁, 퐁, 의미도 없이 돌멩이를 강에 던졌다.

"다케, 지금 어떤 기분일까?"

아오퐁이 말했다.

"그 녀석, 지금 외톨이야."

린타로가 확신하듯 말했다.

"우리하곤 상관없는 일이랬어."

아오풍이 말했다.

우에하라 씨가 다케를 때리는 것도, 다케가 그 사실을 숨기고 지낸 것도 충격이었지만 무엇보다 큰 충격은 '너희들하곤 상관없는 일이야'라는 다케의 말이었다.

셋 다 같은 마음이었으리라.

아이들은 우정이 때로는 너무나 무력할 수 있다는 것과 린타로가 외톨이라는 말로 표현했듯이 인간은 고독한 존재라는 것을 뼈저리게 느꼈다.

린타로가 프랑켄에게 말했다.

"프랑켄, 전에 쓴 시 말야."

"?"

"그거, '깃발 없는 깃대는 외톨이입니다'라는 시."

아, 그거, 하고 프랑켄이 말했다.

"그거, 네 마음이지?"

"……."

프랑켄은 잠시 말이 없다.

강을 바라보며 프랑켄이 문득 말했다.

"린타로, 내가 전에 말한 적 있지? 이리로 전학 오기 전, 1학년 때의 일."

"응."

"나, 그 때 집단 괴롭힘을 당했는데……."

아오퐁은 이런 얘기를 지금 처음 듣는다. 아오퐁은 눈을 동그랗게 뜨고 프랑켄을 바라보았다.

"나더러 집이 잘 사니까 이것저것 가져오라는 거야. 난 애들이 날 괴롭힐 때보다 내가 그 애들과 다르다고 생각할 때가 더 힘들었어."

린타로도 아오퐁도 가만히 듣고 있다.

"'깃발 없는 깃대는 외톨이입니다'는 그 때의 내 마음이야."

프랑켄은 발치의 돌 하나를 주워 강물에 퐁 던졌다.

프랑켄이 말했다.

"부자가 있으면 모두가 부자여야 돼. 가난한 사람이 있으면 모두 가난해야 돼. 아이들은 뭐든지 똑같아야 돼."

아오퐁이 고개를 끄덕거렸다.

"나는 병원 집 아들이지만 린타로는 그런 거랑 상관없이 나랑 친하게 지내는데."

"너네 할아버지는 참 좋은 사람이야."

하고 린타로가 말했다.

"아오퐁은 운이 좋은 거야."

"응."

프랑켄의 말에 아오퐁도 순순히 고개를 끄덕였다.

"나 말야, 옛날에는 나를 소개할 때 '나, 프랑켄.' 하고 익살을 떨었잖아."

언제부턴가 프랑켄은 그 행동을 하지 않게 되었다.

"웃고 있을 때는 누구나 다 똑같거든. 나는 다 같이 웃고 있을 때가 가장 마음이 편했어."

아오퐁은 물끄러미 프랑켄을 바라보고 있다.

"내가 실없이 웃기면 남들은 나를 바보라고 하지만 난 차라리 그 편이 나아."

문득 아오퐁이 말했다.

"나 이제부터 너를 프랑켄이라고 안 부를래."

이번에는 프랑켄이 아오퐁을 물끄러미 보았다.

"괜찮아, 상관없어. 그냥 지금처럼 프랑켄이라고 불러줘."

린타로가 말했다.

"아오퐁 말이 맞아. 다케미를 다케라고 부르고, 유타카를 아오퐁이라고 부르는 건 괜찮지만, 너를 프랑켄이라고 부르면 안 될 것 같아. 아오퐁, 네 말이 맞아."

프랑켄이라는 별명은 프랑켄이 입은 마음의 상처를 표현한 것이라고, 린타로는 말하고 싶은 것이리라.

그 때였다.

"아, 다케다."

프랑켄, 아니 미쓰루가 말했다.

다케가 달려오고 있다.

셋 다 벌떡 일어섰다.

"어떻게 된 거야, 저 자식."

다케의 모습을 눈으로 좇으며 린타로가 중얼거렸다.

다케가 다가왔다.

"이거 두고 갔어."

다케가 말했다.

얼굴 표정에서 다케의 감정이 많이 차분해진 것을 알 수 있었다.

"린타로가 소중히 아끼는 거."

"어? 할아버지가 나한테 남겨주신 망치야. 너 때문에 너무 놀라서 깜박했어. 어유, 나도 참 멍청하긴."

하고 린타로가 말했다.

네 아이는 다시 강둑에 나란히 걸터앉았다.

다케는 입술이 찢어져 잔뜩 부어 있었다.

린타로가 말했다.

"거기, 아프지 않아? 약도 안 발랐잖아."

"안 아파."

"그렇게 겁나게 얻어터지고도 안 아프다고?"

"안 아파."

다케는 고집스레 같은 말을 되풀이했다.

"너, 얻어터져도 너네 아빠가 좋지?"

"……."

다케는 말이 없다.

"너네 아빠는 좋은 사람이야."

아오퐁이 말했다.

다들 입을 꾹 닫고 말았다.

침묵이 견디기 힘든 듯, 아오퐁이 입을 열었다.

"다케."

"왜……?"

"이제부터 프랑켄을 프랑켄이라고 부르지 않기로 했어."

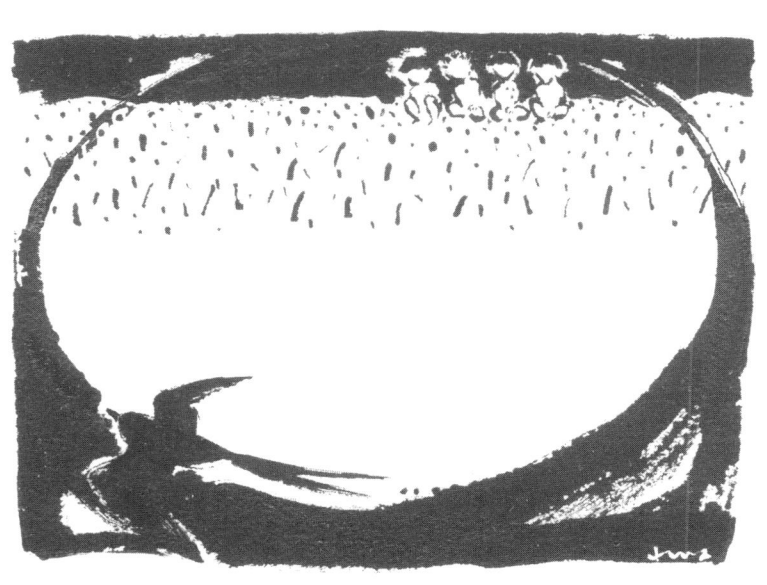

"?"

아오풍은 다케가 없는 동안 나눴던 이야기를 두서없는 말솜씨로나마 그럭저럭 설명했다.

다케는 가만히 듣고 있었다. 이따금 반짝반짝 눈이 빛났다.

이야기를 끝내자, 다시 침묵이 흘렀다.

얼마 지나 다케가 입을 열었다.

"나도…… 프랑켄이라고 안 할게."

"응."

프랑켄이 이번에는 순순히 말했다.

"너, 그 때 외로웠지?"

다케가 조그맣게 물었다.

"으응, 뭐."

"……."

다케는 뭔가 생각하고 있었다.

제비가 바람을 가르며 강물을 스칠 듯 날았다.

"나 말야……."

린타로와 아이들은 다케의 눈길을 피한 채 다음 말을 기다렸다.

"나 말야…… 우리 아빠가 미워……."

다케는 고개를 푹 떨구고 말했다.

"엄마랑 할머니가…… 막 몰아세우면…… 중얼중얼 혼잣말을 하거든…… 그런 아빠가 싫어…… 하지만…….."

다시 잠깐 침묵이 흘렀다.

"하지만, 뭐?"

아오퐁이 물었다.

"그런 아빠가 싫지만, 싫지만…… 왜 그런지 모르게 또 아빠가 좋다고 생각해버려."

린타로와 아이들은 다케를 지그시 보았다.

"그런 아빠가 싫은데도, 그런 아빠가 좋아. 잘 설명할 수는 없지만."

다케는 쑥스러운 듯 몸을 배배 꼬면서 말했다.

"아빠한테 얻어터져도 그래서 아빠 기분이 풀릴 수 있다면 상관없다고…… 나, 생각해버려……."

그러고는 들릴 듯 말 듯한 작은 목소리로 아빠도 외로울 때가 있으니까, 하고 말했다.

다들 아무 말도 없었지만, 그 순간 다케와 무수히 많은 이야기를 나누고 있었다.

린타로가 말했다.

"넌 어떻게 표현해야 좋을지 모르겠다고 했지만, 내가 볼 땐 네말이 가장 정확해. 누구나 자기 부모를 그렇게 생각할 거야."

린타로가 말을 이었다.

"부모뿐 아냐. 나하고 너도, 너하고 미쓰루도, 미쓰루하고 아오퐁도 다 그렇지 않냐?"

프랑켄과 다케와 아오퐁은 생각에 잠긴 얼굴로 고개를 끄덕였다.

"딱 한 가지라도 좋으면 되는 거야. 지금은 딱 한 가지라도 나중에 여러 가지가 되면 더 좋고."

린타로 말이 맞아, 하고 아오퐁이 말했다.

눈앞의 나무들이 더욱 푸르러 보였다.

"다케."

"왜, 린타로?"

"다쓰로 형네 책방, 다음 일요일에 문 열어."

"으응."

"너도 갈 거지?"

"당연하지."

"소노코 선생님이랑 에리 선생님도 온대."

그러자 다케가 말했다.

"에리 선생님, 아직 결혼 안 했어."

"그래서?"

"린타로가 어른이 될 때까지 결혼 안 할 거라던데?"

"바보."

하고 린타로가 말했다.

린타로가 일어났다.

저마다 발치의 돌을 주워

"이얏!"

하고 멀리멀리 힘껏 던졌다.

다음 주에, 이 녀석들은 씻은 듯 멀쩡한 얼굴로 다쓰로의 책방을 찾을 것이다.